ちくま文庫

あるフィルムの背景

ミステリ短篇傑作選

結城昌治
日下三蔵 編

筑摩書房

目次

第一部

第二部

あるフィルムの背景

ミステリ短篇傑作選

第一部

惨事

一

夏江の郷里では、市制施行記念行事の一つとして、例年八月の第一日曜日に花火大会が行われた。当日になると、人々は日没を待ちかねて会場の荒川堤に詰めかけ、仮設された桟敷《さじき》の先順を競い、あるいは堤防の斜面に家族ぐるみの茣蓙《ござ》をひろげて、落日の余映が消える頃には、両岸とも見物の人影で埋めつくされた。アイスクリームやジュースなどの物売りの声が人々の間を縫い歩き、やがて、最初の一発が高々と打揚げられて、その閃光《せんこう》は一瞬宙に浮いたかと思うと、さながら菊の花のひらくように八方へ散り乱れ、華麗な光彩を水の面にうつしながら消えていく。つづいて威勢のいい爆竹の音がポンポンとひびき、満星、乱玉、唐松、万燈、藤などの形物、曲玉その他さまざまの花火が夜空を彩り、人々はただ息をのんで、その美しさに嘆声をあげるのである。

その年の八月の第一日曜日も同様だった。荒川べりの堤は群がった花火見物の人々で埋めつくされ、前年に劣らぬ賑《にぎ》わいをみせていた。

雑草の生い茂る斜面を上って土手に立つと、夏江は周囲を見まわした。一時間ほど早く家をでた両親や弟たちを探すためだった。しかし、川べりから土手の斜面までギッシリと詰めかけた人影の中に、両親たちを見出《みいだ》すことは不可能に近かった。

彼女は土手の上に立ったまま、つぎつぎと打揚げられる花火の美しさに、たちまち心を奪われた。

——きれい！

彼女は幾度も嘆声を発した。夜空をはなやかに彩る花火の美しさは、十七歳になったばかりの彼女の胸を、明るく弾ませるのだ。一瞬のうちに潰《つい》え去る花火のむなしさは、まだ彼女の年齢にはかかわりなかった。彼女は市内の信用金庫に勤め、夜は定時制の高校へ通っていた。

「夏ちゃん——」

夏江はふいに声をかけられた。振返ると、中学で同級だった小田切照子がなつかしそうに笑っていた。

「照ちゃんじゃないの」

夏江もなつかしかった。中学を卒業すると、照子は東京へ行って伯母の家から洋裁学校へ通うようになり、それ以来滅多に会う機会がなかったのである。去年の同窓会で会ったきりだから、ほとんど一年ぶりだった。

しかしこの一年の間に、照子は見違えるように変っていた。髪を染め服装も派手になり、声をかけられて振返った瞬間、夏江は別人かと思ったくらいだった。

「今でも洋裁学校へ行っているの」

夏江はそう聞いてしまってから、わるいことを聞いたのではないかと思った。

しかし、照子は気にしない様子だった。

「やめたわ、もうとっくよ」

「なぜ」

「月謝ばかり高くて、ちっとも面白くないんですもの。それに、伯母とも喧嘩《けんか》しちまったし、今は新宿の喫茶店にいるわ」

「そうだったの」

夏江は、なぜか裏切られたような気がして声が沈んだ。

「夏ちゃんは？」

「あたしは相変らずよ」

「信用金庫？」

「ええ」

「学校は？」

「行ってるわ」

「えらいわね、やっぱりあんただわ」

「…………」

「今度、東京へきたらぜひ寄ってよ。お店は新宿の歌舞伎町へくればすぐわかるし、あたしのアパートに泊ってもいいわ」

「ありがとう」

夏江は気まずい気持を隠して頷《うなず》いた。友人の変貌をどう理解したらいいのかわからずに戸惑ったのである。同じ世界に住んでいたはずの照子が、急に遠くへ離れてしまったような気がするのだ。

「明後日までこっちにいる予定なの。だから、明日の晩また会えるかもしれないわ。そのときゆっくり話しましょうよ。今夜は失礼するわ」

照子は悪戯《いたずら》っぽく笑って肩をすくめ、それまで彼女のうしろに待たせておいた二人の男を促すと、人ごみの中へ消えて行った。

二人の男——背の低いニキビ面の太った方は、夏江の知らぬ男だったが、もう一人の背が高い方は、中学時代一級上のクラスにいた高島吉彦だった。当時から野球部の選手で、今も高校の野球部で活躍していることは夏江も知っていた。同じ高校だが、学年がちがう上に高島は全日制なので、夏江が彼と話をかわしたことはなかった。しかし彼女は、以前から高島に関心を抱いている自分に気づいていた。中学時代、高島は口さがない女子生徒たちの話題でつねに二枚目の主役を占めていたし、金持の息子だということも聞いていたから、当時の夏江の関心が恋に近かったとしても、それは少女時代にありがちな一種のあこがれであり、今となっては、そうとはっきり自覚した上での淡い関心だった。最近の彼が不良がかっているという噂や、二、三の女友達との噂を耳にしたことも、彼女が彼との間に距離を置くことに役立っている。

しかし、親しそうに高島とつれ立って去った照子をみると、夏江の心はかすかに揺れた。嫉妬のせいか、高島のような男と交際する照子を案ずるせいか、夏江にはよくわからなかった。

夏江は小柄だが、色白で男好きのする顔立ちをしていた。しかし自分でそう思ったことはないし、むしろ照子のように大きな明るい眼と、鋭角的な頬の線を羨しく思っていた。勉強なんかできなくても、女は照子のように美しい方が仕合せになるのかもしれない。男は、みんな照子のような女を好きになるのだ。

――やはり妬《や》いているのかしら。

夏江は考えているうちに、おかしさがこみあげてきた。彼女は決して妬いているのではなかった。置き去りにされたことで、ほんの少し腹をたてたのである。

観衆のどよめきにつられて、夏江は観客の一人にかえった。花火大会はいよいよ酣《たけなわ》だった。絢爛《けんらん》と繰りひろげられる花火の祭典に、夏江はしばらくわれを忘れた。

夏江が、ふたたび照子に声をかけられたのは、花火大会も終りに近づいた頃だった。

「あの人たちが、あんたを紹介して欲しいって言うのよ」

照子は言った。

彼女からやや離れた所に、最前の二人の男が立っていた。

「高島さんなら知ってるわ。お話したことはないけど……」

「もう一人は瀬田っていうのよ。同じ高校の三年で、少しイカレているけど、面白い人たちだわ」

照子は振返って、男たちを手招きした。

高島と瀬田が近づいて挨拶をした。なれなれしい挨拶だった。

「どうぞよろしく――」

夏江も気軽に言った。

「きみのおやじさんは、丸和工務店に勤めているんだってね」

高島がきいた。

「ええ、どうしてご存じなの」

「照坊に聞いたばかりさ。花火も飽きたから散歩しないか」

高島は先に立って歩きだした。

高島の父は建設会社の重役だった。夏江の父が左官工として働いている丸和工務店はその建設会社の下請会社である。高島に父の勤め先を指摘されたことは、優越感を示されたようで夏江は不愉快な気がした。

しかし、高島は他意がなかったらしく、夏江はすぐにそのことを忘れた。四人の間でとりとめのない話が弾んだ。映画の話、野球の話、そして誰彼の噂……、高島は話上手だった。

高島に話を合せる瀬田も照子も話題が豊富で、夏江は時折話についていけぬ自分をもどかしく思った。彼女には映画をみる暇も、テレビでナイターをみる時間もなかった。

「あら、照ちゃんは？」

歩いているうちに、夏江はいつの間にか姿を消した照子に気づいて言った。

「どこへ行ったのかな」

高島もあたりを見まわした。

照子の姿は見えなかった。

「誰かに会って引っかかっているんだろう。放っておけばついてくるさ」

瀬田が言った。

——その通りかもしれない。

夏江もそう思った。

三人はまた歩きだした。花火見物の群衆を離れ、まっすぐ伸びた土手上の道を、上流へむかった。川をわたる風が、頬に快かった。

「あたし、もう帰るわ」

かなり歩いてから、夏江は心細くなって言った。付近は暗くて人影がなかったし、親しくもない男たちとこのように散歩することはなかったのである。それに、高島と瀬田の不良じみた会話にも不安を覚えはじめていた。

「なぜ？」

高島がきき返した。

「もう花火も終ったらしいわ」

「いいじゃないか。時間はまだ早い」

「父や母が心配するわ」

「かまやしないよ」

「でも……」

「たまには心配させた方がいいのさ」

高島の手が、夏江の肩に触れた。

夏江はさりげなく、肩におかれた手を振り放そうとした。抱き締められたのは、その瞬間だった。

「厭《いや》！」

「いいじゃないか」

恐怖が全身を走った。夏江はもがいた。

高島の息が、唇をとらえようとして匂った。

「放して！」

「子供みてえなことを言うなよ」

「………」

夏江はありったけの力で、高島の胸を突いた。

高島はよろめいた。体が離れた。

夏江は咄嗟《とっさ》に逃げようとした。その足元に、それまでニヤニヤしながら眺めていた瀬田が足を投げた。夏江はたちまち躓《つまず》いた。泳ぐようにのめると、雑草の茂った土手の斜面を転げ落ちた。そしてようやく起上がろうとしたときは、すでに高島の姿が眼前にあった。唇に浮かべた薄笑いは、獲物をとらえた獣のような、残忍な笑いだった。

「恥をかかせるのか」

高島が言った。

「お願い、助けて――」

夏江は声がかすれた。心臓が烈《はげ》しく鼓動していた。夏江は高島にむけた視線を、瀬田に移した。

瀬田はニヤニヤしているばかりだった。

「お前が先にやってもいいぜ」

高島が瀬田に言った。

「おれはあとで構わないよ。高島が眼をつけた女《スケ》だからな」

「ジャンケンにしようか」

「ほんとにいいよ。先にやってくれ」

「あとで文句を言うなよ」

「言うもんか」

た。

「よし」

高島はすぐさま挑みかかってきた。

夏江はけんめいに抵抗した。しかし、叫びは声にならなかったし、両手はうしろから瀬田に抑えられた。所詮は女の力だった。のしかかる高島の荒々しい息に顔をそむけ、下腹部をつらぬく鋭い痛みに耐える間もなく、夏江は闇の中へ吸いこまれるように意識を失っていった。

二

意識を回復したとき、夏江は足早に逃げていく男たちの靴音を聞いた。

「今夜のことは誰にも言うなよ。お前が恥をかくだけだからな」

目覚める間際に、夏江はおぼろげながら、そんな高島の捨台詞《すてぜりふ》を耳にしたように思う。それから、高島と瀬田は逃げ去っていったのだ。

夏江は起上がる気力がなかった。放心したように、中天にかかった細い月を見詰めた。涙がとめどなく溢れた。嗚咽《おえつ》をこらえようとすると、喉がヒクヒク鳴った。何を考えているのか、なぜ泣いているのか、彼女にもはっきりわからぬまま、けんめいに何かを耐えていた。

下腹部が疼《うず》くように痛む。しかし、涙は痛みのせいではなかった。怒りとも悲しみとも知れぬ熱いものが、胸の奥からぐんぐんこみあげてくるのだ。

ついに、彼女は俯伏《うつぶ》して慟哭《どうこく》した。

―死のう。

彼女が立上がるまでに、どのくらい時間が経《た》ったかはわからない。死ぬのだ―彼女は呟《つぶや》いた言葉に促された。あたりは暗く、花火大会はとうに終ったようだった。足もとの草むらでは、しきりに虫がすだいていた。

―死ぬんだわ。

ほかのことは考えられなかった。彼女はふらふらと歩きだした。痛みとともに、股の間にヌルヌルするものを感じた。出血していることがわかった。服も泥だらけだった。こんな恰《かっ》好《こう》で家へ帰れはしない。父を怒らせ、母を悲しませ、そして自分はどうなるというのか。もう、一生が滅茶滅茶になったのだ。

―虫が鳴いている。

彼女は虫たちの短い生涯を思った。夏の間を鳴き暮して、秋風に吹かれて死んでいく。彼らには楽しい思い出があったろうか。そして死ぬとき、虫たちは何を考えるのか。思い出なんかありはしない。思い出は、生きている者のためにあるのだ。何も思い出さなくていい。あたしは虫みたいに死んでいく。虫みたいに、踏み潰された虫みたいに……。

彼女は橋の上に立った。暗い川の流れを見降ろし、やはり死んでしまいたいと思った。

このとき、もし通行人の一人が声をかけなかったら、彼女は間もなく身を投げているはずであった。

三

翌日、狭い取調べ室の机を間にして、夏江は刑事の質問に答えねばならなかった。親切な通行人に声をかけられ、その場に泣き崩れてしまった夏江は、無理矢理に交番へつれていかれ、そして事情を聞き質《ただ》されたあと、近くの医院へつれていかれた。そのときの診断書が、今、刑事の机の上に開かれていた。『処女膜裂傷、全治まで二週間の加療を要す』と書いてあった。診察台の上で、夏江は泣きわめいた自分の声を覚えている。気が狂ったように、診察を拒んで泣き叫んだのだ。どうしても死んでしまいたかったのである。そして、巡査に付添われて帰宅したあとも、夏江はついに一睡もせずに、ふりかかった悲運を呪って泣き明かした。父はむしろ夏江の非を責めて怒鳴り散らすばかりだったし、母はおろおろするばかりだった。

「初めて話をした男たちだというのに、なぜあんな場所へついていったのかね。危険とは思わなかったんですか」

刑事は訝《いぶか》しむように聞いた。

「はい」

項垂《うなだ》れたまま、夏江は低く頷いた。

ひげの剃《そ》りあとの濃い、顎の角ばった四十年輩の刑事は、最初から辛辣《しんらつ》な口調だった。落《おち》窪《くぼ》んだ小さな眼は、あからさまな好奇心をあらわしていた。

危険を感じたなら、どうして彼らについていったろうか。照子に紹介され、心が浮いたことは否定できない。夏江の経験には、荒川べりの夜を、異性と散歩するなどということがなかったのだ。それに、初めのうちは照子もいっしょだったし、高島や瀬田が、あんなことをするとは全く予想もしなかったのである。そして、不安を感じたときは遅かったのだ。

「高島や瀬田が、札つきの不良だということは知ってたんじゃないかな」

「でも、そんな悪い人たちとは思わなかったのです」

「軽率だな」

「…………」

たしかに軽率にちがいなかった。そう言われると、夏江は言葉を返せなかった。ことによると、途中から姿を消した照子は、はぐれたのではなくて、わざと姿をかくしたのかも知れなかった。高島たちが夏江を襲うことは最初からの計画で、照子はそれを承知しながら、夏江を紹介したのかもしれないのだ。

「小田切照子とあんたは、仲がよかったのかね」

「中学の頃は仲よしでした」

「最近は？」

「あまり会いませんでした」

「照子って女も、たいしたズベ公だ。噂では、誰の子かわからんようなのを二度も堕《お》ろしている。もちろん結婚はしていない。今まで、あんたは男と関係したことがなかったのかね」

「ありません」

「一度も？」

「ありません」

「処女だったというのか」

「……………」

夏江は唇を噛《か》んだ。なぜ、このような侮辱をうけなければならないのか。体が震えそうなくらい口惜《くや》しかった。

「ところで」刑事は冷やかに続けた。「事件の模様を詳しく話してくれませんか。高島は、あんたの方から誘われたと言っている」

「ちがいます。絶対にちがいます」

夏江は烈しく首を振った。

「しかしね、堅気の娘さんが、あんな与太者のあとについて誰もいないような場所へ行くということが考えられるかね」

「油断していたんです。まさか、あんなことをされるとは思わなかったのです。ただ散歩のつもりでした」

「しかし、それにしては抵抗しなかったらしいじゃないか。パンティを自分で脱いだのでは強姦されたことにならない」

「それも違います。みんなデタラメです。あたしは一所けんめいに抵抗しました。でも、二人がかりで体を抑えつけられ、どうしても駄目だったのです」

「どうしても駄目ということはないはずじゃないのかな。命がけで抵抗すれば、そう無理矢理にできるものじゃない。あんたは高島に結婚してくれと言い、行為が終ったあとでも接吻《せっぷん》を求めたそうじゃないか。結婚を断られた腹いせに、交番へ訴えたんじゃないのか」

「ちがいます。信じてください。ほんとうにちがうんです……」

夏江は愕然《がくぜん》として声が震えた。卑劣な彼らは、夏江を犯した上になお、デタラメな供述で罪を逃れようとしているのだ。そして刑事は、夏江が荒川に身を投げて死のうとしたことまで、疑ってかかっているのである。

「それでは瀬田のことを覚えていますか。彼は、高島とあんたの行為を近くで見ていたそうだが、自分は手をださなかったと言っている」

「知りません。あたしは恐ろしくて、すぐに気を失ってしまいました」

「ふむ」

刑事は腕を組んだ。しかし夏江を眺める眼の色は、依然冷たかった。すべてを疑うように訓練された刑事特有の視線だった。

絶望が襲ってきた。夏江はふいに口を噤《つぐ》んだ。いくら説明しても無駄なような気がした。歯をくいしばると、涙がポロポロと溢れた。

夏江の悲痛な様子は、このとき、さすがに刑事の心を動かしたようだった。

「わかりました」刑事の口調が急にあらたまった。「失礼なことを聞いて悪かったが、念のために奴らの供述を確かめてみたんですよ。二人とも昨夜のうちに逮捕したし、強姦致傷だから告訴は敢《あ》えて必要としない。でも、告訴するなら告訴状をだしてもらうか、今の話をもとに告訴調書をつくることになるが、その点はどう考えていますか」

「告訴します」

夏江はきっぱりと言った。

「なるほど、それでは調書をつくりましょう。示談の際も、その方が有利になる」

「示談というのは何でしょうか」

「話し合いですよ。被害者側と加害者側の話し合いで、事件を円満に解決するわけだ。もちろん、刑法上の責任とは別問題だが、示談がつけばあんたには金が入るし、高島や瀬田の刑も軽くなる。実をいうとね、弁護士を通じて十万円で示談にならないかという話がきているんですよ。つまり、高島の父親が五万円と瀬田の父親からも五万円、合計十万円を慰謝料としてあんたに受け取ってもらうわけだ。いずれ親同士の話し合いということになるだろうが、寄越すという金は貰《もら》っておいた方がいい。高島も瀬田も、まだまだ前途がこれからという学生だ。済んでしまったことを恨んで、刑務所へ送ったって仕様がないし、かえって彼らの一生を台なしにしてしまう。まあ二人とも少年だから大した刑にもならないだろうが、とにかく、あんたとしては事件のことなんか早く忘れてしまった方がいいと思うね。それに十万円といえば、あんたの給料の三倍以上になるんじゃないかな。家へ帰ったら、お父さんともよく相談してみなさい」

「…………」

夏江は無言で立上がった。怒りが、猛烈な勢いで体じゅうの血管を駆けめぐっているようだった。暴行した二人の男には前途があるという。しかし、夏江の前途はどうなのか。十万円の金を受取り、なぜ事件のことを忘れることができるのか。済んでしまったことは仕様がないという。しかし、彼女のうけた傷は心にも深く突き刺さっている。その傷がどうして癒せるのだろう。夢みていた彼女の世界は、内部からガタガタに崩れてしまったのだ。もう夢の欠片《かけら》さえない。それなのに、どのようにこれからの歳月を生きていけというのだろうか。

四

夏江は二人の男に暴行されたと思っていたが、やがて彼らの自供によって、夏江を犯したのは高島吉彦ひとりで、瀬田の方は気絶した夏江をみて意思が挫《くじ》け、間もなく彼女が意識を回復した気配に気づくと、高島とつれ立って逃げ去ったことが明らかにされた。もちろん、高島の犯行には瀬田の力が加わっており、瀬田も共犯として、身柄を拘束されたまま検察庁へ送致された。

弁護士といっしょに高島の父親が夏江の家を訪れたのは、夏江が警察で事情聴取をされた翌日だった。

夏江は誰にも会いたくないと言って会わなかったが、結局親同士の話し合いで父の米造が金を受取り、示談書に印を押したようであった。

「お金を受取ったの？」

高島の父親と弁護士が帰ると、夏江は米造にきいた。

「受取らなければ喧嘩わかれになる。済んでしまったことを、ぐずぐず言っても始まらない。だいたい、お前に隙があったからいけないんだ」

「お金を返して——」

夏江は、自分でも意外なほど烈しく言った。

「金を返せ？」

米造は驚いたように聞き返した。

「お金で済ませるなんて厭だわ」

「それじゃどうしたらいいんだ」

「お金をもらうのが厭なのよ」

「バカなことを言うな。お前は疵《きず》ものにされたんだぞ。もう、まともなところへは嫁にいけない」

「そんなこと、お金を受取る理由にならないわ。とにかく厭なのよ」

「事件をごたごたさせて、自分の不始末をもっと世間に知らせようというのか。笑い者になるのはお前だけじゃないんだぞ。金を返せば、もっと金を欲しがっていると思われるだけだ」

「そうじゃないわ。お父さんは卑怯なのよ。高島のお父さんを怖がっているんだわ」

「もう一度言ってみろ。それが親にむかって言う言葉か。お前には何もわかっていないんだ。この恥知らずが――」

売り言葉に買い言葉だった。米造が働いている丸和工務店は、高島の父親が重役をしている建設会社の下請会社である。高島の父の機嫌を損じたなら、丸和工務店はその日から仕事がなくなってしまうだろう。丸和工務店の左官職人にすぎぬ米造が、高島の父に逆らえぬ気持は分らないでもない。おそらく米造は、丸和工務店の社長からも、高島の父の申し出に従うように言い含められているにちがいなかった。

しかし、夏江の抗議は、それらの事情を承知した上での抗議だった。金銭で解決を迫られることに、耐え難い恥辱を感じるのだ。済んだことは仕様がないかもしれない。罪を悔いているなら、許すべきかもしれない。だが、夏江のうけた傷痕は、決して札束などで癒されるものではない。どのように謝罪されても癒されはしないのだ。彼女はその悲しみを、悲しみの深さを訴えたかったのである。

暗い、陰鬱《いんうつ》な日がつづいた。

数日後、夏江は会社の上司や同僚たちに励まされて出勤した。しかし、それも一日だけだった。誰もが同情しているように見えながら、その同情の奥にはかならず好奇心がひそみ、夏江はそれらの好奇心の対象となっていることに耐えられなかった。まるで晒《さら》し者にされたように、周囲の視線を感じつづけ、同情の声をかけられるたびに、いっそう惨めになっていくのだった。

それは隣近所の人々の間でも同様だった。もはや誰一人として、彼女を普通の娘をみるような眼では見ないと思われた。町を歩けば、つねに話題となり、人々に囁《ささや》かれているような気がした。そのたびに、彼女は羞恥に灼《や》かれ、眼の前が真っ暗になった。

ある日、小田切照子が訪ねてきた。彼女は事件の翌日東京へ帰ってしまったので、事件のことは全く知らなかったということをまず弁解した。それが嘘《うそ》だということは、うしろめたいような態度にあらわれていた。

「あんな人たちを紹介して、ほんとにごめんなさいね。頼まれたから、仕様がなくて紹介したのよ。あたしがずっといっしょにいればよかったんだけど、いつの間にかはぐれてしまって、ほんとに悪かったと思ってるわ。高島も瀬田もわるい奴だということはわかっていたのよ。でも、まさかあんなことをするとは思っていなかったし、あとで話を聞いて驚いちゃったわ。あんた、あたしのことを怒っているんじゃないの」

「………」

夏江は答えなかった。今さら、何を答えることがあるだろうか。あのとき、照子は高島たちの計画を知りながら、わざと途中で姿を消したにちがいなかった。しかし、今さら彼女を責めて何になるのか。夏江には、とうに怒る気力さえなくなっているのだ。

「高島も瀬田も、あれからすぐに釈放されたんですってね」

夏江が黙っているので、照子はバツが悪そうにつづけた。

そのことは夏江も聞いていた。彼らは二晩だけ警察に留置されて検察庁へ送られ、それから家庭裁判所へ移されて、三日後には帰宅を許されたのだ。そして、平常通りに学校へ行っていると聞いた。おそらく、被害者との間に示談が成立し、彼らの父親が市の有力者に頼んで、検察庁や裁判所に寛大な処置をしてもらうよう陳情した結果であろう。高島の父は防犯協会の役員をしていたし、親戚には市会議員を三期もつとめている市の有力者がいた。一般に、少年犯罪に対する処分は甘いといわれ、非行少年に対しては身内の者はもとより、関係機関のすべてが少年の更生に努力を払っている。しかし、被害者に対しては何らの考慮も払われていないのが実情である。

「あいつらは、どんなことでも面白半分でやるのよ。今度の事件だって、きっと何とも思ってないわ。あいつらの仲間では、かえって自慢になるくらいね。あんたもくよくよしたってつまらないから、いい加減に忘れて元気になった方がいいわ」

照子はそれでも慰めるつもりなのか、さんざんに高島と瀬田の悪口を言って帰った。

夏江は勤めを辞めた。明るい性格が一変して、家にこもるようになった。勉強好きで、定時制の高校へも熱心に通っていたのに、その高校もやめてしまった。愛らしかった下ぶくれの頰が落ちて、いきいきとしていた眼からも光が消えた。

母は、そんな娘をみて心配したが、所詮はどうにもならぬことで、父の米造とともに彼女の顔色をうかがっては、さりげなく装うばかりだった。

事件後約二か月経って夏江は郷里を離れた。職業安定所の紹介で、東京のレストランに勤めることになったのである。両親が相談した末、郷里を離れる以外に、夏江が事件の衝撃から立直る方法はないと考えたからだった。

五

レストランは上野駅の近くにあった。上野駅に乗り降りする旅行者相手の大衆的なレストランで、かなり繁昌《はんじょう》していた。

夏江にとって、多忙は一種の救いだった。忙しく体を動かしている間は、暗い記憶を忘れていることができた。それぞれ地方から上京してきている同僚たちも親切で、経営者夫婦もいい人だった。調理場とテーブルの間を、めまぐるしく往来しているうちに、一日はたちまち昏《く》れてしまう。夜更けて店員寮に戻る頃は、体じゅうがくたくただった。風呂を浴びたあとは、何を考える余裕もなくぐっすりと眠った。そして彼女は日が経つにつれて、僅かずつでも元気を取戻していった。

仕事が終ったあとで、中学校をでたばかりの者が多い同僚たちは、それぞれに夢のような希望を語り合った。貧しい家に育った彼女たちは、現実の厳しさを知っていても、むしろそれ故に夢を語ることが好きなのだ。夢を語るにふさわしい年代なのである。

しかし、夏江は彼女らの夢に加わることができなかった。なぜ、これほど苦しみつづけねばならぬかとも思う。あれは不可抗力だったのだ。いわば災難に遭ったにすぎない。下腹部にうけた傷と、たとえば指にうけた傷と、その両者の間にどのような差異があるのか。彼女はそうも考えてみた。重大に考えていることが、実は錯覚にすぎないのではないか。失ったものは一枚の膜にすぎない。それは烈しい運動や過失によって失われることもあるという。とすれば、自分は事件をあまり大げさに考えているのではないだろうか。

彼女は事件の記憶をつとめて忘れようとした。肉体の傷は癒えても、心の傷は忘れることによってしか癒されぬことを知ったのである。だから彼女は休日にも郷里へは帰らなかったし、店では誰よりも熱心に働いて、主人夫婦に可愛がられるようになった。

彼女が恋をしたのは、レストランに勤めて一年ほど経ってからだった。相手は調理場でコックをしている小沢という青年で、夏江には最初から好意を示し、夏江の方でも、彼の明るい清潔そうな人柄に好感を抱いていた。同じ職場で働くようになって一年もたってから初めてデイトの申し込みをしたのは、それだけ彼の純心さと誠実な性格を語るようで好もしかった。

他の店員たちに内緒のデイトは、映画をみて食事をして、あとは日比谷を散歩しただけのことだったが、彼女はその一日だけで小沢に惹《ひ》かれるものを感じた。ともすれば暗い記憶に閉ざされる彼女には、強い力で支えてくれる者が必要だった。

二度目のデイトのとき、小沢は苦労の多かった過去を語り、彼女への愛を告白した。

「ぼくは必ずきみを幸福にするよ。今は三流レストランのコックだが、いつまでもあんな店にいない。できるだけ早く自分の店を持つつもりなんだ。今のぼくは、その店をきみと二人でどんどん大きくしていく夢をみている」

小沢は熱っぽく言った。

「………」

夏江は黙って俯《うつむ》いていた。声をだせば、言葉にならないで泣いてしまいそうだった。嬉《うれ》しかったのだ。この喜びを、じっと静かに嚙みしめていたかった。

「どうして返事をしないの」

小沢は心配そうにきいた。

「………」

夏江は軽く首を振った。唇で笑ったつもりだった。自分の気持を素直に伝えられないのがもどかしかった。

「ぼくが嫌いなのか」

「……ちがうわ」

夏江の声は低かった。

「それならいいだろ」

小沢はふいに抱き締めると、夏江をその場に押倒した。

「あっ」

夏江は悲鳴をあげた。戦慄《せんりつ》が走った。上野公園の暗い林の中だったが、あたりに人影がないわけではなかった。だから小沢は、そうして抱擁を求め、唇を触れ合いたかっただけかもしれなかった。しかし、夏江はほとんどわれを忘れた。荒川べりで犯された花火大会の記憶が、つい昨夜のことのようになまなましく襲ってきたのだ。小沢の吐く息は、そのまま一年前の高島の息遣いだった。蔽《おお》いかかる小沢の顔が、悪夢のように高島の顔に変った。ニヤニヤ笑いながら、傍に立って眺めている瀬田の顔まで浮んだ。

「いいじゃないか」

もはや高島の声だった。

夏江は喘《あえ》いだ。無我夢中だった。小沢の体のどこを突きとばし、どこを蹴ったのか覚えがなかった。突然胸の上の重圧から解放されると、あとは逃げることしか頭になかった。

六

翌日、店で顔を合せた小沢は、ぷいと横をむいたきり、夏江に言葉をかける機会さえつくってくれようとしなかった。注文の伝票を持っていっても、今までは彼女の注文を優先的に扱ってくれ、そのために彼女との仲を噂されたくらいだったのに、その日からは伝票を見ても知らぬふりで、彼女は料理の出来るのが遅いといって何人もの客に叱られねばならなかった。

夏江の恋は終った。短い恋だった。それは初めての恋だったが、恋をしたといえるかどうかわからないほど、慌しく過ぎ去った恋だった。

彼女には、もはや取り返すことのできぬ悔恨だけが、人生そのもののように重く冷たいシコリとなって残った。

彼女は数日後にレストランを辞めた。

小沢の怒りは当然だと思う。夏江は暴漢に襲われたように抵抗したのだから。しかし、その理由をどうして説明できるだろうか。それは彼女自身にさえ意外だったのだ。店を去る決心をしたとき、彼女は恋それ自体に絶望して、弁解する気力さえ消え失せていた。

放浪が始まった。彼女はレストランを辞めても、郷里に帰らなかった。郷里に帰ることは、忘れたい過去とともに暮すことであり、世間の人々の白い視線に耐えていくことだった。両親も、決して彼女の帰郷を笑顔で迎えることはないだろう。彼女は職業安定所の紹介で、駒込の旅館の住込み女中になった。

しかし、彼女はもう以前のようには熱心に働かなかった。生きる意欲を失い、そうかといって死ぬ気も起らないまま、時間の流れに生活を委ねたかたちだった。彼女は古風な女、あるいは愚かな女なのかもしれなかった。処女を犯されたという悲しみに囚《とら》われ、その衝撃からどうしても逃れられなかった。そして一か月と経たぬうちに、労働の烈しい仕事に厭気がさすと旅館をやめてしまった。

彼女はパチンコ屋の店員になった。それからスーパー・マーケットの売り子になり、衣料品店に勤め、小さな町工場の女工にもなった。いずれも長続きしなかった。その間に、好色な男たちから誘われたり、真面目な男から好意を寄せられたことも幾度となくあったが、その都度、彼女はすべての男性から逃げることしか考えなかった。

彼女は暗い女になった。表情は硬く、同じ年頃の女性にみられるような若さもなく、次第にギスギスと骨ばった感じの女になった。

小田切照子に出会ったのは、夏江が錦糸町の映画館の案内係をしているときだった。荒川べりの事件から三年あまり経っていた。照子は、一見してやくざ者とわかるようなダボシャツを着た雪駄履きの男といっしょに映画館に入ってきたが、声をかけられるまで、夏江はそれが照子だとは気づかなかった。醜く太って、冴えぬ顔色は不健康な生活を語っていた。

「おどろいたわ、こんな所で会うなんて……」

照子はアイ・ラインで隈《くま》どった眼をみはった。三年ぶりだったし、夏江の消息は誰にも知らせてなかったのだ。

「先々月からここにいるのよ。お元気だった？」

夏江はきいた。なつかしい気持と、会いたくない者に会ってしまったという気持とが、複雑に交錯していた。

映画は上映中だったが、照子に待たされた男は、所在なさそうに壁際のスチールを眺めていた。

「以前と同じ喫茶店にいるの？」

「あそこはとっくにやめたわ。今は渋谷のバーにいるのよ。今度、遊びにこない？」

「ありがとう」

「あれから、高島や瀬田の噂を聞いている？」

「聞かないわ」

「瀬田は高校をでて、自分の家の材木屋を手伝っているけど、高島は東京の大学に通っているのよ。いつか、神田を歩いていて偶然会ったけど、すっかり真面目になったらしいわ」

「そう」

夏江は無感動に答えた。高島や瀬田が何をしていようと、今さらどうでもいいことだった。すでに、夏江は彼らに関心を抱いていなかった。自分自身のことでさえ、どうでもいいような気持で暮しているのだ。事件の記憶が死なない限り、彼らが真面目になったところで、彼女の人生に何のかかわりがあろうか。

照子はなおも同級生や仲のよかった友人たちの噂をしたが、つれの男に促されると、

「かならず遊びにきてね。バーの方が給料はいいし、その気があるなら紹介するわ」

親切そうに言ってドアの内側へ消えた。

照子は変った。全く見違えるほど変ってしまっていた。しかし、おそらく別の変りかたで、夏江もすっかり変ってしまったのではないか。照子にはまだ若さがある。たとえそれが頽《くず》れたものであっても、若さと呼べる何かが残っている。しかし、夏江には何があるのか。

人気のない廊下に立って、夏江は無性に寂しかった。

七

夏江が映画館を辞めたのは、照子に会って間もなくだった。そしてつぎに職を求めたのは、バスの車掌だった。福島県郡山市《こおりやまし》から会津街道沿いに猪苗代湖《いなわしろこ》、長浜、十六橋、飯盛山《いいもりやま》、東山温泉を経て、会津若松市に至る地方バスの車掌である。埃《ほこり》っぽい東京の空気が厭になって、

美しい自然の風景に親しむつもりなら、磐梯《ばんだい》高原の景勝地を周遊する観光バスのガイドも求められていて、かえってその方が給料もよかったが、ただ見知らぬ土地に移りたかっただけの彼女は、細かな神経をつかって旅行者を慰めねばならぬ煩しさをさけて、普通の車掌を択《えら》んだのである。彼女は二度と照子と会いたくなかったし、東京にいれば、いつ高島にめぐり合うかもしれぬことを恐れたのだ。やむことのない、過去からの逃走だった。

立ち通しで、車の振動に耐えながら郡山と会津若松の間を往復する仕事は、これまでのどの仕事よりも体にこたえた。朝の八時に郡山を出発するには、車内の掃除などのために、午前六時には出勤しなければならない。そして三時間余りを揺られて会津若松につくと、とんぼ帰りで郡山に戻るのである。バスを車庫におさめるとくたくたに疲れて、料金精算その他の仕事を終えて寮に帰ると、夕食後はもう横になりたいばかりだった。

単調な毎日が流れた。おそらく、生きるとは何事にも慣れることなのかもしれない。どことなく暗い感じがするという以外に、やがて、夏江は他の車掌たちと変らぬ女になった。バスが毎日同じコースを往復しているように、彼女の毎日も同じ繰返しだった。希望もなく、だから不満というべきものもなかった。東京の生活がそうだったように、親しい友人ができなくても寂しいとは思わなかった。病気をしないことだけが幸いだった。ひっそりと自分一人の小さな穴を掘って、彼女は虫のように生きることで自足しようとしていた。就職するときに身元保証人がいるというので、やむをえず両親の保証印をもらいに帰ったことがあるが、それ以来、両親ともほとんど音信不通だった。

「夏ちゃんは結婚しない気かい」

あるとき、運転手の牧野が縁談をもってきて言った。夏江は断ったのである。牧野は夏江と組んで仕事をしている運転手で、世話好きな男だった。まだ四十歳になったばかりなのに、女の子ばかり五人もいて、それをいつも愚痴のタネにしている。

「そんなことはないわ」

夏江は微笑しながら答えた。

「恋人がいるのか」

「そんな人いないわよ。あたしのことなら、牧野さんがよく知っているはずだわ」

「だって、夏ちゃんはもう二十五だろう。結婚のことを考えたって遅くないぜ。女っていうのは、年をとるほど結婚の条件がわるくなる」

「そうね」

夏江は牧野の好意を素直に頷いた。

二十五歳か——、彼女はあらためて自分の年齢を思った。いつの間にか、車掌になって四年も経ってしまったのだ。荒川べりの事件から八年経つことになる。彼女はしばらく茫然《ぼうぜん》とした。何もかもが遠い追憶のむこうへ霞んでしまった。小学校や中学校の友だちのことも、初めて恋を教えてくれた小沢のことでさえ、今は思いだすことがなくなっていた。友だちの大半は結婚しただろう。小沢も結婚して、小さな店をもった頃かもしれない。

彼女は胸が苦しくなった。余計なことを考えるのはよそう。彼女は車内の掃除にかかった。

今の自分は、むかしの自分とちがう。過去は、今の彼女に何のかかわりもない。彼女はそう思いながら、この八年間を過してきたのだ。しかしそう思うことで、彼女は依然として過去にとらわれている自分を意識しつづけていた。高島や瀬田に対する怒りはとうに消えている。恨んだところで、どうなるものでもないのだ。しかしそうと知りながら、一方で、彼女は頑《かたく》なに異性との交渉を避けつづけてきた。結婚について考えたことがないでもないが、普通の人のように結婚できるとは考えられなかった。

——あたしは今のままがいちばんいい。

彼女はそう呟く。希望も失望もなく、考えることもない今がいちばんいい。そしていつか、虫みたいに死ぬときがくるだろう。彼女は無気力にそう思っていた。それが、彼女の絶望の行きついた日だまりであった。

秋が深まって、猪苗代湖の水のもっとも美しく澄む季節がきた。そして十一月は、吾妻《あずま》連峰につらなる山々の紅葉が、もっとも美しく映える季節だった。

その日、空は朝から晴れわたって、湖は磐梯山の倒影を鮮やかにうつしていた。

新婚旅行中らしい男女がバスに乗ったのは、猪苗代駅だった。二人の旅行ケースには、檜《ひ》原湖畔《ばらこはん》の高原ホテルのラベルがさがっていた。おそらく、昨日は福島から磐梯吾妻のスカイライン・コースを経て、檜原湖に一泊したにちがいなかった。

男は濃いグレイの背広を着て、女をいたわるように先に乗車させた。女は二十二、三歳くらい、眼の大きな愛らしい顔だちで、黒地に黄色いストライブは派手な感じだが、そのワンピースの着こなしもうまく、モダンで明るく清潔で、都会的なセンスに溢れた女性だった。
切符をきるとき、夏江は、その男女が東山温泉で下車することがわかった。

——高島吉彦だ。

夏江は初めて彼らを見た瞬間から、気持が動転していた。切符を切るとき、自分でもはっきりわかるくらい手が震えていた。

しかし、男女は車掌の異常に気づかなかった。あれから八年も経っている。高島の方では、夏江の顔などすっかり忘れているのだ。荒川べりの事件を契機として、彼が真面目になったことは照子から聞かされていた。大学を卒業して、一流会社に就職し、それから恋愛、結婚というコースが、幸福そうな現在の様子から読みとれるようだった。

「オーライ」

夏江の声でバスが発車した。三十五人乗りのバスは、最後部の客席をあまして、ほぼ満員だった。

八年の歳月は、夏江を変えてしまったように、高島をも変えていた。夏江を罠《わな》にかけて暴行した与太者の面影は、もう、その逞《たくま》しく日灼《ひや》けした顔のどこにも見られなかった。一人前に成長した社会人である。おそらくは、やさしく頼もしい夫であり、会社では優秀な社員なのかもしれない。

高島は、しきりに女に話しかけていた。愉《たの》しそうだった。女の唇からも微笑が絶えなかった。似合いの新郎であり新婦だった。二人の結婚は多勢の人々に祝福され、歓声と花束に送られて新婚旅行に出発したのであろう。

しかし今、夏江の眼の前にいるのは、いわれもなく彼女の処女を犯し、その人生を滅茶滅茶に狂わせてしまった男だった。あの夜の傷痕は、彼女の内部に生きつづけている。忘れようとすると、そのたびに疼いてきたのだ。そして彼女はすべての望みを失ったが、傷つけた男は、今や幸福の絶頂で笑いを浮かべている……。

夏江は眼先がチラチラして、眼を閉じた。瞼《まぶた》のうらが、真っ赤に燃えていた。心臓がドキドキして、自分の耳に聞えるようだった。

バスは長浜、翁沢を過ぎて、猪苗代湖の沿岸を離れた。白虎隊の敗れた戸ノ口原を過ぎてしばらく行くと、狭い山道は東山温泉へむかって、九十九曲りと呼ばれるカーブの多い急な降り坂になった。

乗客たちは、山々を彩る紅葉の美しさに眼を奪われ、道の片側の、垂直に削り取られたような断崖の下の渓川《たにがわ》をのぞいて嘆声をあげた。

夏江は苦しかった。胸がつまるような苦痛だった。早く東山温泉について、高島が降りてしまえばいいと思った。このままの状態がつづけば、大声で叫び出すか、その場にうずくまってしまいそうだった。

バスが急に停《と》まった。降り坂の前方に、団体客を乗せた大型の観光バスがとまっていた。狭い道で、二台のバスがすれちがうことは困難だった。

坂道は登り優先が原則である。夏江はバスを降りた。呼子を吹いて、後方の擦れちがえる道まで、バスを誘導しなければならなかった。

ピリッ、ピリッ。

夏江はバスの後部に立って呼子を吹いた。短く、二息ずつ吹く。バスが後退しだした。停車を命じるときは、ピリピリピリと長く吹くのである。

ピリッ、ピリッ。

バスは少しずつ、慎重に後退した。道の左側は、そそり立つ数十メートルの断崖だった。運転の僅かな誤りでも、バスは真っさかさまに転落して、乗員の全員死亡は免れないだろう。しかし、運転手の牧野も夏江も、このような作業には慣れていた。いつだってやっていることなのだ。

夏江は呼子を吹きつづけた。青い顔は、ますます青かった。事件の記憶が、怒濤《どとう》のように押寄せてきた。なまなましく、無惨な記憶だった。頬がほてり、耳鳴りがした。頭がくらくらして、ともすると足元がふらついた。花火の音が聞えた。幻聴だった。花火は、大きな菊の輪を描いて八方へ散った。幻視だった。しかし、幻聴も幻視も、このときの彼女には疑い得ない現実だった。「いいじゃないか」高島の声が聞えた。ニヤニヤ笑っていた瀬田が、夏江の肩をつかんだ。「厭！」夏江は胸の中で叫んだ。荒々しい高島の息が匂った。下腹部を激痛がつらぬいた。底知れぬ闇の底へ吸込まれる。その闇の中で、真っ赤にひらいた花火……。

ピリッ、ピリッ。

夏江は吹きつづけた。喉が渇いていた。

バスの左後輪が、路肩すれすれにかかった。夏江はそれをはっきりと見た。もう一度呼子を吹けば、バスは転落する。夏江はそのことも意識した。バスの中で、睦《むつ》まじそうに女と語り合っている高島の顔が浮んだ。下腹部が疼き、めまいがした。花火がまた散った。刑事の辛辣な声がした。父の怒った顔が浮んだ。高島の唇が笑った。

ピリッ、ピリッ。

夏江は吹いた。

バスの左後輪が宙に浮いた。車体が傾いた。夏江の内部を烈しい痛みが突きぬけた。

「あッ」

夏江は低く叫んだ。

バスはスローモーション・カメラでとらえられたように、ゆるやかな弧を描いて谷底へ落ちていった。

蝮《まむし》の家

夫

勝気な妻である。土佐犬のように勝気な妻だ。

私が離婚を考え始めたのは最近のことではない。おそらく、彼女の父が死んだとき以来、そのことを考えつづけている。

都心に大きな付属病院をもつ医科大学の教授として、妻の父はかなり著名な学者であった。妻はその一人娘として、わがままいっぱいに育てられたようである。母親は彼女の幼い頃に亡くなっていた。

私はといえば、地方病院の貧しいレントゲン技師の四男に生まれ、奨学資金の扶《たす》けをかりなければ、大学を出ることもできなかったろう。そのような私にとって、唯一の幸運は妻の父である教授の知遇をえたことであった。多くの同僚がアルバイトに追われている時間に、私は教授の私的な助手として、やがては自分の仕事ともなる研究に没頭することができた。

大学を出て国家試験に合格すると、私は教授の推輓《すいばん》を得て大学に残された。今度は正規の医学部職員としての助手である。私にかけられた教授の期待を知って、発奮せずにはいられなかった。薬品の匂いに埋もれたような毎日の中で、背後を流れていく青春を惜しいとも思わなかった。当時の私にとって、青春とは仕事そのものであったと言えよう。

教授から、その一人娘との結婚を望まれたとき、私は驚愕《きょうがく》した。かりそめに考えぬことではなかったが、実現可能なものとは考えていなかったからである。

「娘も君との結婚を望んでいる」

教授はそう付け加えた。断わる理由はなかった。

彼女は美しかった。ショウ・ウィンドウの中にあって手の届かない宝石のように、私には得難いものと思われていた。それは貧しい者の眼が囚《とら》われる錯覚だったかもしれない。不遜な身ぶり一つにも、私は高慢な心を見ずに気品の高さを見ていた。議論をすれば、むきになってかかってくる気の強さを、愛らしい魅力の一つにさえ数えていたのだった。

突然の幸福は人間を単純にしてしまう。眩《まぶ》しいひかりの中にいる思いで、私は影の部分を見ることができなかった。

彼女の女子医大卒業修了を待って、私たちは結婚式を挙げた。

幸福とは、誰の場合にも幻影にすぎないのだろうか。私の場合、この幻影が消え去るまでに、たいした時間はかからなかった。

「下品だわ」

これは彼女が私を侮辱するときの慣用句である。箸《はし》の上げ下ろし一つにも、私の育った貧しい世界を思い出させようとした。そして、屈辱に耐える私を愉《たの》しむかのように、かすかに薄い唇を歪《ゆが》めて笑った。この屈辱に耐えたのは、養子の悲哀などというマゾヒズムがあったからではない。教授の恩義のため以外のどのような理由もなかった。

私に対する彼女の反感が、医学徒としての劣等感に基因していることを指摘するのは易しい。

私たちが結婚して四年目の秋、教授は脳内出血のために自宅で急逝した。

臨終に際して、たえだえに消えてゆく教授の脈搏を、私は右手、彼女が左手をはかった。私は泣かなかったし、彼女も涙を見せなかった。おそらく、互いに相手を意識することさえなかったなら、声をあげて泣いたであろう。

教授の死を境に、私たち夫婦のこころは、もはや結び合おうとする努力を完全に投げ棄ててしまった。温厚篤実なばかりで、一片の政治性をも持ち合わせなかった教授は、医師としても学者としても、不遇な生涯であった。僅かな退職金と弔慰金とを除けば、遺産は皆無というに近かった。

現在、妻は女子医大付属の癌《がん》研究室へ隔日勤務、私は医大講師として、制ガン剤の臨床実験をつづける傍ら、自宅にも研究室を設けて、助手一名とともに制ガン性抗生物質V・S・Oの研究に専念している。

そして、日曜日昼食後の今、眼前の事実についていえば、妻はテレビを眺めながら、三十分もかけて切りそろえた爪にヤスリをかけている。そして私は、最近ふとりかけてきた妻の腰まわりに眼をやりながら、いかにして離婚すべきかを考えている。

妻は蝮のように陰険である。わがままで狡猾《こうかつ》で嘘つきだ。女の虚栄心のありったけと、男にも稀なほどの名誉心を抱いている。

妻は決して離婚に同意しないだろう。V・S・Oの研究がほとんど完成に近いことを知っているからだ。この秋の学会に、私はV・S・Oの臨床効果を発表する予定である。病理学的にも非難の余地はないはずだし、学会で認められることはほぼ確実といっていい。厚生省の認可を待ちきれずに、気の早い製薬会社は量産の準備をすすめてくるだろう。日ならずして、私は助教授に昇格し、各大学からも講師としてひっぱりだこになることが予想される。そして製薬会社からは、りっぱな研究室と重役の椅子とを与えられるだろう。

その輝かしい日がやってくるまでは、妻は決して離婚を承知しまい。今の私は僅かな研究費にも不自由している。慰藉料をふっかけたところで、支払い能力のないことは明らかなのだ。

しかしV・S・Oの研究が成功すれば、彼女の要求しうる慰藉料は少なからぬものになるはずである。あるいは私以上の期待をもって、彼女は秋の学会を待っているに違いないのだ。

私はできるだけ早く離婚しなければならない。

妻

妻とは名ばかりの生活が、もう半年以上つづいている。

結婚は失敗だった。でも、今のわたくしは失敗をくやんではいない。嘆いたり悲しんだりするほど、夫を愛した記憶もなかった。

夫の不貞に気がついたのは、父が脳内出血で倒れた晩だった。

その夜、病院の宿直と称して家をあけていた夫の姿は、病院にも大学にも見あたらなかった。心あたりの知友人をたずねたけれど、電話機に返ってくる応えは、わたくしを恥じいらせるばかりだった。翌《あく》る日の午後になって、夫は大学の自動車でかけつけた。前夜来昏睡《こんすい》をつづけた父が息を引きとったのは、その夜更けだった。

宿直をいつわったことについて、夫はついに、ひとことの弁解もしなかったし、わたくしもたずねはしなかった。そのかわり、新聞広告でみた私立探偵社をたずねて、夫の素行調査を依頼した。

探偵社の調査は、一週間後に報告された。

──夫の愛人の名は三谷千鶴子《ちずこ》、元医大付属病院准看護婦、二十二歳、すでに半年ほど前から、中野にアパートを借りて住まわせていたという。そのほか、きれいにタイプされた報告書は、三谷千鶴子の容貌、生活状態、近隣の風評、夫の来訪頻度、探偵の尾行経過などを記して、上質の白紙四枚を埋めていた。

わたくしは嫉妬を感じなかった。三面鏡に向かって、こみあげてくる笑いをこらえただけだった。

その日、わたくしは探偵社の報告書を夫の寝室の床の間に投げ出しておいた。翌る日、夫が出勤したあとの寝室を見ると報告書は消えていた。このことについて、夫はやはり何もたずねなかったし、わたくしもかたく口をつぐんでいた。

わたくしは夫と別れたい。

夫の爪はいつもまっくろに汚れている。何日も風呂に入ろうとしないし、下着を一と月以上替えなくても平気でいる。歯をみがいたことはない。馬のように大食いで、口をあけたまま犬のようにクチャクチャと音をたてて食べる。そして食べながら貧乏ゆすりをする。ご飯に味噌汁をかけるのが好きで、お新香のほかはおかずをいらないという。

わたくしはそのような夫を我慢できない。

夫の長所として、その勤勉さを挙げる人がいる。しかし、仕事以外に何もすることのない人間だとしたら、なぜそれが長所だろうか。夫はロバのように愚鈍で退屈な男――音楽も芝居も、映画も小説も、テレビでさえ夫の関心をひくことはできない。そのくせ、十いくつも年下の小娘を、薄汚いアパートに囲っている。おそらく、病院では夫の下にいた女だろう。下品、不潔、卑劣な男。わたくしはそのような夫を許す気にならない。

夫みたいに貪欲なエゴイストがいるかしらと呆れてしまうことがある。大学病院の研究室や薬局から、個人的な研究用に薬を盗んでくるくらいのことは珍しくない。そして、大学からサラリーをもらっていながら、その大部分の時間を大学には内緒の仕事に費している。V・S・Oの研究、それを先輩や同僚に盗まれることを恐れて、アルバイトの医局員を助手に雇って自宅に通わせているが、研究材料はみんな大学から持出したものだ。これらのことは助手の渡辺がよく知っている。もちろん実験対象の患者も、在宅患者の中から夫個人としてつかんでいるらしい。

わたくしはどうしても夫と別れたい。

でも、今別れたのでは損をしてしまう。せっかく私立探偵をつかってまで、夫に愛人のいることを突きとめたのだから、取れるだけの慰藉料をとってやらねば損だ。渡辺の話によると、制ガン性抗生物質V・S・Oはほとんど七十パーセント近い臨床効果を得て、いまは病理学的うらづけをまとめている段階だという。もしそれが事実であり、今秋の学会で認められたとしたら、夫には莫大な金が入ってくるはずだ。離婚はそれからでも遅くはないし、それからでなければ、洋服一着分ほどの慰藉料も取れないにきまっている。妻の座を恥ずかしめられた代償として、わたくしはいくらくらい請求できるだろうか。

「百万円がいいところかな」

昨夜、渡辺はわたくしの胸の中でそう言った。

「だめよ、それっぽっち。最低五千万円。それ以下だったら別れてやらないわ」

わたくしは本気で考えている額を言った。そして、多少なりとも明確な効果の認められる制ガン薬を発見したとしたら、それがいかに発見者の地位をたかめ、製薬会社とともに得る利益がどんなに大きなものかを説明してやった。

渡辺は可愛い男、まだ学生気のぬけない青年だけど、浅黒くひきしまった肌はなめらかで艶がある。わたくしを知るまで、女に触れたことがないというのは本当のようだった。夫の助手にはもったいないくらい優秀な青年らしいが、わたくしの前では甘えんぼうの奴隷にすぎない。最初は、夫に捨てられた自分に残っている魅力を確めたいという思いだけから、渡辺を誘ったにすぎなかった。今は、彼の若々しい肌と、わたくしを抱きしめる強い力とを愛している。でも、夫と別れたからといって、渡辺と結婚する気にはならない。

おそい昼食をすませた夫は、今、わたくしのうしろで煙草をのんでいる。テレビは化粧品のコマーシャルをながながとつづけている。夫はそんなテレビでも見ているのだろうか。ほかに見るものはないはずだから……。

夫はわたくしと渡辺との関係に気づいていない。

テレビを見ている夫は退屈しているだけだろう。草を食べすぎた牛のように。

夫

「妻をどう思うかね」

私は回転椅子を廻して、顕微鏡を覗《のぞ》いている渡辺を見た。

「――？」

振返った渡辺は、質問の意味がわからぬという表情をした。しかし、それは本当だろうか。渡辺の頬はかすかに紅潮した。私は質問を重ねた。

「好きかね、嫌いかね」

渡辺はやはり答えられなかった。狼狽《ろうばい》している。質問が唐突すぎたのだ。しかし、狼狽した理由はそれだけではない。意中を見透かされたという思いが、彼の冷静さを乱したのだ。私は、彼が妻を見るときの熱っぽい眼差《まなざ》しを幾たびか心にとめた。妻はそんな渡辺の内面に気づいていないだろう。他人に対しては気位を保つことだけでいっぱいの女だ。

「答え難《にく》ければ答えなくていい」私はあらためて渡辺を対座させた。「実は頼みたいことがある。おかしな頼みかもしれないが、君のためにもなることだから是非聞きいれて欲しい。妻を誘惑してもらいたいのだ。とうに気づいているだろうが、私たちの仲はうまくいっていない。私は別れようと思っている。しかし、妻は素直に離婚を承知するような女ではない。私を苦しめるためという理由だけでも、別れようとはしないだろう。抽象的に不和を申し立てたくらいでは、裁判所も離婚を認めてくれない。彼女と別れるには具体的な離婚原因が必要なのだ。たとえば、妻の不貞というようなことだ」

私はしばらく言葉を途切らせた。渡辺の様子を見るためだった。そして、彼にも考える時間を与えるためだった。

両手を膝の上に置いて、頭を垂れた渡辺の表情は読めなかった。

渡辺は忠実な青年である。私の意思に逆らうとは考えられない。だからこそ、私は彼を選んだのだ。いわゆるハンサムな奴で、幾分なりとも馬鹿にみえぬ男は稀である。渡辺はその稀な一人といっていいだろう。妻の最も好むタイプだ。私に忠実であって、なお妻を誘惑しうる者は、私の周囲に彼をおいていない。真面目そうな容貌とはうらはらに、彼が女色の才に長《た》けていることは、看護婦たちの風評を耳にしていた。結果として、妻と渡辺との仲が予期以上に親密となり、二人が結婚を望むようになったとしても、私の目算ははずれたことにならない。私には妻の不貞が必要なだけである。渡辺のような人物を身近に選び得たことは、すでに私の勝利を告げている。彼が妻に手を出さないでいるのは、妻が隙をみせぬことも一因であろうが、私の信頼を裏切ることができぬためなのだ。

「もちろん――」私はつづけた。「決してきみに迷惑はかけない。きみはただ妻と遊んでくれればいい。もし彼女を自由にできるなら、どのように自由にしてもさしつかえない。私は妻を愛していないのだ。妻はきみのような青年が好きだ。彼女の自尊心に気を配って近づけば、おそらく喜んで迎えるだろう。彼女は一見冷たい女に見える。気位が高いためだ。しかし、冷たく見える女ほど多情なものだということを、かならず彼女から教わるにちがいない。勇気を持ちたまえ。きみに必要なのは僅かな勇気だけだ。不貞の事実を指摘することさえできれば、虚栄心の強い彼女はかならず離婚に同意する。それでも彼女が裁判所で争うとは考えられない。他人にスキャンダルを知られるくらいなら、どんな屈辱にも耐える女だ。妻の愛人として、きみの名が世間に洩《も》れることはない。きみに迷惑はかからないのだ。幸いに、

V・S・Oは秋の学会に報告できる見込みがついた。私は当然忙しくなるだろう。そのとき、私に与えられるポストの幾つかは、きみに回すつもりだ。少なくとも、君を講師として迎える大学は二、三にとどまらないだろう。もし、学会前に離婚できたら、これもきみのお陰だから、研究発表の際は共同研究者として君の名を加えたいとも考えている」

私はここでもう一度言葉を切ると、映画のチケットを渡辺の前に置いた。昨日、厚生省へ行った帰りに銀座へ出て買ったものである。つづき番号の指定席二枚。映画の内容は知らないが、大きなネオン入りの看板にフランク・シナトラという俳優の写真がかかっていた。この俳優のことは、妻の化粧箱に入っていたブロマイドで知ったのが初めだが、彼女はこの俳優の歌を聞いたあとで異常な興奮を見せたことがあった。あんな俳優のどこがいいのかわからないが、七十ミリのスクリーンでシナトラの歌を聞いたら、逆上して鼻血を出すかもしれない。そのような精神状態は、渡辺の誘惑を円滑に導くだろう。

「切符の日付は明後日、最終回の七時五十分からとなっている。かなり評判のいい映画らしいから、妻もよろこぶだろう。私はこれから大学へ用事がある。私が出かけた後で、この切符を利用したまえ。明後日は映画をみるだけにしておいた方がいいだろう。急ぐことはない。しかし希望としては、一か月くらいの間に、二人がホテルへ入る姿を見せてもらいたい。経過報告を愉しみにしている」

「しかし――」

渡辺は初めて顔を上げた。さすがにためらう様子であった。

「迷ってはいけない」私は渡辺をさえぎった。「私の頼んだことは非常識かもしれぬ。そして、きみの行なうことは不道徳とも言えよう。しかし、きみはこれから行なうことを青春の特権だと思いたまえ。夫の私が許しているのだ。私に遠慮はいらないし、あるいは妻を喜ばすことにもなる。失敗すれば失敗したでかまわん。妻を恐れることも無用だ。きみの将来は私が責任をもって預っている。冒険を愉しむくらいの気持でかかればいいだろう」

数日前の日曜の午後、テレビの前で爪ヤスリをかけている妻の後姿をみながら考えた計画を、私はようやく渡辺に話し終った。自分でさえ非常識な話とは思う。しかし、これ以外に方法がないとしたら、どうしても渡辺を説得しなければならなかった。

渡辺は承知したようである。口には出さなかったが、はっきり頷いてチケットを受け取った。

外出の支度をして玄関へ出ると、たまたま勤めから帰ったらしい妻に出会った。

妻は習慣的に視線を避けた。無視することが、最大の侮辱の方法だということを知っているのだ。

「今夜は帰らぬかもしれない」

私は靴ベラを女中に返しながら、妻にも聞こえるように言った。

妻は無言で奥へ消えた。

妻の足は大きい。下腿部《かたいぶ》は細いが、十文七分の足袋をはく。

妻の帰宅はいつもより早かった。あるいは早退して、最近友人が開業したという耳鼻科専門の医院へ行ってきたのかもしれぬ。蓄膿症なのだ。三回手術をしたが三回とも失敗した。それで、口をあけたままでなければ眠れない。ムジナのような鼾《いびき》をかく。妻の鼻は大きい。本人は気に入っているらしいが、小作りな顔の中で鼻だけが目立つ。やはり大きいのだ。笑うと、鼻の両脇にある小皺《こじわ》がよる。だからあまり笑わない。

妻

――今夜は帰らぬかもしれない。

妻のわたくしを面前にしながら、夫は女中にだけそう告げて外出した。

子供っぽい意地の悪さがおかしくてたまらない。鈍感な夫は、自分の演じているこっけいさに気がつかないのだ。

夫は外出先を言わなかった。酒をのめぬ夫が夕方から出かけるところといえば、三谷千鶴子という女のいる中野のうすぎたないアパートにきまっている。わたくしも行先をたずねたりはしなかった。

夫は小肥りで背が低い。それなのに、帽子をかぶりステッキを持ちたがる。老人のように背中をまるめて、アメリカ帰りの友だちからもらったという籐《とう》のステッキをひきずるように腕にかけてあるく。

夫の手は大きい。グローブのように大きな手、赤茶けて皺だらけで、いつもかさかさに乾いている。わたくしはその大きな手で殴られたことを忘れない。二年以上も前のことだけど、そのときの痛みを忘れることはできない。それまで、わたくしは両親にさえ打たれたことがなかった。

「渡辺はいるの？」

わたくしは女中にたずねた。

「はい、研究室の方にいらっしゃると思います」

雇ったばかりの女中は、もう六十ちかいお婆さんだけど、言葉づかいがていねいで気持がいい。

わたくしは勝手口から下駄をつっかけて、庭の隅の研究室をのぞいた。

渡辺は椅子によりかかって、ぼんやり煙草をふかしていた。

「仕事は終ったの？」

わたくしは渡辺のうしろにまわって、首すじに唇をあてた。

「うん」

渡辺はうなずいてから、わたくしを振りかえって意味のありそうな笑いかたをした。

わたくしは渡辺の手をとって立ちあがらせた。そして、彼のひろい胸の中へ体をくずしていった。渡辺は大胆にわたくしを抱きとめた。ワンピースの背中のファスナーをはずして、両肩をあらわにさせた。

研究室内で、彼のこのような大胆さは、わたくしをおどろかせた。夫が忘れ物をとりに戻ることもありうるし、女中が覗き見しないとも限らない。昨日までの渡辺は、そのようなことを臆病すぎるくらい警戒していた。それなのに、今はわたくしの方が不安になるほどだった。

「明後日、映画を見にいきませんか。シナトラが出ています」

男の大胆さは好ましいけれど、厚かましさにはついていけない。執拗《しつよう》な愛撫《あいぶ》をのがれたわたくしに、彼は二枚のチケットを指先にひらひらさせた。

「あら？」

わたくしはすぐに機嫌をなおしてチケットを受けとった。見たいと思っていた映画だった。それに、映画をおごるのはいつもわたくしの役目で、彼におごられるなんて、想像もしないことだったから。

「先生にいただいたんですよ。おくさんをお誘いしろといってね……」

渡辺はおどろいているわたくしを愉しそうに見まもって、つい先ほど、夫との間にかわされたという話をつたえた。

《わたくしを渡辺に誘惑させ、そのことをタネに離婚をせまる――》

ケチで小心で狡猾で、蝮のように陰険な夫の考えそうなことだった。わたくしと渡辺との仲を知らずにいるところが、いっそ愛嬌があると言ってやらなければ可哀想なくらい。

愛人を発見された不利な立場を、わたくしの不貞によって帳消しにして、慰藉料も出さずに協議離婚にもっていこうという計略にきまっている。

わたくしは笑ってしまった。夫の愚かさがおかしくてたまらなかった。渡辺は熱っぽい抱擁をくりかえして、自分のアパートに誘おうとしたが、わたくしは明後日の映画見物を約束しただけで彼を帰らせた。ひとりきりになって考えたいことが、たくさんあったからだ。

居間に戻ってひとりきりになると、わたくしはもう笑わなかった。落ちつこうとしても、体はマラリア患者のようにふるえた。憎悪のためだった。ふるえを止めることはできなかった。かつて、わたくしは人を憎んだ記憶がない。夫にたいする軽蔑にも、憎悪はふくまれていなかった。今までのわたくしは、夫の醜さを憐《あわれ》んでいたにすぎない。憎悪――わたくしは初めて、この感情の烈しさを知った。夫の卑劣さを、許すことはできないと思った。

――夫を殺すことができたら……。

いつの間にか、わたくしは恐ろしい結論にみちびかれようとしていた。夫を殺すことができたら……、それはなんと素晴らしいことだろう。

あんな男、死んでしまえばいいのに――、わたくしは幾たびそう願ったことか。でも、夫を殺すという考えだけは、盲点のように、今まで脳裏に浮かばなかった。

わたくしはそっと眼をとじた。そのとじた瞼《まぶた》のおくで、わたくしは夫の死体を見下ろしていた。そのような場面の想像は、これが初めてではないような気持がした。無意識の中で、殺意は隠し子のように成長していたのだろうか。わたくしは快感につらぬかれた。――ぞっとするほど厭《いや》らしく分厚い唇、夜の間に生えかかったわいせつなひげ、ぶよぶよと蛙のようにふくらんだ白い腹部、そして蛇のように執拗な腫《む》んだ脚、これが夫の死体、グロテスクな軟体動物の屍《しかばね》。

わたくしは自分の考えに夢中になっていった。

もし夫を殺すことに成功したら、V・S・Oの研究はわたくしの仕事として発表できないだろうか。渡辺はアルバイトの助手にすぎない。V・S・Oはあくまでも夫のものだ。夫の遺産は当然妻のものになる。V・S・Oのことは大学にも内証の仕事だから、渡辺以外に知る者はいない。わたくしは医師で、制ガン性抗生物質の研究もしている。わたくしがV・S・Oを発見し、ひそかに研究をなしとげたとしても怪しまれる理由はない。世間知らずの渡辺には、いくらかの金をつかませてやればいい。わたくしは一躍有名になる。新聞にも写真入りの記事がでるにちがいない。いくつもの大学から講師として招聘《しょうへい》される。製薬会社は重役の椅子に札束をつんでくる。

そうだ。夫を殺すことは素晴らしいことなのだ。夫には殺されていい理由がある。わたくしはどうしても殺さなければいけない。その結果として得られるものは、当然の報酬と考えることにしよう。

わたくしは誰よりも幸福になりたい。夫のために失った青春を今こそ取戻さなければならない。

夫

昨夜は研究室で徹夜をしたので、起床したときは正午をすぎていた。

妻が食事の支度を整えた。

「婆さんはどうしたね」

私は女中の姿が見えないので尋ねた。

「ちょっと使いにやりました。間もなく戻ると思いますが……」

妻は素直に答えた。

私は驚嘆した。このように素直な妻は、むしろ無気味であった。食事の支度をしてくれただけでも意外だったのである。

私は妻のこころを計りかねたが、しかし、それは短い時間にすぎなかった。すぐに渡辺の報告を思い出すことができた。

妻は渡辺の誘いを退けなかった。渡辺の口ぶりから推《お》すと、かなり積極的にデイトを承諾した模様である。筋書どおりに、渡辺は妻をシナトラの映画へ伴った。その日、妻はデコレーション・ケーキのように着飾って夕方から外出した。初恋に夢中な女学生のようにうきうきした様子は、隠そうとしても隠しきれぬ喜びを現わしていた。私には行先を言わなかったが、女中には大森の伯母の家へ行くと言ったそうだ。彼女が家を出たあと、私は腹をかかえて笑った。妻の帰宅は十二時近かった。映画館を出たあと、コーヒーを飲んでから、銀座うらを新橋まで歩いて別れたというのが渡辺の報告であった。

──女房の手くらいは握ったかね。

──はあ、おっしゃられたとおりにするつもりでしたが……。

──チャンスがなかったか。

──はあ。

問いつめられた渡辺は、子供っぽくはにかんでいた。初日だからやむをえまい。この調子でいけば、労することもないだろう。私は彼の肩を叩いて笑った。

第二の計画として、一両日中にボクシングへ誘わせることになっている。妻の好きなスポーツはボクシング、レスリング、そして相撲《すもう》である。筋肉質の裸体がぶつかり合うスポーツが好きなのだ。とりわけ、ボクシングに示す熱意は尋常ではない。血を見るのがたまらないのだ。私はそう解釈している。

映画見物の一夜について、渡辺はそれ以上のことを言わなかったが、食卓を整えた妻の素直な態度は、渡辺との間にそれ以上の交渉があったことを語っている。自分の行為に対する呵責《かしやく》の念が、不必要に妻をやさしくしているのだ。筋書は意外に早く進展するかもしれない。

私は妻をからかってやりたくなった。

「この二、三日、渡辺の様子がおかしいんだが、何か気がつかないかね」

「……そうかしら」

妻はとぼけた。とぼけた顔はテレビへ向けている。食事中の私の位置から見えるのは、左の横顔だ。彼女は正面や右側から見るよりも左側から眺めた顔の方が美しく整って見える。彼女はそれを承知しているのだ。向かい合いになる場合でも、かならず右斜めに坐って、左の横顔を見せるようにする。しかし、左右の人相にそれほどの開きがあるわけではない。暇さえあれば爪をみがいている女だが、今は両手を膝に置いている。

「渡辺の奴、恋人でも見つけたのとちがうかな。どうもそわそわして落着かない」

「心あたりでもございますの？」

「うむ、ないわけでもない」

「あなたのご存じの人？」

「うむ」

「どなたかしら、おいくつくらいの方？」

「お前と同じくらいだろう」

「それでは渡辺さんより年上じゃないの」

「年上でもかまわんだろう。近頃はそういうのが流行《はや》っている」

「そうね」

妻はたいして興味がなさそうに頷いた。警戒したのかもしれない。

話題を変えることにした。私は妻に憎まれている。しかし、もっともっと憎まれた方がいいのだ。

「昨夜、お前に殺される夢をみたよ」

私はでたらめを言った。

妻は表情を動かさなかった。

「苦しい夢だった。ずいぶん長い間うなされていた。自分の唸《うな》り声に眼を覚ましたときは、びっしょり汗をかいていた。冷たい汗だった。唸り声を聞かなかったかね」

「――」

「本当に厭な夢を見たものだ。お前の細い腕が、私の首を締めつけて放さないのだ。一所けんめいもがこうとするが、どうしても体が動かない。お前は恐ろしい眼つきで私を睨《にら》んでいた。私は殺されるのだということが分った。助けてくれ！　私は必死になって叫ぼうとした。しかし、どうしても声が出なかった。苦しかったな。ほんとうに苦しかった」

「――」

妻はやはり無言だった。視線はテレビに注がれていた。テレビでは頬の痩せこけた混血の青年が、派手な身ぶりで外国の流行歌をうたっていた。下手な歌だった。いつも同じ歌ばかり歌っている。まるで蟬《せみ》のように。妻はこの歌手を嫌いだと言ったことがある。それでも、今は画面から眼を放さない。息遣いの荒さは、大きく上下する肩の動きでわかった。ヒステリーを起こす前兆である。

私は自分で注《つ》いだお茶を口にふくむと、なるべく下品な音をたてて含嗽《うがい》してから飲みこんだ。

妻はふいに立上った。さすがに怒ったのだ。テレビをとめると、一言も言わずに出て行った。

私は愉しかった。

女中は間もなく買物から帰った。

妻は暗くなるまで家にいて外出した。行先は言わなかった。

妻は遊び好きで金使いが荒い。化粧品はすべて外国製である。一瓶三千円もするクリームを当り前のように使っている。そして月に一着はかならず服を新調する。それもかならず銀座の洋裁店で作らせる。値段が高いばかりで、さして技術がすぐれているわけではない。注文をうけるのは著名なデザイナーかもしれないが、実際に裁断して仕立てるのは、洋裁学校を出たばかりの小娘なのだ。舶来生地を銀座の有名店で仕立てさせたというしるしの、服の裏地に縫込まれる××洋裁店というネームが欲しいのだ。虚栄心が高いものにつくことは当然なのだろう。亡父の退職金は彼女が握ったきりで、ついに私の眼には触れないが、それもそろそろ底をついた頃である。今に及んで、彼女が離婚慰藉料を狙う心境もわからぬではない。彼女にとって、貧困ほど恐ろしいものはないのだ。

私はこの愉しい気分を持続して、論文をまとめてしまわねばならぬ。

家を出ると、新宿で二、三の買物をしてから、常盤台《ときわだい》のアパートへ渡辺を訪ねた。

「顔色がよくありませんね」

渡辺はわたくしを見るなり言った。

「もう我慢できないわ」

わたくしは渡辺の胸に顔をうずめた。興奮はさめていなかった。

わたくしに殺される夢をみた、と夫は言った。本当かどうか分らないけれど、わたくしは恐ろしくて口がきけなくなった。そのようなことを言いだしたのは、夫がなにかを感づいているからにちがいない。いつもの厭がらせとはちがう感じがした。どうしても夫を殺さなければならぬとしたら、一日も早い方がいい。わたくしは寝室にこもって方法を考えた。夫との不和は渡辺が知っているし、女中も気づいている。そのほかにも夫は誰かに喋《しゃべ》っているかもしれない。夫が殺されたら、疑いは当然わたくしにかかる。自殺を偽装しても、バレてしまったらそれまでだ。刑事の訊問《じんもん》を、あくまで突き放す自信はない。疑いをかけられるだけでも恐ろしい。そこで考えついたことは、渡辺に夫を殺させることだった。渡辺は夫を殺す動機がないから疑われないで済む。わたくしと渡辺との仲を知る者はない。たった一人だけ、その仲を知っている夫は死んでしまうのだから。

渡辺を利用することの利点はほかにもある。夫の死後、わたくしはV・S・Oの成果を自分のものとして発表する予定なのに、渡辺が共同研究者としての権利を主張し、あるいは渡辺一人の功績として独占したがるかもしれない。十分に起こりうることだと思う。そのとき、もし渡辺を殺人者にしておけば、わたくしは彼を告訴するといって脅すことができる。逆に彼が開きなおって、わたくしの依頼で殺したのだと主張しても、わたくしは知らぬ存ぜぬで通してしまえばいい。夫を殺したのは渡辺なのだし、わたくしにはりっぱなアリバイがあるという仕組にしておく。夫殺しを依頼されたなどということは証明のしようがないはずだ。絞首台にのぼる人間は渡辺に限られてしまう。渡辺は利口な男だから、自分を絞首台に送るようなまねはしないだろう。わたくしは渡辺の口をふさぐと同時に、V・S・Oを独り占めにできる。

渡辺はわたくしを愛している。夫を殺したいということは映画見物の帰りに匂わしておいたけれど、決してわたくしの願いを拒まないだろう。わたくしはそれを確信している。それくらいの確信がなかったら、この話をきりだすことはできなかった。

「主人を殺して欲しいの」

わたくしはまっすぐに渡辺を見つめて言った。演技が必要だった。

「先生をですか」

渡辺の声は落着いていた。おどろきを見せなかった。覗きこむような眼でじっとわたくしを見た。

わたくしはうなずいた。

「おねがい――わたくしは気ちがいになってしまうわ。主人はいま研究室にいる」

「女中は？」

「女中は耳が遠いし、部屋が離れているから心配ないわ。裏庭の柵を越えて入れば、誰にも見られずに研究室へ行ける。女中は九時に夜食をつくって、主人に食べさせると寝てしまう。それまでは、決して研究室に入らないわ」

「しかし、どうやって殺《や》りますか」

「方法はまかせるわ。自殺に見せられればいちばんいいけど、難しければどんな方法でもかまわない。あなたなら決して疑われないし、もしわたくしが疑われたら、あなたのところにいたと言ってアリバイをたてられる。そうすればあなたのアリバイも立つことになるわ」

「考えましたね」

「ね、お願いよ。恩に着るわ」

「恩にきるというのは？」

「あなたの欲しいものを全部あげる。でも、もうみんなあげちゃったけれど」

わたくしは唇に微笑をもたせて、渡辺を見上げた。わたくしはこのような演技になれていない。眼の色に媚《こび》をふくませることができたろうか。

突然、わたくしは烈しい力で抱きよせられた。渡辺の唇が首筋を這《は》った。彼の唇はいつも冷たい。感触は蛇に似ている。わたくしは蛇が好きだった。

「結婚してくれますか」

唇をはなすと、渡辺は唾を飲みこんで言った。眼がキラキラ光っていた。予期しない言葉ではなかった。

「いいわ」

わたくしは顔色を読まれないために、ふたたび彼の胸に顔を伏せて答えた。

渡辺と結婚する意思はない。年下の男と結婚する女も多いらしいけど、わたくしは厭、そうでなくても、二度と夫をもつ気にはならない。夫を殺させてしまいさえすれば、渡辺はわたくしの自由になる。いざとなって結婚を迫られたら、切札を見せて脅かせばいい。刑務所へ行くのが厭なら、黙るほかはないだろう。

「おくさんはこのアパートに入るところを誰にも見られませんでしたか」

渡辺はわたくしの耳を愛撫しながら言った。

「ええ、誰にも見られなかったと思うわ」

「誰かに見られておく必要がありますね。そうしないとアリバイにならない。しかし、あまり派手に動きまわると、かえって怪しまれてしまいます。ぼくの言うことを守ってください。いいですか。間もなく七時になります。ここからお宅までは約一時間、先生を殺すのは八時から八時半の間というところでしょう。その時間にアリバイがあればいいわけです。ぼくが出かけたら、まずラジオをかけて下さい。そのあと、しばらくは雑誌でも読んでるんですね。そして八時になったら、となりの部屋をたずねて、ぼくが風邪をひいて熱があるから氷をくれと言いなさい。氷嚢《ひょうのう》に入れる分だけだから、電気冷蔵庫の氷でたくさんです。これでぼくとおくさんとのアリバイは、となりの娘が証明してくれることになる」

「でも、おとなりに冷蔵庫があるかしら」

「あります」

渡辺は力強く言った。

「それでは、ほんとうに殺ってくれるのね」

わたくしの声は弾んだ。

「九時か、遅くも九時半には戻ります」

渡辺は立上って、着ていたジャンパーを背広に着替えた。さすがに緊張した顔つきで、奥歯を噛みしめるように唇を結んだ。

「気をつけてね」

ドアまで送って、わたくしは靴をはいている渡辺の背中にささやいた。

ドアを細めに開き、あたりに人影のないことを確かめると、渡辺は吸いこまれるように夜の闇へ消えていった。

渡辺に言われたとおり、ひとりになるとすぐにラジオをかけた。テレビも冷蔵庫もなく、調度品はまずしかった。部屋の隅に放りだしてあった週刊誌を開いたけれど、活字を追うことはできなかった。

——間もなく夫が殺される。

そう思うと、体中がほてった。ラジオは上方《かみがた》落語を放送していた。アクの強い語り口が厭味だった。ダイヤルを廻すとニュースが入った。さらにダイヤルを廻すと音楽が流れた。ピアノのソロだった。

わたくしは静かに眼を閉じた。青くむくんだような夫の顔が浮かんだ。夫の眼はわたくしを見ていた。死人の眼だった。恐ろしくなって眼を開いた。天井の隅に蜘蛛《くも》の巣がかかっている。蜘蛛の姿は見えなかった。——わたくしは悪い女だろうか。夫を殺すなんて悪い女にきまっている。でも、ほんとうに悪い女かしら……。天井に向かって、わたくしは何度もつぶやいた。しかし、頭は全く別のことを考えていた。それはV・S・Oの発見者として、テレビカメラのライトを浴びている自分のことだった。夢ではなく、やがて現実となる自分の姿だった。

型の古い置時計が八時をさした。わたくしの腕時計も八時をさした。

わたくしは起き上った。渡辺から渡されていた氷嚢をもって、となりの部屋を訪ねるために。

アパートは貸家式という作りで、公団アパートみたいに各戸ごとに通路と玄関がついている。誰にも見咎められることなく出入りできるし、小うるさい近所つきあいもなしに、独立家屋同様の生活を営めることが都会人の好尚に合って普及したという話を聞いていた。

ノックに応えてドアをあけてくれたのは、二十歳くらいのきれいな娘さんだった。

「となりの渡辺ですが——」

わたくしはていねいに挨拶をして、氷を所望した。

娘さんは怪訝《けげん》そうにわたくしを見た。あまりいつまでも怪訝そうに立っているので、わたくしは渡辺の姉だと言った。娘さんの不審はいくぶんとれたようだった。

「風邪はお悪いのでしょうか」

「いいえ、七度台の熱ですから、たいしたことはないと思います」

氷嚢につめてもらった氷をうけとると、くどすぎるくらいに礼を述べて部屋に戻った。印象を残させるためだった。

渡辺が戻るまでの時間は、無限に長いように思われた。不思議なことに、不安な思いはなかった。

音もなくドアが開いて、渡辺が戻ったのは九時十分すぎだった。

渡辺の顔を見て成功を知った。蒼白《そうはく》な額に汗がひかっていた。

「わりあい簡単だった」

渡辺は吐息といっしょに言った。

わたくしはその場にくずおれてしまった。全身の力が抜けたようだった。

その夜、わたくしが帰宅したのは十時半ころだった。

家の前には数台の乗用車やパトカーがとまって、人影があわただしく出入りしていた。わたくしは物見高い人垣をわけて家に入った。

出迎えた中年の男は、所轄署の捜査係長という肩書入りの名刺をくれた。顎ひげを生やしているのに、口ひげはなかった。

午後九時頃、夜食を運んだ女中が、夫の絞殺死体を発見したのだった。死体を見せられたけれど、なんの感情も湧かなかった。海岸に打上げられたマグロの死体を見ているような、何か全く無縁なものを見せられた気持だった。もしこのような表現が正しくないというなら、わたくしにはひろびろとした解放感だけがあったと言い替えてもいい。死体にとりすがって泣きわめくというような醜態を演じる必要のないのが幸いだった。

数人の刑事から、矢つぎ早に訊問された。

わたくしは決して取乱さなかった。新宿で買物をした証拠の包装紙を開いて、夫の死については何も知らないと言って押し通した。

翌日、わたくしはあらためて警察に呼ばれた。取調べ官は昨夜の貧弱な顎ひげの捜査係長だった。

「ご主人は絞殺されたようです」

係長はそう言ってしばらく沈黙した。疑り深そうな品のない眼だった。

「失礼なことをお訊ねしますが、ご主人との仲はご円満だったでしょうか」

「いいえ、円満とは申せません。性質が合いませんでした。他人のように暮らしておりました」

わたくしは正直に答えた。隠してもわかってしまうようなことは、隠さない方がいいと考えたからだった。

「おくさんは最近研究室に入ったことがありますか」

「ございません。主人はわたくしが研究室に近づくことを好みませんでした」

「妙なことをお訊ねするようですが、昨夜、おくさんはイヤリングをなさってましたね」

たしかに妙な質問だった。係長の唇は笑っていた。わたくしは不吉な予感を覚えた。すぐには返事をためらうものがあった。昨夜、わたくしはいちばん大切にしている翡翠《ひすい》のイヤリングの、片方を紛失していた。

「おみかけしたイヤリングは、たしか翡翠のようでしたが……？」

「はい」

「お宅にございますか」

「はい、片方だけでしたら」

「といいますと？」

「もう片方は昨夜失くしました。探しましたが見つかりませんでした」

「そうでしたね。玄関でお会いしたときから、おくさんの左耳にはイヤリングが見えなかった」

「それがどうかしたのでしょうか」

動悸《どうき》が早くなった。落着こうとしても、動悸は早まるばかりだった。

「どこで失くしたか記憶はありませんか」

「――」

わたくしは答えられなかった。

「研究室にありましたよ。ご主人の死体のそばに――」

係長は握っていた手を開いた。開いた手の上に翡翠がひかっていた。見つからなかったイヤリングの片方だった。

「なぜ、そんなところに落ちていたか説明していただけませんか」

係長の口調には、痛烈な皮肉がこもっていた。

「存じません」

わたくしは烈しく首を振った。

「間違いです。何かの間違いですわ。わたくしは何も存じません。新宿で買物をしていたのです」

わたくしは首を振りつづけた。何かの間違い――そうとしか考えられなかった。

「わたしもおくさんの言葉を信じたいのですがね。時間はたくさんあります。よくお考えになって下さい」

係長は訊問を愉しんでいるようだった。煙草に火をつけると、気持よさそうに煙を吐いた。

わたくしは考えた。いや、考えようと努めた。しかし考えは、――何かの間違い、という言葉の周囲を空転するばかりでまとまらなかった。何を考えようとしているのか、それさえ分らなくなりそうだった。ついに、はげしい吐き気に襲われた。巡査につきそわれて洗面所へ行った。けれど、喉を鳴らしても出てくるものはなかった。わたくしはふたたび調室につれ戻された。もはや、渡辺との関係を打明け、アリバイを主張する以外に方法はなかった。

わたくしは呼吸をととのえ、気を鎮めてから、渡辺との関係を語った。

「……昨夜、わたくしが常盤台のアパートにいたことは、助手の渡辺さんに聞けばお分りになります。渡辺さんを呼んでみてください」

わたくしは大きな恥を忍んだ。

「嘘ではないだろうな」

係長は急に不機嫌になり、言葉も乱暴になった。そして幾度も念を押してから、若い刑事を迎えに走らせた。

葬儀その他の準備を手伝うために、渡辺は早朝から来宅していた。間もなく刑事といっしょに姿を見せた。わたくしを見ても冷たい表情だった。

係長はわたくしの話したことを繰返して、渡辺に聞かせた。

渡辺は係長から返事を催促されるまで俯《うつむ》いて答えなかった。

「おくさんが何故《なぜ》そんなことをおっしゃるのか、ぼくにはわけがわかりません。おくさんに誘われて映画くらいは行ったことがあります。しかし、おくさんの愛人だったなんて、ぼくはそんな柄ではありません」

渡辺は臆面もなく言った。

わたくしは愕然とした。

「嘘です。ちがいます」

わたくしは叫んで、渡辺につかみかかろうとした。しかし、すぐに若い刑事に押えられてしまった。

渡辺はわたくしを振りむきもしないで、調べ室を出ていった。

「うまくいかなかったようですな」

係長はふたたび上機嫌になった。

犯人は渡辺なのだ。わたくしは危うく唇まで出かかった言葉をのんだ。それを言ってしまっては、わたくしも共犯を免れない。

「昨夜、わたくしはアパートの隣室の娘さんに氷をもらいました。その娘さんにお聞きになってください。渡辺はわたくしとの関係が表沙汰になることを恐れて、嘘を言っているのです」

わたくしは最後の綱にすがった。

係長は渋い顔をしたが、わたくしの言ったことは裏づけのとれるものだった。

「無駄足かもしれんが……」

係長はにがにがしく呟いて、もう一度若い刑事を使った。

わたくしは祈るような思いで、昨夜の娘の姿を待った。

長い時間だったけれど、わたくしと係長とは一言も口をきかなかった。

その間、係長は退屈そうに分厚い本を眺めていた。そして時折、いやらしい横眼をわたくししに走らせた。

アパートの娘が現われる頃には、わたくしの神経は糸屑《いとくず》のように疲れていた。

「昨夜、こちらのおくさんにお会いになりましたか」

係長は娘に言った。娘は、こわいものを見るような眼でわたくしを見た。泣きだしそうな表情だった。

やがて、娘は静かに首を振った。右へ、そして左へ。

「思い出して――」わたくしは娘を見つめて哀願した。「昨日の晩、八時頃、あなたに氷をもらったわね。氷嚢をもってお訪ねしたわね。あなたは親切に氷をつめてくれた。わたくしは何度もお礼を言ったわ。忘れはしないわね」

わたくしは同じ言葉を繰返した。繰返しながら、絶望に落ちていった。

あれは、渡辺の最初からの罠だったのだ。耳を愛撫するとみせて、イヤリングをはずしたにちがいなかった。

「おかしな夢を見たようですな」

係長の声は、遠くの方で聞こえるようだった。

後日譚

初め、新宿で買物をしていたと主張した被疑者の供述は、アリバイをもとめて二転三転した。しかし、アリバイはついに証明されなかった。最後には被害者の助手渡辺との共謀を主張し、犯行はあくまでも渡辺の単独行動であり、翡翠のイヤリングは渡辺が故意に犯行現場に遺棄したものであると申し立てたが、口を開くたびに内容の異る彼女の供述は、もはや係官を信じさせることはできなかった。

念のために、渡辺に対しても一応の取調べが行なわれたが、彼のアリバイは隣室の娘によって立証された。

夫殺しの動機は十分であった。彼女は殺人の罪名を負って起訴された。

起訴状の謄本を留置場の中で受取った彼女は、いつまでも薄気味の悪い微笑を浮かべていた。そして、突然けたたましい笑声をあげると、壁に頭を打ちつけて失神した。

手錠をかけられたままの彼女が、精神病院へ移監されたのは、その翌日であった。

医大講師殺害事件が世間を騒がせてから約半年後の秋、日本医学会の開かれた会場は、一医学徒の発表した「制ガン性抗生物質V・S・Oの発見とその病理組織学的研究」をめぐって、異常な興奮に沸きたった。

一医学徒の名は渡辺某と紹介された。

やがてV・S・Oの発見者渡辺某は数校の医大講師として招聘され、後援者を得て自ら製薬会社をおこすとともに、その社長に就任した。

翌年春、彼の功績は某一流新聞社の科学文化奨励賞を受賞した。

それから約二か月後、ある結婚披露宴が帝国ホテルで行なわれた。参会者三百名を越える盛大な宴であった。新郎渡辺某に手をひかれた美しい新婦は、かつて苦学中の彼がいた小さなアパートの隣室の娘だったなどという噂が、参会者の間でささやかれていた。

孤独なカラス

一

少年はカラスの鳴き声がうまかった。だから、ほかの子供たちは彼の本名を呼ばずに、カラスと呼んだ。

しかし、彼はカラスと呼ばれても、滅多に返事をしなかった。彼は学校へいかなかったし、ヘビやトカゲや、アリやミミズなどの昆虫以外の誰とも遊ぼうとしなかった。

「おい、カラス、トカゲを飲んでみろよ」

子供たちは彼を見かけると、よくそんな風にからかった。

彼も小学校へ行っていれば、四年生になっているはずだった。

機嫌のいいとき、彼は子供たちにせがまれると、着古した上着のポケットから小さなトカゲをとりだして、ツルッと喉の奥へ飲みこんでみせた。

「こいつ、ほんとに飲んじまったぞ」

子供たちは怯《おび》えながらも、好奇心に駆られて彼の周囲に円陣をつくった。

彼はヘビやトカゲや、アリやミミズなどの虫たちが好きだった。彼のポケットには、いつだって何匹かのトカゲが眠っていたし、また別のポケットには、青大将や縞《しま》ヘビがとぐろを巻いていた。そして子供たちにせがまれると、トカゲを掌《てのひら》に這《は》わせたり、ヘビを首に巻きつけたりしてみせた。

しかし、それらはやはり機嫌のいい時に限られ、たいていは誰に声をかけられても、冷たく黒ずんだ顔をそむけて、逃げるように立ち去ってしまった。

「さっきから何をしているんだい」

少年の母がきいた。

少年はベニヤ張りの壁にむかい、うずくまるように肩をまるめて、汚れた半ズボンからはみでた膝を抱いていた。

「何をしているんだよ」

母親がまたきいた。彼女は着物を着替えて、勤めにでるところだった。駅前の大衆酒場に勤め、夕方でかけていって、帰りは夜半すぎになる。酔って客に送られることもあったし、翌日の正午すぎまで帰らないこともあった。ギスギスと骨ばった体つきの、小柄な女だった。

彼は答える代りに、聞きとれぬ言葉をぶつぶつと呟いた。

「お前は相変らず学校へ行ってないんだろう。今日は区役所の人がきて、あたしが叱られたんだからね。学校へ行かないでバカになっちまっても知らないよ」

彼女は身仕度を終り、鏡台の前に膝を崩して化粧をなおした。眼尻に小皺《こじわ》が目立ち、化粧焼けのした肌は荒れていた。

部屋は四畳半の一間きりだった。古びた鏡台と整理簞笥《だんす》のほかには、壁際に衣類が吊されているだけだった。部屋の奥に狭い台所がつづいているが、そこには、いつも洗濯物がバケツの水に漬かっていた。アパートの廊下のはずれの、便所は共同だった。

彼は物憂そうに体を動かして立上った。立上ると、すでに母親よりも背が高く、体つきもがっしりして十歳の少年には見えなかった。

「どこへ行くんだい」

母親は鏡のなかで薄い唇にルージュを塗りながら言った。鏡の奥には、整理簞笥の上で埃《ほこり》をかぶっている父親の位牌が写っていた。

彼は答えなかった。

「どこへ行くんだよ」

「………」

彼の口からは、相変らずブツブツという聞きとれぬ言葉が洩れていた。

「暗くならないうちに帰って、ちゃんとご飯を食べるんだよ。味噌汁だけ温めればいいようにしてあるんだからね」

「ああ」

彼はようやく答え、そのまま外へでた。

外はまだ明るかった。彼はズボンのポケットに両手をつっこみ、公園の方へ歩いていった。公園は小学校の裏にあった。もとはある素封家の庭園だったが、戦時中に東京都へ寄贈された公園で、五千坪あまりの敷地は、瓢箪形《ひょうたんがた》の大きな池を中心に、周囲は起伏に富んだ丘陵をつらね、遊歩道路沿いには樹木が鬱蒼《うっそう》と繁り、また公園入口に近い広場には、ブランコや滑り台、砂場などを備えた児童遊園地があった。

しかし、彼がいつも公園へいくのは、遊園地で遊ぶためではなかった。彼は池の端を迂回《うかい》して石橋を渡り、木立に囲まれた細い坂道をのぼっていった。鈍い足どりで、時折空を仰いではカラスの鳴き声を鳴いた。

「かああ、かああ……」

生い繁《しげ》る樹々《きぎ》の間を縫って、カラスの声は池のむこうの遊園地で遊んでいる子供たちにまで聞えた。カラスの声を鳴くとき、彼はいつもひとりだった。

急な坂をのぼりつめると、左手に忠魂社があった。戦時中に建てられた木造の小さな祠《ほこら》で、戦死した兵士の霊を祀《まつ》ってあるが、今はその庇《ひさし》も傾き、通りすがりにさえ参拝する者はなかった。武運長久としるした扁額《へんがく》も、とうに色褪《いろあ》せて判読しえなくなっている。

彼は忠魂社の裏へまわり、道のない雑木林の斜面を降りた。池へむかって中ほどまで降りると、彼はようやく足をとめて跼《かが》んだ。板きれに蔽《おお》われて、二つの穴が並んでいた。穴は深く暗かった。一つの穴にはヘビが、一つの穴にはトカゲが何匹か飼われていた。

彼はブツブツ呟きながら、一メートル近い青大将をつかみだした。そして別の穴からは、三匹のトカゲをつかんでポケットにいれた。

彼は立上り、もとの斜面を上った。空が、淡い夕映えに染まっていた。

「かああ、かああ……」

彼は鳴きながら歩きだした。風が冷えてきた。静かだった。その静けさを切り裂くように、鵙《もず》が叫んだ。

「かああ、かああ……」

彼はまた鳴いた。青大将が、彼の手に揺られながら身をくねらせた。足どりは何処《どこ》へむかうともしれず、時折脣に浮ぶ笑いも、何の笑いともしれなかった。

しばらく歩いたとき、道のむこうから小さな女の子の姿が現われた。

二

幼い女の子は日が昏《く》れても帰宅しなかった。

夕食の仕度が終ったとき、母親は初めて娘が帰らないことに気づき、勉強部屋でプラモデルのキャディラックを組立てている長男にきいた。

「圭子は？」

時刻は六時十分すぎだった。

「知らないよ」

プラモデルに熱中している長男は、顔をあげずに答えた。小学校一年生の長男は、ほとんど妹の遊び相手にならなかった。

「秀子ちゃんたちと、公園へ行ったはずなんだけどね。お前、秀子ちゃんちへいってみてきてくれないかしら。上りこんで、お邪魔していると悪いから」

「もうじき帰ってくるよ」

長男は面倒くさそうに言って、腰をあげようとしなかった。

秀子というのは、近所に住んでいる会社員の娘で、圭子より二つ年上の六歳になる娘だった。

「言うことをきかないと、もうプラモデルを買ってあげませんよ」

「うるさいな」

「さ、圭子が帰ったらご飯なんだから。早くプラモデルを片づけて——」

「ちぇっ」

長男は渋々とプラモデルを片づけると、妹を迎えに出ていった。

長男は間もなく戻った。

「いなかったよ」

「秀子ちゃんは？」

「とっくに帰ってきて、ご飯を食べていた」

「圭子といっしょに帰ったんじゃないの」

「ちがうってさ。圭子がいなくなったので、秀子ちゃんは郵便局のめぐみちゃんと二人だけで先に帰ってきたんだって」

「それじゃ何処へ行ってるのかしら」

母親の眉がくもった。めぐみというのは、圭子と同じ歳《とし》の遊び友だちだった。

そこへ、霞ケ関の官庁に勤めている父親が帰宅した。

母親が事情を説明した。

「お前が探してきなさい。遠慮のない子だから、近所の家に上りこんでいるのだろう」

父親は気にとめぬ様子だった。

「でも、もう六時半になるわ」

母親は夫の腕時計を覗《のぞ》き、エプロンをはずして出ていった。

騒ぎが大きくなったのは、それからしばらく経ってからだった。

圭子の母親が秀子に聞いた話は、つぎのようなものだった。

秀子は圭子を誘って公園へ行くと、めぐみがほかの女の子たちときていて、数人いっしょに砂場で遊んだ。途中、砂遊びに飽きると、滑り台やブランコでも遊んだ。圭子がいつの間にいなくなったかは気づかなかった。秀子とめぐみ以外の女の子たちは、さらにあとからきた子供たちと共に別のグループに分れて、一人の母親が呼びにくると、それにつられたように先に帰っていった。そのあと、見知らぬ子供たちを除けば、秀子とめぐみだけが取残された。やがてめぐみが帰りたいと言い、秀子は彼女の手をひいて帰ってきたという。

この話は、めぐみに聞いた結果もほぼ同様だった。

「圭子ちゃん、お池の方へいったのよ」

めぐみは最後にそう言った。

秀子とめぐみの家を訪ねた母親は、その足でさらに圭子が立寄っていそうな近所の家を三軒訪ねた。しかし、そのいずれにも圭子の姿はなかった。

「いつも遊びにいっている公園ですから、迷《ま》い子《ご》になったとも思えないけど……」

夫婦は暗い額を寄せて、圭子の行先について心当りを探った。

手分けをして探すことになった。

「わたしは公園へ行ってくる」

父親は帰宅したときの服装のまま家をでた。

公園はひっそりと闇につつまれ、常夜燈の青い光に照された遊園地には、人影がなかった。

父親は砂場まで足を運び、遊園地の公衆便所も覗いてみた。

「圭子！」

彼は池の方へむかって叫んだ。

応える声はなく、池は暗かった。

彼は公園を一周することにした。歩きながら、幾たびも娘の名を呼んだ。そのたびに、路傍の草むらですだいていた虫の声がいっせいに絶え、彼とともに応える声を待つように静まり返った。

圭子は四歳だった。利口で、おしゃまで、人見知りをしない子だった。母親よりも父親になつき、まわらぬ舌でよく歌をうたった。日曜日など、彼はこの公園へ何度も娘をつれてきていた。池のほとりに立つと、圭子はいつまでも鯉の群を眺めて飽きなかった。

——池に落ちたのではないか。

彼は注意深く池の面にも視線をこらした。

しかし、彼はどこにも娘の姿を発見することができなかった。

家に戻ると、町内の心当りを探しにいった母親も戻っていた。暗い顔色をみれば、お互いに結果を訊くまでもなかった。

時刻は八時に近かった。不安が、夫婦の胸を緊《し》めつけた。どこへ寄り道をしたにしても、とうに帰るべき時刻だったし、迷い子になったと考えても、圭子は自宅の住所と両親の名を暗誦できたから、通行人の誰かに送られて帰るはずだった。

両親は、圭子の失踪《しっそう》を最寄《もよ》りの交番に届出た。

「四歳では、家出をしたということも考えられませんな」

交番の巡査は神妙な表情で職業的意見を口ばさみながら、失踪の事情をきいた。

本署への通報は、直ちに行なわれた。

捜索は警察の手に移った。当直主任警部補は届出事実確認のため、あらためて両親から事情を聞くと、管内の全派出所と隣接警察署へ捜索の手配をとり、つづいて警視庁へ事態を報告した。

一方、当直主任の指示をうけた警邏係《けいらがかり》も敏速に活動を開始した。パトカー二台に、圭子の両親をわけて便乗させ、マイクで圭子の所在を訊《たず》ねながら管内を巡回した。

さらに、他の当直員数名は、それぞれ、懐中電燈を手にして、公園付近一帯の捜索に力を注いだ。

午後十一時、捜索は徒労に終った。

三

少年は皮膚の色が黒かった。「赤ん坊じゃなくて黒ん坊だ」などと言われて生育した。皮膚の黒さは、父親ゆずりだった。

父親は、理髪店の渡り職人だった。使い馴れた剃刀一梃《かみそりいっちょう》を商売道具にして、地方の理髪店を渡り歩いた。月決めの契約で雇われるのだが、職人不足の戦後は渡り歩く必要がなく、それでも一つの店に落着かなかったのは、性格に欠陥があったとみるほかはなかった。

彼が最初に結婚したのは、戦後間もない頃で、足利市《あしかが》の理髪店に働いていた時だった。結婚といっても誰に祝福されたわけではなく、妊娠させた近所の娘と、ある晩仙台へ駆落ちしたのだった。

しかし、その女が三か月ほどして流産すると、彼はまた無断で新しい店をとびだした。女は置去りだった。その後、名古屋と静岡で世帯らしいものをもって、最後に結婚したのは東京にきてからである。甲府出身の女で、それが少年の母親だった。

彼女はその頃小岩のキャバレーでホステスをしていた。彼と知合ったのも同じキャバレーのなかだった。

彼は、四度目の結婚をしてからようやく家庭に落着いたが、その代わり、仕事を怠けるようになった。毎日ごろごろと寝そべって口を利かぬ日が多く、些細《ささい》なことに腹を立ててはガラスや障子を蹴破り、大声で喚《わめ》いた。ほとんど理由のない怒りだった。しかし、どんなときにも決して女房を殴らないのは、女房自身も不思議であり、

「うちの人は、根はやさしいんですよ」

彼女は隣近所の者にそう自慢した。

子供が五歳のとき、父親は近くの空地の松の木に首を縊《くく》って死んだ。理由は誰にもわからなかった。

少年は小学校へあがる頃まで、他の子供らと較《くら》べて異常はなかった。いくぶん神経質ではあったが、同じ年ごろの子供たちとも仲よく遊び、物憶《ものおぼ》えもよくて、六歳の誕生日を迎える頃には、五十音図を暗記した。

彼が無口になり、外で遊ばなくなったのは、小学校に入学するほんの寸前だった。いくら母親が説得しようとしても無駄だった。

「どうして学校へいかないのさ」

訊ねてみても、少年の耳には聞えたのか聞えないのか、放心したようにポカンと口をあけて、返事さえしなかった。

「変な子だよ、ほんとに」

母親は、しかし子供の変化をあまり気にとめなかった。働くだけで疲れきっていたし、彼女自身も、貧しさのためにほとんど学校へ行かずにすました女だった。

少年が意味のない言葉を呟いたり、ニヤニヤと独り笑いをするようになったのも、やはりこの頃からだった。

「何がおかしいんだよ」

最初のうち、母親は子供の笑いに気づくと訊ねたが、いつも応えは得られず、そのうち気にしなくなった。

彼は何事にも積極的な意思を示さず、叱られなければ何日でも顔を洗わず、終日家に閉じこもって母親とさえ口をきかぬ日が珍しくなくなっていった。

少年は手先が器用だった。誰に教えられたわけでもなく、巧みにナイフをあやつって竹を細かく割り、小さな虫籠をつくった。そして作品ができあがると、三、四日手もとに置いたあとで、通りがかりの子供たちに黙ってくれてしまった。子供たちにあげる虫籠には、コオロギやカマキリがいれてあるときもあった。そしてある時は、羽をむしりとられたセミや、胴体をちぎられたトンボの死骸が納められていることもあった。

ある時、母親は店へでたまま三日間帰らなかった。

「ごめんよ、お前。お店の帰りにお腹が痛くなってしまってね」

母親は情事に疲れた顔で、そっと子供の顔色を窺《うかが》い、この三日間、食事をどうしていたかときいた。

「平気だよ」

彼は鈍い声で答えた。母親の外泊を心配していた様子もなく、帰宅を嬉しがる様子もなかった。

「どこかで、御馳走《ごちそう》になったのかい」

「…………」

彼は首を振った。

「だって、お金なんかなかったじゃないか」

「…………」

「それじゃ、どうしていたんだよ」

「…………」

「まさか盗み食いしていたんじゃないだろうね」

「……平気なんだよ」

彼はそう答えるばかりだった。カエルやトカゲの味を教えようとは考えなかった。

一年ほど前、彼は女に抱かれたことがあった。四十歳くらいの女で、名前を知る者はなかったし、何処からきた女かを知る者もなかった。彼女は〝おしゃれ気ちがい〟と呼ばれていた。赤茶けてちぢれた髪いっぱいに、かんざしや櫛《くし》や野の花などを飾り、細い声で古びた流行歌をうたいながら、白粉《おしろい》をまっしろに塗りたくって町を流れている女だった。赤い鼻緒のちびた下駄をひきずり、汚れた着物の裾前をはだけて、行き交う人ごとに媚態《びたい》のこもる視線を投げた。幾たびか警察に保護され、その都度精神病院へ送られていたが、またいつの間にか町に戻っては、町の人々の顰蹙《ひんしゅく》をかっていた。

しかし、盗みをするとか火をつけるとかいうようなことはなく、顰蹙をかう一方では、道化者として町の人気者になっている面もあった。彼女の厚化粧は、白粉や口紅を、からかうためにもせよ与える者がいるからだった。

以前、彼女を浅草の鷲《おおとり》神社付近で見かけたという者がいたし、錦糸町の近くで見たことがあるという者もいた。そして彼女の狂気は、愛人に捨てられたからだとか、亭主に死なれたからだとかいう噂がもっともらしく伝わっていた。背は低いがさして醜い容貌ではなく、相手の知れぬ子を妊《みごも》って、精神病院へ送られた際に堕胎させられたこともあった。

彼女に出会ったとき、少年は公園のはずれの雑木林の径《みち》を歩いていた。

「あら、あんたじゃないの」

おしゃれ気ちがいが声をかけた。

彼は足をとめた。女の眼が、媚《こ》びるように笑いながら見つめていた。

女は彼の手をとった。

「逢いたかったわ」

「ずいぶん探したのよ。あたし、ほんとに逢いたかったわ」

女はふいに頬をよせた。暖かく、柔らかな感触だった。女の匂いは、母の匂いともちがう異性の匂いだった。

彼は逆らわなかった。

「変なやつに追いかけられているから、早く逃げようよ。見つかったら、ひどい目にあわされるわ」

女は彼の手をひいて林の中へ導いた。

「ようやく逢えたのね」

女は彼を雑草の茂みに横たわらせると、自分も寄り添うように横になって、彼の体をしっかりと抱いた。

「苦しいよ」

彼は顔をそむけた。

「あたしも苦しいわ」

女は力をゆるめなかった。首筋の間から、饐《す》えたような匂いがした。

「ほんとに苦しいったら――」

彼は女の胸を押した。豊かな弾力があった。

「ふふ……」

女は含み笑いをして体を起こすと、腰紐《こしひも》を解きはじめた。

「あんたって、相変らず好きね」

女は垢《あか》じみた着物を脱ぎ捨てた。薄っぺらな着物の下には、何も着けていなかった。豊満な体だった。

「早くしないと、わるい奴が追いかけてくるわ」

彼女は少年のバンドを解き、ズボンを脱がせた。

少年はやはり逆らわなかった。

女は顔を伏せると、少年のセックスを吸った。

少年の内部に、荒々しい衝動が起こったのは、かなり経ってからだった。理由は、彼自身にもわからなかった。突然、彼は傍らに落ちていた女の腰紐をとると、女の首に巻きつけて力をこめた。

「げげ――」

女は吐きそうに喘《あえ》いだが、すぐに動かなくなった。

彼は静かに立上った。硬く、冷たい表情だった。女を見降ろして、洟水《はなみず》をすすった。そして、何事もなかったように帰宅したあと、二度と女のことを思いださなかった。

「お前はカラスの鳴き声がうまいというのに、あたしにはちっとも聞かせてくれないじゃないか。一度でいいから聞かせてごらんよ」

ごく稀に、母子《おやこ》の間でとりとめのない会話がかわされることがあった。

「………」

「厭なのかい」

「そんなこと嘘だ」

「だって、いろんな人がそう言ってるよ」

「嘘だよ」

彼は虫籠をつくりながら、低い声で答えていた。

「そんなに籠ばかり作って、お前は籠屋になるのかい」

「……………」

「どうして、そうバカになったんだろうね」

「……人間のむかしは、ヘビだったの」

「人間はむかしから人間じゃないか」

「ちがうよ。人間はヘビだったんだ。さっきからそう言ってるもの」

「誰が？」

「誰だか知らないけど、そう言ってるよ。人間はヘビだったから、死んだらまたヘビになるんだって。ほら、聞えるだろ」

「何が？」

「声だよ」

「だから、なんの声さ」

「きっと、お父ちゃんの声だよ。お父ちゃんは、死んでヘビになったんだ」

「何を言ってるんだい、バカバカしい」

「ぼくは怖いんだよ。お父ちゃんは怒ってばかりいる。何度も謝っているのに、許してくれないんだ」

「気味の悪いこと言うのはおよし。お前は、あんまりヘビに悪戯《いたずら》をするから、そんなことを考えるようになったのさ。お前がしっかりしてくれないと、あたしは頼りなくて仕様がないんだからね。全く、気色わるいったらありゃしない」

母親は枕もとの灰皿に煙草をもみ消して、蒲団《ふとん》をかぶった。外は明るく、就寝の遅かった彼女も、とうに起きねばならぬ時刻だった。

このとき、窓の外でマイクから流れる声が聞えた。

「町内の皆さんにお尋ねします。こちらは××警察署であります。徳田正策さんのお宅の圭子ちゃんはおりませんか。昨夜から家に帰らないので、ご両親が心配しております。心当りの方は、どうぞご連絡ください」

パトカーのマイクは、同じ文句を繰返しながら遠ざかっていった。

母親は蒲団から顔をだして、少年の方をみた。

少年は虫籠つくりに飽きたのか、ぼんやりと天井を眺めていた。

「圭子ちゃん、どこへいったのかね」

母親は呟いて、また蒲団を顔の上に引きあげた。

四

捜索は翌日も続行された。

警察では誘拐説《ゆうかいせつ》が強まり、聞込み捜査に重点がおかれた。圭子といっしょに遊んでいた秀子やめぐみの帰宅時刻から推して、圭子がいなくなったのは午後四時半頃と判断されるので、その時刻頃、公園付近にいた者をシラミつぶしに当った。

公園に隣接する小学校の通用門付近で、怪しい男をみたという届出があったのは、午後の一時すぎになってからだった。

「その男をみたのは、昨日の四時頃ですよ。レインコートのポケットに両手をつっこんで、背の高い痩せた男でした。確かに、うさんくさい奴でしたね。三十七、八歳の顔色のわるい男です。門の前をぶらぶらしていて、下校する生徒たちに何度も話しかけていたから、覚えている生徒がいるにちがいありません。生徒の父兄のようにはみえなかったし、誰かを待っているようでした。とにかく、わたしが気づいていただけでも、一時間くらいぶらぶらしていましたよ。そして、日が昏れかける頃には、いつの間にかいなくなっていました」

届出た小学校の用務員は、落窪んだ小さな眼を輝かせて語った。やや耳の遠い老人だが、話しぶりはしっかりしていた。

緊張した捜査当局は、直ちに新しい方向へ捜査を開始した。

用務員と同じ供述をする目撃者はさらに数名あらわれ、その男に話しかけられたという少年一名、少女二名が発見された。

「住所と名前と、パパの仕事をきかれただけだよ」

とその少年は言い、

「あたしは兄弟のことやお小遣いのことや、もっといろんなことをきかれたわ」

と少女の一人は言った。

そして最後の少女は、その男につれられて帰宅したことまでわかった。男は、少女の母親に会って名刺を渡していた。

「バカにしてやがるよ、全く」

少女の母親に会って事情を聞き、念のため男の残した名刺に記入されている勤務先まで行って問題の男に会ってきた刑事は、腹立たしそうに言った。

男は、ある児童劇団のスカウトで、新しいタレントを探していたのである。圭子の行方には、かかわりがなかった。

捜査当局は焦慮を深めた。

誘拐事件は、過去における度重なる失敗もあって、世間の批判のもっとも厳しい事件だった。慎重を期してなお、最高の捜査技術を要求される。誘拐された幼女を、死なせてはならなかった。

しかし誘拐事件にちがいないといって、それでは対策に何があるのか。犯人の目撃者はないし、犯人側からの身代金要求の動きもない。

「もう一度、公園を徹底的に探してみよう」

昨日の当直主任だった警部補が提案した。誘拐されたのでも迷い子になったのでもないとすれば、変質者に暴行されたとしか考えられなかった。

ふたたび、刑事たちはすでに夕闇の迫る公園へむかった。

遊園地では、数人の子供がまだ遊んでいた。

「早く帰らないと、お母ちゃんが心配してるぞ」

刑事の一人が怒鳴るように声をかけた。

子供たちは遊びに夢中だった。

「早く帰れ」

刑事はまた怒鳴った。神経の昂《たか》ぶった声だった。

子供たちは驚いて顔をあげ、泥だらけの手をして立上った。

水の面に風はなかった。食用蛙が鳴いていた。刑事たちは、池の左右に分れた。林の小径に、散策する人影はなかった。夏ならば夜ふけまで恋人たちの姿が絶えぬ公園だが、とうにそのような逢引《あいび》きの季節も過ぎていた。

「今どきの子供はわからねえからな、急に電車に乗りたくなったりして家出したのかもしれない」

ある刑事は、坂道の中腹から林の奥へ分けいり、近くにいた同僚にむかって言った。

「見つかったぞ」

呼び声があがったのは、それから間もなくだった。声は、二人の刑事が降りかけた林の斜面の反対側から聞えた。二人はすぐに坂を駆けあがり、声のした方へとんだ。公園のはずれに近く、そこは黄ばんだ雑草が茂り、かつて気ちがい女が殺されていた場所とも近かった。

幼女は首を絞められ、仰向けに横たわっていた。素裸にされた白い腹部を、鋭い刃物で抉《えぐ》るように十文字に切り裂かれ、その無惨な殺されかたにも似ず、小さな唇はうっすらと微笑《ほほえ》むように開いていた。

駆けつけた刑事たちは、しばらく、慄然《りつぜん》として立ちすくみ、言葉を発する者がなかった。

そして、このとき顔をそむけた刑事の一人は、脱ぎ捨てられた赤いワンピースの上を、滑るように走って消えた一匹のトカゲの、暗い灰色の影をみた。

五

少年は小学校の運動場にいた。授業時間で、バレーボールをしているクラスと、体操をしているクラスがあった。

静かだった。彼は運動場の隅の、花壇の縁に腰を落とし、うつろな眼でバレーボールの方を眺めていた。時折歓声があがり、拍手がおこった。

彼は眩《まぶ》しそうに眼を細めて、空を仰いだ。澄んだ空を、ひつじのような雲がゆっくりと流れていた。

「う、う、う……」

彼は視線を落として呟いた。

——お前はよく見なかったんだ。

声が聞えていた。いつもの声だった。死んだ父親の声のようだが、それは姿を現わすとき、ヘビの顔をしていたり、牛の顔をしていたりした。しかし、きょうは機嫌がわるい日だから、声だけしか聞えなかった。

——よく見たよ。ほんとによく見たんだ。

少年は言った。どうして信じてくれないのか。ぼくは決して嘘なんかつかないのに……。

——よく見たら、わかったはずじゃないか。

——ちがうんだよ。お腹の中はグニャグニャした臭いものばかりで、ヘビなんか一匹もいなかった。ちゃんと切ってみたんだ。

——怖くなったのだろう。それで、よく見なかったのさ。

——怖くなかったよ。ぼくは臆病じゃない。女の子が泣きだしたときだって、ぼくは平ちゃらだったもの。

——いや、臆病なのさ。お前はいつだって逃げてばかりいる。

——悪口を言われるのが厭なんだ。今だって、バレーボールや体操をやっている奴らは、みんなでぼくの悪口を言っている。ほら、笑い声が聞えるじゃないか。おれはバカじゃないのに、みんながバカだと言ってからかう。おれはヘビの顔なんかしてないのに、ヘビの子供だろうと言って追いかけるんだ。あいつらの方がヘビのくせに……。

——そうさ。みんなヘビだ。お腹の中は、大きなヘビや小さなヘビがいっぱい詰まっている。お前のヘビは悪いヘビで、だからみんなに嫌われるんだ。

——なぜ悪いヘビ？

——お前のおやじが、悪いヘビといっしょに暮らしたからさ。

──母ちゃんもヘビ？
──そうよ。
──父ちゃんは？
──アフリカにいる。
──アフリカでヘビになったの？
──ああ。

死んだ父がアフリカでヘビになったのが本当なら、聞える声は父とちがうのか。ちがうみたいだ。みんな、むかしからヘビで、女のお腹にいっぱいに詰まっていて、生れるとき一匹ずつ人間の姿になって、死ぬとまたヘビになって、それからアフリカへ行ったりインドへ行ったりして、それから母ちゃんみたいな女のお腹の中にいっぱいにつまって、そして生れるときにまた一匹ずつ人間になって……。

ベルが鳴った。何時限かの授業が終った。

彼はベルが鳴ったことに気づかなかった。上着の右ポケットから小指ほどのトカゲをつかみとると、左の掌に置いた。生まれたばかりのトカゲで、白っぽく乾いた肌をしていた。短い四つの足を踏んばり、警戒するように視線を動かした。

いつの間にか、生徒が集ってきて彼を囲んだ。

「可愛らしいな」

男の生徒が、覗きこんで言った。

「気持がわるいわ」

　女の生徒は肩をすくめて立去った。

「おい、カラス。どこで捕えてきたんだ」

「こんな赤ん坊みたいなトカゲでも、お前は飲んじまうのか」

「もっと大きなやつを見せろよ」

　何人かの声がかかった。

　しかし、少年は顔をあげなかった。そして何かをじっと耐えるように、掌の上を這いまわるトカゲを眺めていたが、やがて物憂そうに立上ると、公園との境の柵を乗り越えて行ってしまった。

六

　捜査方針は誘拐説から変質者による暴行殺人という方向へ一変した。直ちに捜査本部が設けられ、公園近辺の聞込みを強化するとともに、管内一帯の変質者を徹底的に洗い始めた。

　刑事の一人が有力な情報を聞込んだのは、圭子の死体が発見された翌日の正午ごろだった。ある会社員の妻が、公園へ遊びにいかせた娘を迎えに行った際、カラスの鳴き声を聞いたというのである。聞き流せば何でもないことだが、このとき刑事の勘がはたらいたのは、約一年前に気ちがい女が公園の林の中で殺されたときにも、カラスの鳴き声を聞いた者がいたということをふいに思いだしたからだった。

気ちがい女の殺された事件は、厄介者が消えてくれたというような気分が捜査部内にあって、深く追及されぬまま迷宮入りになっていた。

しかし一年経って、刑事は一年前と同じ供述を聞いたとき、ある少年の姿が脳裡《のうり》に浮んだ。彼は停年近い古参刑事で、とうに額は禿《は》げあがり、いっこうに出世もしないが、所轄内のことについては誰よりも詳しかった。

「ほんとにカラスの声を聞きましたか」

「はい」

会社員の妻は、聞き返されて不審そうに頷いた。

「まだ十歳くらいの子供ですが、カラスと呼ばれている男の子を知ってますか」

「ええ、ヘビやトカゲをポケットにいれているという薄気味の悪い子でしょう」

「そうです。公園でカラスの声を聞いたとき、その男の子の姿を見ませんでしたか」

「さあ……」

首をかしげた彼女の眼に、恐怖の色が浮んだ。

刑事は質問を切ると、すぐさま少年の住んでいるアパートへ急いだ。

溝《どぶ》くさい路地の奥の、古びた家並の建てこんだならびに、その木造のアパートがあった。平家建てで、廊下を歩けば床が軋《きし》んだ。

部屋には少年の母親がいた。

刑事は少年の所在を聞いた。

「いませんよ」

いぎたなく膝を崩したまま、母親は眠そうな眼をむけた。

「どこへ行ったんですか」

「あんたは？」

「警察の者です」

「うちの子が、何か悪いことをしたんですか」

「いえ、会って聞きたいことがあるだけです」

「どんなことか知らないけど、うちの子に会っても仕様がありませんよ。滅多に、誰とも口を利かないんですから」

「なぜですか」

「無口なんですよ」

「しかし質問すれば、知っていることくらい答えるでしょう」

「駄目ですね。おやじが変り者だったから、それがうつったんでしょう。近頃はあたしとだってほとんど喋《しゃべ》りません。近所の子供とも、全然遊ばないんですからね」

「誰とも遊ばないで、一日じゅう何をしているんですか」

「ブツブツ独り言を言いながら、気がむくと虫籠みたいなのを作ってますよ」

母親は、刑事の質問につられて少年の日常を愚痴っぽく語った。

恐れるように人を避け、孤独を好み、空笑いをしたり、いつも独り言を呟いていることが多いという。何事にも無関心のようで感情の起伏がみられず、幻聴や幻覚まであるらしかった。

あの少年は気ちがいではないのか。

父親は、少年が五歳のときに、原因不明の自殺を遂げている。

「どこへ行ったか、心当りはありませんか」

刑事は話を戻した。

「わかりませんね。とにかく、いつも黙って行っちまうんですから。でも、たいてい夕方には腹がすいて帰ります」

「公園へは行きませんか」

「そう、公園かもしれません。ほかの子と遊ぶのが嫌いだから、一人でほっつき歩いているんでしょう」

「一昨日は公園へ行かなかったですか」

「あたしが勤めへ出かける前に、外へ出たことは出ましたけど……」

母親は他人事《ひとごと》のような関心しか見せなかった。

アパートを出た刑事の足は、ほとんど駆けるように公園へむかった。刑事を急がせているのは、期待よりも不安だった。

公園に入ると、刑事はまず死体の発見された現場へ行ってみた。

しかし、そこに少年の姿はなかった。

「カラスを見なかったかい」

刑事は、通りかかった数人の子供たちにきいた。

「忠魂社のそばにいたよ」

一人が答えた。

「いつ？」

「たった今だよ」

「何をしていた？」

「おれたちにヘビをくっつけようとしたから、大急ぎで逃げてきたんだ」

答えた子供は、まだ息を弾ませていた。

忠魂社までの距離は近かった。濃い緑に天上を蔽われた木立の径は昼間でも暗く、石ころの多い急勾配の坂は、一息にのぼりつめると大人でも喘いだ。

少年は忠魂社の真裏にいた。

刑事は少年の背後に近づいた。

荒々しい、少年の息遣いが聞えた。一メートルあまりの青い紐の尖端を右手に握りしめて、それを、社殿の敷石へ力いっぱいに叩きつけていた。青い紐は激しく叩きつけられ、そのたびに、苦しそうに艶のある体をくねらせた。青大将の命が絶えて、ただ一本の弾力のある紐となって垂れたのは、それからすぐだった。しかしそれでも、少年は叩きつける力をゆるめなかった。

「う、う……」

呟きつづける少年の声は聞きとれない。

「カラス！」

刑事は声をかけた。

少年には聞えぬようだった。

「カラス！」

刑事は、声高にふたたび叫んだ。

少年の動きが停まった。ゆっくりと振返った少年の顔は、汗に濡れて黒く光った。視線はいきいきとして、まっすぐに刑事をみた。そして意味のわからぬ笑いを、にやりと笑った。

老後

一

つい半年くらい前まで、しのが町の人に笑顔を見せることはなかったという。

「もちろん、家の中でも笑うことなどはなかったでしょう」

不動産屋の村田は、駐在所の藤野巡査に番茶をすすめながら言った。

藤野は二た月ほど前に赴任したばかりで、まだ町の様子に疎かった。

町といってもこの辺りは、都心人口の膨張につれて発展した私鉄沿線のベッド・タウンで、駅前のせせこましい商店街をぬけると間もなく畑地がひらけ、さらに足をのばせば武蔵野の面影を残す雑木林に分入ることができた。

もとは青梅《おうめ》街道筋の小さな宿場である。

「しかしわからないもんだな、あのおくさんがそんなに不仕合わせだったとは知らなかった」

藤野は話に釣込まれ、垢光りした来客用の椅子に腰を落着けてしまった。

「人の幸不幸なんて全く分らないものですよ。どこでどう転んでどうなっちまうのか、おしまいになってみないと分りません」

村田は開け放したガラス戸の向こうを眺め、眼を細めて感傷的に言った。

最前通り過ぎて行ったたしのの姿はとうに見えなかった。

冬の日が狭い土間いっぱいに差込み、土地や建物の案内ビラを貼った店頭の立看板にも柔い光を注いでいた。

「あのおくさんはいくつぐらいだろう」

藤野がきいた。

「もう五十八、九でしょう、わたしより小学校が三年下でしたから」

「それにしては若く見える」

「むかしのおしのさんを見せたかったですね。とにかく綺麗で、東京からきた偉い絵描きさんにモデルを頼まれたくらいです」

「モデルというと?」

「絵のモデルですよ。名前は忘れましたがとにかく有名な絵描きさんで、この辺の景色を写生にきておしのさんに会い、すっかり気に入ってモデルになってくれって頼んだんです」

「それで、モデルになったんですか」

「もちろんなりました。相手はりっぱな先生ですからね。村の若い者のなかには、わざわざその絵を見るために上野の展覧会へ行ったのがいます」

村田はむかしが懐しくなったのか、次第に調子づいて話しだした。

しのが嫁いだ塚越家は、大正の末年、当時村いちばんの大地主で鴻池《こうのいけ》と呼ばれていた。大阪の鴻池財閥を資産家の代名詞として用いたのである。

——鴻池の大旦那。

村人たちは当主塚越宗右衛門《そうえもん》をそう呼んだ。丈高く風貌はいかめしかったが、漢書などに親しみ、小作米の取立ても寛大で村人に慕われた。

その一子宗太郎。

「この宗太郎というのが大旦那に似ない道楽息子でしてね。おしのさんの両親に言わせれば、玉の輿《こし》にのせたつもりだろうが、実際は決してそんなものじゃなかった。わたしはそのころ米や麦の仲買をしていて始終鴻池に出入りしていたし、女中などからも話を聞かされてよく知っているんです。鴻池へ行っても、おしのさんの顔を見るのが辛かったくらいだ」

村田は痰《たん》もちらしく、時折喉を鳴らしながら話をついだ。

しのの父、重吉は宿場の人力車夫だった。

本陣も脇本陣もない間《あい》の宿で、旅商人相手の宿屋が僅かに三軒、重吉は穀物問屋や雑貨商の軒先を借りて客待ちする以外は、立場《たてば》に屯《たむろ》して花札をひくか安酒をあおるかという生活に馴《な》染《じ》んでいた。

「ふだんは口数の少ない男だったが、酔うとゴロッキみたいに人が変って、それも酔ってることの方が多かったから嫌われ者でした」

「嫁にゆく頃、おしのさんはどうしていたんですか」

「もちろん、貧乏だから女学校なんか行けやしません。女工になって、隣町にできたメリヤス工場へ通ってました」

「いくつの時ですか」

「確か十七でしょう。わたしがちょうど二十歳のときでしたからね。人間てのは妙なことを憶えているもんです、つまらないことなのに忘れられない。おしのさんが嫁にゆくという前の晩、わたしはおしのさんの家の前を通ったんです。そしたら、おしのさんが家の外に立って泣いていた。夜だからはっきりしないけど、確かに泣いてるように見えた。わたしはよほど話しかけようと思って、迷いながらとうとう通り過ぎてしまいました」

村田は首を傾け、何か複雑な想いが残っていて、それを噛みしめるように言った。

二

しのは家に戻ると病人の部屋を覗いた。

病人はぐっすりと眠っているようだった。

「お医者さんはまだなのね」

女中にきいた。

「はい」

女中は、塚越家に出入りしている植木職人の娘だった。サラリーマンの家庭へ嫁いだが、意地の悪い姑《しゅうとめ》にいじめぬかれ、子供を置いて逃げ出してきたのだという。しのはそんな話を、彼女の父親から愚痴っぽく聞かされていた。

しのは縁側にまわった。

日差しを浴びた縁側は、足の裏が熱いくらいだった。

しのは庭に向って坐った。

八ツ手や南天の葉がよく繁り、山茶花《さざんか》が霜どけの湿った土に白くこぼれていた。静かだった。

広い庭の隅で、落葉《おちば》焚《たき》の煙がゆらゆらと立昇っていた。しのは両手を膝の上に重ね、軽く眼を閉じた。

束ねた髪は白い筋が目立った。若い頃は美しかったという面影は整った鼻筋のあたりに窺《うかが》えたが、日焼けした顔の表情は能面の姥《うば》のように固かった。

しのが、そうして三十分も一時間近くもじっと眼を閉じていることは珍しくなかった。

そんなとき、しのはただ老後の安らぎに身を委ねているのか、心の奥を計り知ることはできなかった。

しのは十七歳で塚越宗太郎の許《もと》に嫁いだ。

貧しい人力車夫の娘が、鴻池と呼ばれていた村いちばんの資産家へ嫁したのである。

しのはあのときの蟬の鳴き声を憶えている。劫火《ごうか》に焼かれるような鳴き声は耳の底にこびりつき、忘れようとしても忘れられなかった。

季節は夏の終りだった。

メリヤス工場の帰途、しのはうしろから自転車できた宗太郎に声をかけられた。当時宗太郎は東京の大学を卒業して、父の仕事を手伝う気もなくぶらぶらしている様子だった。

「明日うちへ遊びにこないか。みんなも来るんだ……」

宗太郎は何人かの女友達の名前をあげた。

「でも……」

しのはうまく返事ができなかった。ためらったのではなく、断るつもりだった。

宗太郎が挙げた名前はみんな村の有力者の娘たちで、小学校時代は友だちでも、卒業後は別世界に住むように交際が絶えていた。人力車夫の娘が交際できる相手ではなくなっている。

「トランプをして遊ぶだけだが、きみが来なくてはつまらないな。ぼくの顔を立てると思って来てくれよ」

宗太郎は熱心に誘った。そして貧しさを恥じているしのの気持を察したのか、しのが知っている小作人の娘の名を挙げた。

「あたし、トランプの遊び方を知りません」

「ぼくが教えてやるよ、簡単だからじきに憶える。きみとぼくが組んで、連中をめちゃめちゃにやっつけてやろう。きっと面白いぜ」

「――」

しのは強引に承知させられた恰好で、曖昧に頷いた。

その夜はなかなか寝つかれなかった。寝つかれないまま、すでに夢を見ているような気がして何度も寝返りを打った。

宗太郎に声をかけられたとき、しのは顔がほてった。耳まで赤くなったかもしれないと思う。鴻池の若旦那として、それまでの宗太郎は遠い存在だったのだ。友だちが宗太郎の噂をしていても、しのには縁のない話として聞流していた。

――なぜあたしなんかを誘ってくれたのかしら。

考えると、しのの心はやはり騒いだ。不安と期待と恐れと喜びが、小さな胸いっぱいに渦《うず》を巻いた。

貧しさの苦労は知りつくしていても、しのは夢見勝ちな、まだほんの小娘だった。

翌日は第三日曜日で工場が休みだった。

しかし午後になって家を出る間際まで、しのはさまざまに迷いつづけた。粗末な服装に気がひけ、金持の友だちに会うことも気がひけた。仲間に加えてもらっても、恥ずかしい思いをするばかりではないかと考えた。

結局行く決心がついたのは、約束を破っては宗太郎にすまないという気持だった。

――家が貧乏でも恥ではない。

しのは気弱な自分に鞭打《むちう》った。

父は仕事にでかけ、母も近くの農家へ働きにでていた。

しのは日盛りの暑い道を塚越の屋敷へむかった。

塚越家を訪ねたのは初めてではなかった。使い走りを頼まれて何度か門を潜ったことがあり、宗太郎の父の宗右衛門や大奥さんと呼ばれる母のコウにも会っていた。広大な屋敷は、母屋のほかに納屋や土蔵などがいくつもあって、それらの周囲を蔽い包むように屋敷林がめぐっていた。

しのは裏木戸から訪ねるつもりだったが、門の前を通り過ぎようとすると、ワイシャツの袖をまくりあげた宗太郎が人待ち顔で立っていた。

「きみを待っていたんだ」

宗太郎はしのの手を引かんばかりにして先に立ち、

「まっすぐぼくの部屋へ行こう、おふくろに会っても仕様がない」

玄関の脇から庭へまわった。

ところが枝折戸《しおりど》をぬけたとたんに、竹箒《たけぼうき》を手にしたコウに会った。

「マンドリンを教えてやるんですよ」

宗太郎は弁解するように言った。

「お邪魔いたします」

しのは丁寧に頭をさげた。

コウは冷たい視線をしのに注いだが、何も言わずに背中を向けた。

宗太郎に促されて縁側から上った。

しのは時間に遅れたと思ってきたが、部屋には誰もいなかった。

「ほかの人たちは？」

しのはきいた。

「遅れてくる気だろう。ふたりでトランプをするより、ぼくのマンドリンを聞かせようか」

宗太郎は部屋の隅に放りだしてあったマンドリンをとり、大学で習ったのだと言って何曲か弾いた。

しのの知らぬ曲ばかりだったが、しのにはマンドリンそのものが珍しく熱心に聞いた。

「きみはメリヤス工場へいってるんだってね。仕事は面白いの」

宗太郎はマンドリンに飽きると、しのの生活を探るようにきいた。父のこと、母のこと、男友だちがいるのかというようなことまで、執拗《しつよう》にきいた。

宗太郎とふたりきりでいて、しのは次第に不安になった。時間が経つにつれ、親しさを増す代りに緊張が強まってゆく。かつて、このように若い男とふたりきりになったことはなかったし、こうして宗太郎と向い合って話すことさえ初めてだった。

しのは帰らねばと思った。

「遅いわね、みんなどうしたのかしら」

「いいじゃないか、ほかの連中のことなんか」

「でも……」

「ぼくはきみにだけ会いたかった」

宗太郎の手がふいにしのの肩へ伸びた。

しのは反射的に引退った。

「怖がることはない」

「いえ」

しのは立上ろうとした。

その瞬間に、宗太郎の手がしのの肩をつかんだ。強い力で仰向けに引倒された。

「やめて——」

しのは叫んだ。声がかすれた。

「騒いだって誰も来やしないよ」

宗太郎の体が大きくのしかかった。

帯が解け、胸がはだけた。

「やめて、やめて……」

しのはもがきつづけた。夢中だった。助けを求め、コウの名も呼んだ。そして、やがて霞がかったような意識のなかで、すべてがむなしいことを知った。

「おまえ、処女じゃなかったな」

宗太郎は起上ってワイシャツに腕をとおすと、泣崩れているしのの鼻をすくいあげるように突いて言った。

しのは思わず顔を上げた。

言われた言葉の意味がのみこめなかった。

「おまえ、ほかの男ともやったことがあるだろう」

宗太郎は薄笑いを浮べていた。

しのは答えられなかった。喉が無性に渇いていた。

「絵描きのモデルになったことがあるって聞いたけど、そのとき裸にされて、ついでにうまいことやったんだな」

しのは体が震えた。

宗太郎はまた鼻の頭を小突き、煙草をくわえて部屋を出ていった。

画家は老人だった。しのがモデルになったのは着物姿のままで、老画家は指一本触れなかった。

しのは下腹部の痛みを堪え、ようやく立上った。

縁側にでた。

油蟬がうるさく鳴いていた。

体じゅうの力が抜け、頭がぼんやりして、魂まで抜けてしまった気がした。

とにかく、この家を出たいという意識があった。そのほかのことは何も考えられなかった。

ところが、縁先に脱いだはずの下駄がどこへ隠されたのか見当らなかった。

下駄を探しているうちに、宗太郎が戻ってきた。

「下駄なんか捨てちまったよ」

しのは部屋へ引戻され、ふたたび犯された。

三

「そんな話は初めて聞きましたな」

藤野巡査は感慨深そうに頷き、冷えてしまった番茶の残りを飲み干した。

「もう四十年以前のことですからね。村は町になり、その間に何度も戦争があったりして、たいていの噂は消えてしまいます」

村田は魔法瓶の湯を急須に注《つ》いで言った。

「しかしそんなひどい乱暴をされて、おしのさんがよく嫁にゆく気になりましたな。若旦那の宗太郎だって、結婚するつもりで関係したわけじゃないでしょうが」

「おしのさんの父親の重吉がごねたからですよ。まるで瓢簞《ひょうたん》から駒が出たように結婚することになってしまったんです……」

着物の袖が裂け、瞼を泣腫《なきは》らして帰宅したしのの異常な様子に、両親が気づかぬはずはなかった。

すでに夜だった。

――どこへ行ってたんだ。

重吉が問い質《ただ》した。

しのは唇を噛みしめ、涙ぐむばかりだった。重吉に殴られても、しのは宗太郎のことを口にしなかった。

しかし翌日の夕方頃になると、噂は早くも重吉の耳に入った。

宗太郎の部屋から洩れたしのの悲鳴は、何人もの使用人が聞いていたのである。悲鳴を聞きながら、塚越家の威勢と宗太郎の横暴を恐れて誰ひとり助けることができなかったという。宗太郎の非道は、しのが初めてではなかったのだ。

「おしのさんの声は、そのとき座敷にいた大奥さんも聞いたに違いないんですよ。それでも大奥さんは知らんふりをして謡《うたい》の本を見ていたっていいます。赤ん坊のころから甘やかし放題に甘やかして宗太郎を育て、宗太郎がおしのさんをつれてきたときだって、猫がネズミをくわえてきたくらいにしか思わなかったんでしょう」

「大旦那はいなかったんですか」

「県庁の用事で東北の方へ出かけて留守だったそうです。大旦那は厳しい人ですからね、その留守を狙って、宗太郎は計画的におしのさんを誘ったんですよ」

「重吉がごねたというのは？」

「立場にいて噂を聞いたからです……」

噂を聞くと、重吉は血相を変えて家へ帰った。

しのは工場を休み、朝から食事もしないで横になっていたが、重吉に烈しく問い詰められ、無言のうちに宗太郎に犯されたことを認めた。

酒気を帯びていた重吉は、厭がって、泣きすがるしのを曳《ひ》きずるようにして鴻池を訪ねた。そのとき、重吉が果して何を考えていたかは当人以外に知る由がない。ある者は金をゆするつもりだったろうと言い、またある者は、親として当然の怒りに駆られたのだと言った。

しかしその頃は現在と時代が違い、物事に対する考えも違っていた。封建色の濃い農村で塚越家ほどの家柄となれば、正面きって対抗できる者はなく、かりに警察へ訴えたところで事件は揉消《もみけ》され、娘は疵物《きずもの》呼ばわりされて他県へ逃がれ住むほかは一生嫁にもゆけなくなるのだった。宗太郎に犯された娘の噂は以前にも二、三あったが、いずれも泣寝入りに終っている様子は、親たちが娘の将来を考え噂の広まることを恐れたせいに違いなかった。

とまれ重吉は宗太郎の母に会った。

――娘を疵物にしてもらったが、この始末をどうしてくれる。

「重吉は凄《すご》い剣幕で怒鳴りこんだそうです。むろん大奥さんの方は重吉なんぞ相手にしない。逆に警官を呼ぶと脅したといいます……」

そこへ、たまたま宗右衛門が出張先から帰宅した。

宗右衛門は仔細に事情を聞くと、自分の部屋にひっこんでいた宗太郎を呼び寄せて真偽を確かめた。

宗太郎は最初シラをきって逃げようとしたが、ついにはふてくされながらも事実を認めざるをえなかった。

「そのときの大旦那の態度が実にりっぱで、おしのさんと重吉の前にきちんと手をついて謝り、許してもらえるなら宗太郎の嫁にきて欲しいと頼んだそうです」

「宗太郎も承知の上ですか」

「宗太郎は自分が悪いんだから承知も不承知もありません。大旦那の言葉が絶対で、大奥さんだって反対はできない」

「重吉の返事はどうでしたか」

「びっくりはしたろうけど、重吉だって承知するもしないもありません。鴻池といえば玉の輿です。急にペコペコしだして、ろくに口もきけなかったといいます」

「しかしおしのさんの気持は？」

「おしのさんも厭とは言い切れなかったんでしょう。とにかくできてしまったことだし、おとなしい娘で、親が承知してしまえば、言いなりになるほかなかったと思います。ひところはその結婚話で村じゅうの噂が持ちきりでした。なにしろ家柄が違いすぎる上に、重吉が怒鳴りこんだことなども知れわたっていましたからね」

「嫁入りする前の晩、あんたがおしのさんの泣いている姿を見たというのはやっぱり本当のようだな」

「本当ですよ、おしのさんには不幸がわかっていたんだ。内心は新次といっしょになりたかったのかも知れない」

「新次というのは？」

「小作人の倅《せがれ》で、おしのさんに惚《ほ》れていた男です」

村田はつぎ忘れていた番茶を、急須の蓋を押えながら藤野の湯呑《ゆのみ》についだ。

四

青い空を切裂くように甲高く鵙《もず》が鳴いた。

しのはふっと眼を開いた。

鵙は鳴きつづけているが、姿は見えなかった。

子供の頃、林の径《みち》を歩いていると、折枝などの先に蛙や蜥蜴《とかげ》が突刺されていることがあった。

「鵙の餌だよ。捕えた蛙や虫をああしておいて、あとで食べにくるんだ」

そう教えてくれたのは新次だった。

鵙の声がやんだ。

しのはまた眼を閉じた。微笑が浮んだ。

宗右衛門が死んだのは、しのが嫁いできて一年と経たぬうちだった。まだ五十三歳というのに、風邪《かぜ》がもとで肺炎になり、あっという間に死んでしまった。冷たい宗太郎やコウの間に立って、何かと優しくかばってくれた宗右衛門だった。

それまで、しのは宗太郎たちにいくら辛い仕打ちをうけても、どうにか耐えてゆける自信のようなものがあった。しのが結婚したお蔭で、重吉は車を曳かずに小作をして暮らせるようになったし、弟も塚越家の援助で中学へ行けるようになった。その二つのことだけでも、しのは感謝して夫にも姑にも仕えねばならぬという心の支えがあった。

しかし宗右衛門が死ぬと、しのは間もなく一彦を生んだが、産後の弱った体を半月と休まぬうちに畑仕事へ追いやられた。星の降る未明から小作人といっしょに働かされるのである。そして、一彦を生んで以来しのに与えられたのは女中部屋よりもひどい納戸だった。

だが、しのにとっていちばん辛いのは自分の乳をわが子に飲ませられぬことだった。

「おまえの腹は借腹にすぎない。おまえみたいな下衆《げす》の乳を子供に飲ませられるか」

宗太郎は口穢《ぎたな》く罵《ののし》って、乳母を雇った。

しのは電球を取外されてしまった暗い納戸で、張りつめた乳を絞っては幾晩も泣き明かした。

しのに対し、宗太郎とコウはほとんど死ねと言わんばかりだった。宗太郎が何日も家をあけて帰らないと、コウはしのが至らぬからだと言って責める。しのは自分の子にさえ思うように会えず、宗太郎には不機嫌を恐れて近づけないでいるのだが、宗太郎はたまに酔って帰ると、納戸からしのを曳きずりだして乱暴した。

しのは生傷が絶えなかった。

「しのちゃん、おれといっしょに東京へ逃げないか。この家にいたら殺されてしまう。おれはこれ以上黙って見ていられないんだ。東京へ行って、二人で新しい世帯を持とう」

新次が言った。

月明りの冷たく冴えた夜だった。土蔵の裏で、そっと呼ばれて会ったのである。

「だめよ」

しのは弱々しく首を振った。

子供が誕生日を迎えたばかりだった。もうおぼつかない足で歩くようになっている。可愛かった。その子供を置いて、家を出ることはできなかった。子供がいるからこそ、しのも生きているのだ。

「それじゃ子供をつれて逃げればいい」

新次は諦めなかった。

無理な話だった。そんなことをすれば警察に追われるに決っている。

「しかし、このままでは本当に死んでしまうよ。殺されるようなものだ」

「仕様がないわ」

「仕様があるから話してるんじゃないか。おれだって、東京へ行けばきっとしのちゃんを幸福にしてみせる。働くところも当てがあるんだ」

「でも――」

しのにはどう仕様もないことだった。

宗太郎と結婚するときにも、しのは新次の愛情を初めて告白されながら、やはりどうすることもできなかった。

運命なのだ、しのはそう思うことにしている。

宗太郎についてはとうに諦めた。一彦の母でいられるなら、自分は下女でも何でもよかった。陰険なコウの、牛馬を叩くような虐待にも、一彦を思えば耐えることができた。

新次の気持は身に沁みて嬉しい。

しかししのには、今更この運命を変えることができなかった。

「何をしているんだ」

土蔵の蔭からふいに宗太郎が現われた。酔っているようだった。

しのの体が凍りついた。

「新次だな」

「…………」

新次は顔をそらし、答えられなかった。

宗太郎の平手が新次の頬へとんだ。

「あっ」

新次はのけぞった。

「おまえはこっちへ来い」

宗太郎はしのの腕をとった。

「お許しください、ただ立話をしていただけなのです」

しのは哀願した。

宗太郎はぐいぐい先に立ち、物置小屋に曳きずりこんで突倒すと、

「新次のやつがおまえの間男か」

ランプを点《とも》して言った。眼がすわっていた。

「いえ――」

しのはけんめいに否定した。

「嘘をつけ。どうせおまえなんぞは車曳きの娘だ。メリヤス工場でも職工とくっついていたにちがいない。新次とのことは以前からわかっていたんだ。一彦だって誰の子だかわかったもんじゃない」

「違います、決してそんな……」

「おれを甘くみるな」

宗太郎の足がしのの肩を蹴った。

「おまえは村田ともできてるんだってな」

「村田さん……？」

「米の仲買をやってる村田だよ、むさくるしい小っぽけな野郎さ」

「誤解です、村田さんとは滅多に話をしたこともありません」

「ふん、村田がおまえに惚れてるって噂は、ちゃんとおれの耳に入っているんだ」

無体な言いがかりだった。

しのは唖然として返す言葉がなかった。

顔を合わせると、村田はいつも優しい言葉をかけてくれる。重い薪《まき》を帰り道の途中まで背負ってくれたこともあった。

しかししのは、村田の親切を単純にうけていたにすぎない。宗太郎が言うような噂を耳にしたことはなかった。

「よくもおれに恥をかかせたな」

落ちていた棒きれを拾うと、宗太郎の打擲《ちようちやく》は容赦がなかった。

その年の暮、しのは二人目の子供を死産した。

五

「それで——」藤野巡査が言った。「新次という男はその後どうなりましたか」

「どうなりましたかね。おしのさんと会っているところを宗太郎に見つかった翌日、やくざ者みたいなのに呼出されて袋叩きにあったんです。見ていた人の話ではとにかくひどかったそうで、新次は血だらけになって、しばらく動けなかったといいますからね」

村田は眉をしかめ、厭な思い出を吐きだすように煙草の煙を吐いた。

「そのやくざ者は宗太郎の差金ですか」

「もちろんそうですよ。親ゆずりの財産があるというだけで、弱虫の卑怯な野郎だった」

「しかし、そんなことをしてよく警察沙汰にならなかったものだ」

「藤野さんの前でこんなことを言っては何だけど、むかしの田舎の警察なんてものは金持の番犬みたいなもので、百姓などまともに相手にしてくれなかった。可哀そうに新次のやつは、翌《あく》る日になるともう村から消えていました」

「どこへ行ったんですか」

「わかりません。東京で土方をしている姿を見たって者がいましたが、それから三、四年経って、刑務所にいるという話を役場の人から聞きました。気のいい男で、真面目すぎるくらい真面目な働き者だったんですがね。強盗に入ったんだそうです」

「今でも生きているんだろうか」

「さあ……生きていればわたしと同じくらいの年です。でも、日支事変のとき召集令状がきて随分探されたというし、新次の弟がむかしと同じ所に住んでいるのにとうとう便りがないといいますから、もう死んでしまったでしょうね。新次の両親も宗太郎に小作地を追払われて、さんざん苦労して死にました」

「おしのさんの両親や弟はどうしましたか」

「弟は鴻池の大旦那が亡くなって中学へ行けなくなったけど、今は神田で自転車屋をやってるそうです。最近たまに現われますよ。重吉は娘の不幸もおかまいなしに飲んだくれていて、七十歳くらいまで長生きして死にました。母親の方はもっと前に亡くなりましたが」

「しかしおしのさんが笑えるようになったというのは、結果的にみると、結婚してよかったことになるのだろうか」

「難しい問題ですね、老後さえよければいいってものじゃない。おしのさんに聞いてみないと分らないでしょう。戦後の農地改革で畑地はほとんど失ったようなものだけど、山林は解放されなかった。その山林が町の発展でどんどん宅地化されて、ベラボウな値上りしている。今では土地を処分した銀行預金だけで一億はあるって噂ですが、残っている雑木林だって、手放す気になれば一億円以上になります。

人間は長生きしなければウソだ。おしのさんを見るとつくづくそう思います。半年前に宗太郎が脳出血で倒れたから幸福になったが、その前に死んでしまったら、おしのさんはどこにも救いのない地獄のような一生だった」

「人の一生なんて分らないものだ」

「全く分りませんね。しかし、おしのさんは病人の面倒を実によく看《み》ているそうですから、宗太郎も恵まれたやつですよ」

村田はそれが心外だと言いたそうに、膝に落ちた煙草の灰を払った。

そこへ、長いことガラス戸の貼紙を眺めていた中年の夫婦づれが店に入ってきた。

土地を買いたいという客だった。

「さて――」

藤野巡査は欠伸《あくび》を噛みころして腰を上げた。

外はまだ日がさしていた。

六

じっと瞼を閉じていると、眠ってしまいそうな小春日和だった。

鵙がまた鋭く鳴いた。

しかししのは、今度は瞼を開かなかった。

どこかで雀の鳴き声も聞えた。

二人目の子を死産してから、長い年月が淀んだ運河の底を這うように流れた。

コウは七十五歳まで生きて、太平洋戦争のさなかに死んだ。

宗太郎の放蕩《ほうとう》は結婚当初から止むことなく、町なかに妾宅《しょうたく》をかまえてしのに下女の役までさせ、ことさらにしのの面前で痴戯をつくすことも珍しくなかった。

今になって、しのはよく耐えたと弟などに言われる。

しかししのにとって、耐える以外にどのような生きる道もなかったのだ。

「おまえは鈍感な牝豚だな、死ぬまでおれから離れない気か」

宗太郎にそうまで罵られても、しのは黙って耐え通した。

だがそのような両親をみて、一彦は暗くいじけた子供に育ってしまった。コウも孫の一彦だけは可愛がる様子だったが、一彦は誰にも馴染まなかった。

気弱で、しのへの思いやりが逆に反抗的態度になって出たりした。そんなとき、あとからそっと一彦の部屋を覗くと、じっと涙ぐんでいて、しのが声をかけても返事をしなかった。

そして戦争の末期、中学生だった彼は家人に無断で陸軍の航空兵を志願し、宗太郎の反対にもしのの願いにも耳をかさず戦場へ征《い》った。

「こんな家にいたくないんだ」

それがしのに残した一彦の言葉だった。

戦争はやがて終ったが、一彦はついに還《かえ》らなかった。

戦死の公報は敗戦の数か月後に届いた。

しのは絶望した。

絶望のあとは、耐えることもない代りに悲しみも消えた。

月日は吹過ぎる風のようにただ茫々《ぼうぼう》と流れた。

宗太郎の生活はいよいよ荒《すさ》み、幾人も妾を替えて自宅につれこんでしのと同居させた。

しかし、もはやしのは何の愛憎も感じなかった。

そして半年前、脳出血が突然に宗太郎を襲った。

宗太郎が倒れると、芸者だったという女は三日と経たぬうちに姿を消してしまった。

近所の者が、初めてしのの唇に浮んだ笑いを見たのは恐らくその前後である。

「お医者さんがお見えになりました」

女中が伝えにきた。

しのは軽く頷いて立上った。

医師はすでに病室に通っていた。

「どうですか、お加減は」

老医師は温厚そうな微笑をふくんでしのにきいた。

「お蔭さまで、別段変りはないようです」

しのは日頃の礼を重ねた。

週に二度の来診で、診察はほとんど形式的なものになっていた。

宗太郎は医師を見つめ、しきりに何か言いそうに唇を動かすが、その言葉は医師が耳を近づけても聞きとることはできなかった。

右半身不随、もともと神経痛があったせいか、左半身もほぼ不随に近かった。

医師は型通りの聴打診をして薬剤の注射をした。

「如何《いかが》でしょうか」

しのは医師を玄関まで送りながらきいた。

「心臓が大分弱ってきたようですな。風邪をひかぬように注意してやってください」

医師は難しそうに首を振った。


夜になった。

女中部屋の明りが消えると、しのは寝室の押入れをあけ、奥から四角い風呂敷包をとりだした。

風呂敷包を提げて病人の部屋へ行った。

「どう？　具合は」

しのは病人の枕元に坐って言った。

宗太郎の眼が鈍く光った。その光は、怒りとも恐怖とも見分け難かった。

しのはゆっくりと風呂敷包を解いた。

熱帯魚の水槽のようなガラス・ケースだった。底に藁《わら》を敷き、灰緑色の動物が細長い体をくねらせていた。

二匹の青大将だった。

赤くむくんでいた宗太郎の顔から、みるみる血の色が消えた。

「あなたって、どうしてこんなに可愛らしいものを怖がるのかしら。おかしな人ね。お医者さんが心臓を大切にするように言ってらっしたわ」

しのはガラス・ケースの蓋をずらした。

青大将はしばらく様子を窺っている様子だったが、やがて鎌首をもたげると、一匹がガラス面を舐《な》めるように滑り出た。

長さ約一メートル。つづいて、もう一匹のやや小さい方は、しのがつかみだした。

「よくごらんなさいな、可愛いじゃないの」

しのは両手につかんだ二匹の青大将を、身動きができぬ宗太郎の顔の上に垂らした。

宗太郎の歯がカチカチと鳴った。

「それじゃおやすみなさい」

しのは微笑して立上ると、宗太郎の胸の上に青大将を落とした。
明りを消し、病室をでた。
そして、うしろ手にピタリと襖《ふすま》を締めた。

私に触らないで

一

渡辺英年は平凡な男だった。都内といっても埼玉県に近い小さな町で歯科医院を開業してから、十五年あまりになる。渡辺歯科医院——朽ちかけた門柱の表札は何度か掛け替えたはずだが、今はその墨の色もうすれて、果して客があるのやらないのやら門前はつねにひっそりとしていた。

平凡な男、英年は自分でもそう思うことがあった。あと半月ほどで五十歳の誕生日を迎えるが、これまでの人生にはただの一度の波瀾《はらん》もなかった。父の職業を継いで歯科医になり、梅子という女と見合結婚をして二人の子供を育て、要するにそれだけだ。すでに長女は嫁にいった。次女は高校を卒《お》えて会社勤めをしている。梅子はもともと美しくなかったが、ここ数年来急にふけた感じで、もはや女だということさえ滅多に感じさせない。何しろ長年の夫婦づきあいで、とりわけ別れる理由もないから、世間なみの分別で家庭を守っているという具合だった。

――惰性だな。

英年は呟《つぶや》く。しかしそんなことを呟くようになったのは最近のことで、正確に言えば、うなぎ屋のおかみのムシ歯を治療してやってからのことだった。

うなぎ屋のおかみは二年ほど前に亭主を亡くした。年が三十四歳、名前を弥生《やよい》ということは健康保険証で知った。やや古風な名だが、やさしくて品のある女らしい名だ。そして弥生という名が美しいように、容姿もまた美しかった。少なくとも、英年はひそかにそう思っている。芸者あがりだという噂は本当かどうか知らないが、襟足をのぞかせるように髪を束ねた和服姿はどことなく粋で、匂うような色気を漂わせている。

――亭主は死にきれなかったろうな。

英年は彼女をみるたびにそう思った。亭主は胃ガンだったと聞いたが、こんなきれいな女房を遺《のこ》して死ぬのはどれほど辛かったことか。おれだったら絶対に死にきれない。英年はそう思うのである。

「うなぎ屋のおかみさん、ずっとひとりでいるつもりなのかしら」

ある日、弥生が治療をうけて帰ったあとで、妻の梅子がふいに言った。

「どうかな」

英年は興味なさそうに答えたが、これはかねてから英年の気にかかっていることだった。

「ご主人が死んでから、もう二年になるわ」

「そんなになるかな」

「なるわよ。亡くなったのがちょうど一昨年《おととし》の今頃でしたもの。あの人、相変らず若くて綺麗だわ。男って、みんなああいうタイプの女の人を好くんじゃないかしら。あんたはどう思って？」

「別にどうとも思わないね」

「綺麗だと思わないの」

「不美人ではないだろう」

「そんな程度？」

「考えたこともなかったよ」

「鈍感なのね。あたしの考えでは、あのおかみさんきっと再婚するわよ。子供はないんだし、本人はその気がなくても、まわりで放っておかないわ。ことによると、もう好きな人ができてるのかも知れないわね。まさかお店の職人さんじゃないでしょうけど、そんな気がするわ」

「……………」

英年は黙って聞き流した。しかし聞き流したのは表面だけで、内心は穏かでなかった。うなぎ屋の未亡人への恋ごころを意識したのは、おそらくこのときが最初だった。うなぎ屋には、女中のほかに住込みの職人が二人いる。一人は若い男だが、もう一人は四十がらみの威勢のよさそうな男だ。主人が死んだあと、板前の仕事はほとんどこの男に任されているらしい。主人に死なれて心細くなった彼女が、その職人に頼る気になったとしても不思議はないし、職人の方から彼女を口説いて、亭主の後釜に居坐る気になったとしても当然なことだ。

そう考えると、英年の胸はムシ歯のようにチクチクと痛むのである。それは悲しい痛みだった。

しかし悲しんでどうなるというのか。かりに英年の想いがうなぎ屋の未亡人に通じたところでどうなるか。英年には結局どうにもならぬことがわかっていた。彼には妻子があり歯科医としての信用がある。それらを抛《なげう》って走るだけの情熱も勇気もありはしない。彼にはそれがわかっている。わかっているだけに、その痛みは悲しいのである。

梅子は英年の悲しみに気がつかない。もちろんうなぎ屋の未亡人が気がつく由はなかった。そして英年は痛む心をさりげなく装い、吹き過ぎる風を待つように痛みの癒える日を待つばかりだった。彼はそれでいいとも悪いとも思わず、仕様がないと思っているのである。

しかし、非凡だった人が案外平凡な生涯を送ってしまうことがあるように、平凡な人がふとした機会から思いがけぬ人生に送りこまれてしまう例もまた珍しくない。

渡辺英年の場合がそれであった。

二

その日は日曜で休診日だった。妻の梅子は昼食をそうそうに済ますと長女の嫁ぎ先へ行った。初孫の顔をみるのが愉しみなのだ。尻の長い女で、長女の家へ行くとたいてい十時過ぎにならなければ帰らない。英年も同行を誘われたが、返事を渋っていると「あんたは孫が可愛いくないのね」とふくれたように言って梅子一人で出かけてしまった。英年にしてみれば孫が可愛いくないわけではないが、梅子といっしょの外出はどことなく億劫《おっくう》で気が重く、夜の十時すぎまでつき合わされるのはかなわぬという気持が強かった。それに次女は昨日から友だちと旅行中で、帰宅するのは明日の予定だ。とすると、今日の夕食は英年ひとりで外で食べることになる。うなぎを食べに行く正当なチャンスだった。うなぎ屋のおかみのムシ歯は数回通えば治るところを一か月以上引きのばしたが、それもつい十日ばかり前に終り、以来会って話をする機会がなかったのである。

梅子が出かけてひとりぼっちになると、英年は下駄をつっかけて庭へ降りた。板塀をめぐらした七、八坪ほどの庭だが、今が春の草花の盛りだった。ひな菊、三色すみれ、金魚草、アマリリス……彼が丹精をこめて育てた花々である。庭の隅には小さなフレームもあって、草花つくりだけが彼の趣味だった。酒も飲まず麻雀《マージャン》もせず、ほかに何の道楽もない。

しばらく、彼は満ち足りた表情で庭を眺め、部屋に上ってごろりと寝そべった。家に、自分のほか誰もいないということは稀《まれ》だった。彼はすがすがしい解放感に浸った。自由になったという気持だった。手足を伸ばし、それから腹這《はらば》いになって、いつかテレビでみた美容体操の真似をした。快く疲れて、また仰向けになる。ネズミが天井を走った。「ニャオー」彼は猫の啼《な》き声を天井へむけた。「ニャオー」少し啼き声を変えてみた。何回か繰返した。ネズミは一度走ったきりで、もう音を立てなかった。「鐘がゴンと鳴りゃ上げ潮南風《みなみ》さ、烏《からす》が飛出しゃコラサノサ……」彼は低く唸《うな》るように唄いだした。「野ざらし」という落語の中で、大工の八公が釣をしながら唄うサイサイ節である。彼は先代の柳好《りゅうこう》の節まわしが好きだった。それで、妻子に内緒で何とか憶えようとしたが、どうしてもうまく唄えぬうちに柳好は死んでしまった。英年は相変らずうまく唄えない。

やがて、彼は起上ると洗面所の鏡にむかった。疎《まば》らに伸びた不精ひげは白いものが目立つ。髪も大分うすくなった。血色はいいが、瞼《まぶた》の下あたりは筋肉のたるみがはっきりとわかる。シェービング・クリームを塗ると、いよいよ老いぼれた顔になった。彼は急いでひげを剃《そ》った。

外出したのは午後二時ごろだった。数年前までは寂しい町だったが、宅地ブームの昨今は、田畑をつぶし雑木林を切倒したあとに続々と家が立並び、一帯はとうに武蔵野の面影なく、東京のベッドタウンとして年々一万人ずつ人口がふえているという。そして、舗道をアーケードで蔽《おお》った駅前の商店街はしゃれた構えの店が多く、未亡人の営むうなぎ屋もそれらのうちの一軒だった。

うなぎ屋に近づくにつれて、彼は心臓の鼓動が速くなるような気がした。しかし夕食にはまだ早い。店の前を通るとき、さりげなく店の奥を覗いたが、おかみの姿は見えなかった。

私鉄で池袋にでた。買いつけの種苗店は駅の近くだった。いつも繁昌《はんじょう》している店で、彼は店員たちとも顔馴染《かおなじみ》になっていた。特にその中の一人の女店員とは親しい口をきくようになっている。二十歳前後の小娘だが、一度だけ、偶然店の外で出会ってコーヒーを奢《おご》ってやったことがある。色の白いふっくらした顔だちで、やや鼻の低いのがむしろ愛らしく、英年は彼女の唇に魅力を感じていた。

店に入ると、彼の眼は自然にその女店員を探した。しかし彼女は休んでいるらしく、彼はほかの店員にグラジオラスの球根を求めた。グラジオラスの球根は小さな玉葱《たまねぎ》ほどのものだが、大きく重味があって、うす皮にいきいきとした艶のあるのが良い。彼は自分で球根を選んだ。

「グラジオラスですか」

踞《かが》みこんで選んでいるうしろから声をかけられた。振返ると、英年が住んでいる町の所轄署の高木という刑事だった。やはり草花つくりが好きで、時折この店で会うのである。英年と同年輩くらいだが、いつも歩きまわっているせいか冬でも日焼けしたように黒く、体つきも逞《たくま》しかった。

「ええ」

英年は頷いて、去年せっかく掘りあげておいた球根をみんなネズミに食われてしまったとこぼした。

「よくやられるんですよ」

高木もチューリップの球根をネズミに食われたという話をした。

英年はコロナ、ラディアンスなどの変種をまじえて二十個の球根を選び、それから鳳仙花《ほうせんか》と松葉牡丹《まつばぼたん》の種子を買った。

高木とは店内で間もなく別れた。池袋駅に戻るとホームが混雑していた。架線故障のため迷惑をかけたが押合わず乗ってくれという駅員のアナウンスが聞えた。故障はなおったらしい。そうでなくても日曜日で混んでいるのだ。

——しばらく待とう。

彼はホームの壁際にさがろうとした。すると、

「乗ってしまいましょうよ」

意外な声がかかった。彼がひいきにしている種苗店の女店員だった。

「なんだ、きみか」

「さっきから隣にいるのに、気がつかなかったのね」

「気がつかなかった。店にいなかったけど、休んだのかい」

「休んだんじゃなくて、休みよ。日曜は交替で休みだわ。今日は映画を見てきたの」

「一人で？」

「もちろんだわ」

「ふうん」

彼は余計なことを聞き余計なことを知ったような気がして憮然《ぶぜん》とした。話しているうちに群衆に押され、そのまま車内に押込まれた。彼女は叔母の家へ行くので、四つ目の駅で降りると言った。

電車は詰められる限りの客を詰込んで発車した。球根と種子を入れた紙袋は手早く網棚に

あげたが、電車が動きだす頃は、種苗店の女と真向かいに立ったまま身動きひとつできぬ状態だった。両手をまわせば抱き合った恰好《かっこう》になる。英年は下心をもってそのように仕組んだつもりはないが、話し合う姿勢が自然にそうなったので、彼女の方も避けようとはしなかった。電車が揺れなくても、彼女の乳房はおのずから彼の胸に接していた。赤いセーターにかくれた乳房は、豊かな弾力を彼に伝えた。彼は辛うじて顔がぶつからぬように横をむいているものの、ともすれば彼女の柔らかな頬が触れた。

「すごく混むな」

彼は内心の動揺をさとられまいとして言った。

「平気よ。あたしなんか、毎朝もっと混んだ電車でお店に行くわ」

彼女はことさらに体を押しつけてくるようだった。

「息が苦しいよ」

彼は本当に苦しかった。しかし決して耐え難い苦しさではなく、いつまでも耐えていたい苦しさであることを彼は知っていた。彼はそっと女の首筋を嗅ぐ。汗の匂いでも香水の匂いでもない。若い女の匂いが匂うのだ。彼は甘く包まれる。十年以上も、いや、二十年以上も忘れていた匂いだった。求めることさえ忘れていた匂いではないか。

「いま鳳仙花の種子をまくと、いつごろ花が開くだろう」

彼は恥ずかしくなって話をつづける。

「七月には咲くわ」

「松葉牡丹は？」

「もう少し早いかしら」

女の手が英年の手に触れた。彼は手を動かさなかったから、彼女の方から手を近づけたにちがいなかった。ごく自然のように触れている。からかうつもりなのか。それとも、電車が揺れた弾みに腕を動かしたら、たまたま手が触れてしまったのだろうか。しかし彼女は、触れた手を離そうとしない。いずれにせよ気づかぬはずはないのだ。彼は体中が汗ばんできた。

「映画は面白かった？」

「つまらなかったわ」

彼は中学時代の経験を想い出した。満員電車の中で中年の女に手を握られたときのことだ。中学生になったばかりの頃だった。彼は真っ赤になって俯向《うつむ》き、女が下車するまで顔を上げることもできなかった。そのとき、彼は女の手を振り放そうとせず、息苦しい陶酔を味わっていたのである。

しかし、その彼は五十歳になった。そして今、相手は二十歳の小娘だ。立場が逆になったということか。彼女は相変らず体を押しつけるようにして、互いにくいこんだ股まで微妙に触れ合っている。彼は挑まれている気がした。思い切って、女の手を握ってみたらどうか。彼はためらっていた。その誘惑は強かった。彼は烈しく目覚めた欲望をどう扱っていいかわからなかった。

だが、結局彼は何もしなかった。彼女の方もそれ以上積極的な行為は示さなかった。三つ目の駅でいくらか車内がすいた。彼は体を離した。離れなければおかしかった。

「ようやく楽になった」

彼は吐息とともに言った。吐息には、心残りと安堵《あんど》とが交錯していた。

「もっと混んでいた方が面白かったわ」

微笑を含んだ悪戯《いたずら》っぽい眼で、意味ありげな応えだった。

彼女はつぎの駅で降りた。

三

帰宅したのは五時ごろだった。空はまだ明るかった。英年は服を着替えてから庭にでた。塀越しに、裏隣の家の女房が子供を叱っていた。ヒステリックな声だった。村瀬という家で、高校の二年生を頭に四人の子供がいるが、ガス会社に勤めていた亭主は二年前に家をでたきり帰っていない。行方不明なのである。心当りを探しつくし、警察に捜索願もだしたが、とうとういまだにわからずじまいだった。平常通りに出勤して退社時間まで勤め、それから家へ帰らずに消えてしまったらしい。何処へ行くとも聞いていなかったし、家出をする理由もないはずだと村瀬の妻は言う。家庭は円満で、経済的にも安定した生活をしていたのだ。

「強盗に殺《や》られたのよ。そして、どこかに埋められたんだわ」

梅子はそう主張した。英年も、あるいはそうかもしれぬと同意した。

しかし今、英年は子供を叱りつける声を聞きながら、ふいに村瀬が行方不明になった理由がわかった気がした。村瀬は計画的に家出したにちがいない。村瀬と英年とは同じ年の生まれだった。村瀬は子供をもったのが遅いのである。五十歳近くまで営々と働きつづけ、ようやく生活が楽になってホッとしたとき、村瀬は人生が急にむなしく感じられたのではないか。勤めにでては疲れて帰るという毎日の繰返しに疑問を抱いたのではないだろうか。そして残り少くなった人生を精いっぱい自由に生きるために、家を跳出したのではなかったか。

英年は考えているうちに愕然《がくぜん》とした。村瀬について考えることは、英年自身について考えることと同じだった。英年と村瀬との生活にどれだけの違いがあったろう。英年もまた単調な日常を繰返している。望みも情熱も喜びもない。一日は何ということもなしに流れていく。昨日もそうだった。今日もそうだ。明日も同じだろう。そしてあと十年か、十五年か、せいぜい長生きをして二十年くらいの命だ。運が悪ければ、いつタクシーに轢《ひ》き殺されるかわからない。とにかく、いずれ死ぬ。火葬場で灰になる。それで終りである。それまでの間、おれは他人のムシ歯をほじくって暮らす。ニコニコと人の好さそうな顔をして、望みも情熱もなく喜びもなく……。

裏隣の家は静かになった。叱られた子供は悪態をついて出ていったらしい。近頃は末の子も母親の手に負えなくなったようだ。

英年は鳳仙花の種子袋の封を切ったが、まだ鳳仙花の種子をまくには寒いような気がして、種子袋を棚の上におくと、グラジオラスの球根を植込むことにした。日当りのいい場所を選んで、植込む土は前もって深く掘りおこし肥料も与えてあった。適当な間隔を置いて球根をならべ、十センチほどの深さに土で蔽う。早ければ七月初旬に花が開くはずだった。

　作業をしながら、彼は村瀬のことを考えつづけていた。家出をした村瀬の勇気が羨しいのである。ことによると、村瀬には愛人がいて、その女と駆落ちしたのかもしれない。そして誰も知る人のいない遠い地方へいって、新しい生活を送っているのかもしれぬ。妻子に煩わされることなく、好きな女と好きなように暮らす。いや、好きな女などはいてもいなくてもいい、羨しいのは、彼が家族から自由になったということだ。会社を辞めても、彼一人が食っていくだけの仕事は何処にでもあるだろう。彼を取巻いていたすべての束縛から解放されて、今こそ、彼は生きる喜びを味わっているかもしれない。

　――おれは駄目だな。

　英年は首を振る。おれには家族を捨てる勇気がない。電車の中で種苗店の女の手を握ることさえできなかった。それも妻子のことを思い歯科医としての体面を考えたからだが、せっかくのチャンスをみすみす見送ってしまった。うなぎ屋のおかみに惚れていても、ひそかに惚れているだけのことで、その先の成行きは最初から諦めている。

　しかしおれに妻子がなく、歯科医でも何医でもなくて一人の男にすぎなかったらどうか。

　――おれは女の手を握っただろう。

　そして勇敢に口説く。もちろん電車を降りてからのことだ。わたしはきみが好きだった、初めて見たときから好きだったよ。ほんと？　ほんとだとも。うれしいわ、あたしもよ。彼女は媚《こび》を含んだ眼で笑う。おれは女の肩に手をまわす。女は逆らわない。わたしみたいな年寄りでもいいのかい。あら、あんたは年寄りじゃないわ。しかしもう五十歳だ。中年ね、魅惑の年代だわ、あたし、そのくらいの男の人が好きなの、若い男なんてつまらないわ。前にも中年の男とつき合ったことがあるのかい。ないわ、憧れていたのよ。女の眼がうっとりとおれを見つめる。小娘のくせに色っぽい眼だ。話しながら歩くうち、旅館の前にきてしまう。ここでぐずぐずしてはいけない。さっさと門を入る。女は黙ってついてくる。戦後育ちの若い女は話の呑込みが早い。女中の案内で通された部屋は四畳半か六畳か。部屋の隅には手まわしよく床がとってある。女中はお茶をだすと、すぐに気を利かして消えてしまう。女はさすがに堅くなって、もっとこっちへお寄りよと言っても、顔を赤くして俯向《うつむ》いている。いや、今時の若い女だから平気な顔をしているかもしれない。抱き寄せるよりも早く体を投げかけてくる。洋服だから帯を解く手間はかからない。スカートのチャックはすぐはずれる。明るくては恥ずかしいわ。恥ずかしいことなんかあるものか、誰もみていやしない。でも、あんたが見ているわ。女はこの程度に恥ずかしがった方がいい。部屋の明りは枕元のスタンドだけ残して、あとは消してしまう。そして、かなり重そうだが彼女の体を床に運んでやる。瑞々《みずみず》しく盛上った白い乳房が揺れる。梅子のようにペチャンコに萎《しな》びた乳房ではない。腰だって梅子みたいに骨ばっていない。どこを押しても弾力があってしなやかだ。大好きよ、本当に愛してるわ、もっと強く抱いて——、女は身をくねらせて喘《あえ》ぐ。おれはたちまちに燃える……。

……しかし、うなぎ屋のおかみではこう安直にいかないだろう。口説くにも手順を踏まなくてはならぬ。どうやって誘うか……。

「先生――」

英年を呼ぶ声がした。

しかし甘い想像に耽《ふけ》っていた彼は、もう一度呼ばれ、さらに肩を叩かれるまで気づかなかった。

彼は驚いて振返った。いつの間にか日が昏《く》れ、その暗い庭先を覗きこむようにして、色の黒い禿《は》げ頭の小柄な男が立っていた。

四

客は辻川宗介という男だった。近在の農家だが、宅地ブームのお蔭で田畑山林を住宅公団や工場団地などの敷地として売渡し、今では億を越える資産を蓄え、妾を三人囲い、ベンツを乗りまわしているという噂の男だった。手癖が悪く、かつてはコソ泥で捕ったこともある男である。

辻川は今にも泣きだしそうな顔で、左の頰に手を当て、歯が痛いと言った。右手には茶革製のボストン・バッグを重そうに提げている。

英年はゆっくりと手を洗ってから、辻川を診察室へ通した。

「保険証をお持ちですか」

英年はきいた。

「いや、保険などの安い治療は困る。高くてもいいから、痛くないようにやってもらわんとな。女房が佐藤さんにかかっているので最初はそっちへ行ったんだが、休診日で留守だった」

それで仕様がないからこっちへ来たと言いたそうな口ぶりだった。佐藤医院は建物もりっぱで新しく、院長は医学博士の免状をもっている。

「うちも休診日ですよ」

英年は少しムッとして言った。

「しかし急患は診るでしょう。わたしは急に歯が痛くなった。つまり急患だ」

「口をあけてください」

「――――」

辻川は口をあけた。野球のボールがすっぽり入りそうな大きな口だった。おそらく一度も歯医者にかかったことはなく、磨いたこともない歯だ。表側は黄色に変色して、裏側は真っ黒である。不揃いな歯の間に歯石がこびりついて、吐く息はニンニク臭い。ざっと診ただけで、数本のムシ歯があった。そのいちばん悪そうな歯をピンセットで軽く叩くと、

「痛ッ」

辻川は跳び上った。

「ひどくやられていますな」

「痛くないようにやってくださいよ」

辻川は涙をこぼし、恨めしそうに言った。

「今のは痛いところを調べただけです」

英年は局所麻酔を射ってやることにした。

「針を刺すときにチクッとしますが、あとはぐっと楽になりますからね」

英年は安心させて、なるべく痛くないように歯ぐきの奥へ注射したが、辻川はそのときも大げさな悲鳴をあげ、涙をポロポロとこぼした。

注射が終ると、麻酔が利くまでしばらく間を置かねばならない。

「お忙しいのですか」

英年は患者の緊張をやわらげるために聞いた。

辻川は相変らず痛そうに顔をしかめ、何が入っているのか、膝の上のボストン・バッグを抱きしめるようにかかえていた。

「忙しくて跳びまわっていますよ。ベンツを悴《せがれ》が乗っていってしまったので、今日などは一日じゅう歩きどおしだった。いよいよ、わたしも事業家になるのでな」

「事業を始めるんですか」

「差当ってタクシー会社をつくる。それから次第に観光事業に手をのばして、ディズニー・ランドみたいなものをつくる計画もある」

「それは大したものですな、しかし資本金がたいへんでしょう」

「いや、計画さえたてば、金は自然に集まってくる。あんた、この鞄《かばん》の中にいくら入っているかわかりますか」

辻川はボストン・バッグを眼で示した。

「金が入っているんですか」

「金のほかは何も入っていない。一万円札と千円札ばかりで、ざっと一千万円ある」

「一千万円?」

「そう、ざっと一千万だ。坪八千円の土地を千三百坪売った金だから、正確に言うと千四十万円ある」

「そんな大金を持歩いて物騒じゃありませんか」

「平気だね。腕に自信はあるし、たかが一千万ですよ。大の男が驚くほどの金ではない」

辻川は麻酔の注射が利いたらしく、歯の痛みを忘れて得意そうだった。

——たかが一千万円か。

英年は憮然とした。彼にはその十分の一の預金さえなかった。

英年はふたたび辻川の口をあけさせ、左上第二大臼歯《だいきゆうし》の治療から始めた。ハンド・ピースを右手にもって患部を抉《えぐ》ってゆく。

辻川は椅子の安頭台に後頭部を支えられ、怯《おび》えながらも観念したように眼を閉じている。このバカづらの無智な禿げ頭が、自分では働きもせずに、祖先の田畑や雑木林をもっていたというだけでベンツを乗りまわし、たかが一千万円などと不遜なことを言う。不合理ではないか。英年は営々と働きつづけて、ようやく中古の小型車を買ったばかりだ。

彼は無性に腹立たしくなった。たかが一千万ということは、つまり、失ってもたかが知れているということにならないか。

彼はふいとそう考えた。そう考えると、辻川が抱えているボストン・バッグが異様な迫力をもって彼の眼に映った。

――一千万円あれば家出できる。

彼の思考は大きく飛躍した。それだけの金があれば、手ぶらで家を出ても生涯食べていけるだろう。やりたいことは何でもできる。行先は九州でも北海道でもいい。どこか見知らぬ地方へ行って、自由気ままに暮らすのだ。家族にも仕事にも煩わされることなく、食べたいときに食べて寝たいときに寝る。好きな女ができたら誰に憚《はばか》ることなく愛し、燃えるような恋もしてみたい。そこには新しい人生が待っているはずだ。どうせ死ぬまでの短い人生だが、むしろそれだからこそ、やりたいことをやって悔いなく死にたい。少なくとも、現状のまま老いぼれて死ぬよりはいいだろう。誰のためにでもなく、自分だけのために生きるのだ。

「痛ッ」

辻川が呻《うめ》いた。

「痛みましたか」

「ズキンと頭にひびいた」

「それでは、もう一本麻酔を射っておきましょう。何しろひどくやられてますからね」

英年は冷静に言った。

通常、局所麻酔には塩酸プロカイン溶液を用いる。しかし、つぎに彼が用いた注射液は、使用法によって一人の人間を永遠に眠らせることのできる劇薬だった。

五

犯行は容易だった。辻川はたちまち意識を失い、五分ほどで息を絶った。

英年はさすがに興奮していることが自分でわかったが、慎重に行動した。まず、バッグの中にギッシリ詰まっている札束を確かめ、それをバッグごと天井うらに隠した。空腹で、辻川が来なければとうに夕飯をすませている時刻だが、もはやうなぎ屋のおかみを想う余裕はなかった。まごまごしている間に、梅子が帰宅しないとも限らない。死体を車のトランクに詰めて出発するまでは、一分の休みもなしに働いた。もちろん、近所の人に気づかれぬよう細心の気を配ったことは言うまでもない。暗い夜で人目にたつ気遣いはなく、二キロほど離れた雑木林に死体を埋めて、家に戻ったのは九時近かった。

一息つくと空腹をおぼえた。しかし万一のことがあって、こんな夜分に夕食を食べにでたことが疑いを招く原因になってはつまらない。彼はうなぎの夕食を諦め、買い置きのパンと牛乳で我慢することにした。梅子には、適当な時刻に食べたと言えばいい。彼は大急ぎでパンを頰張り、牛乳で流しこんだ。

梅子は十時半ごろ帰宅した。娘夫婦も孫も元気だったという。

その夜は何事もなかった。翌日も翌々日も、一週間経ってもやはり何事もなかった。家人は辻川の行方を探しているだろうが、日頃英年とは交際がなかったので、英年のところへは探しにもこない。急に歯が痛んで立寄ったので、あらかじめ知っていた者はいないのだ。辻川の来訪は夜だったし、死体を捨てるときはやはり夜の闇にまぎれたから、英年の行動は誰にも気づかれぬはずだった。死体を捨てに行くとき、運転する英年の姿を見た者はいただろうが、往診のための外出としか見られなかったろう。もし訊かれたら、一時間ばかりドライブにでたと言えば済む。トランクの中の死体をみた者はいないのだ。

英年は従前に変らぬ生活をつづけた。家出を決行するまで半年くらいは様子をみるつもりだった。半年経てば、死体は完全に腐ってしまうだろうし、辻川の失踪と英年の家出とを結びつける者はあるまい。彼は天井うらに隠した札束のことを想い、半年後の自由な生活を想像しては心を弾ませていた。

所轄署の高木刑事がきたのは犯行後十日目の夕方だった。来診患者の治療をすませたあとで、英年は庭にでて鳳仙花の種子をまいていた。

「何をまきましたか」

高木はきいた。散歩のついでに立寄ったという様子だった。

「鳳仙花です。先日池袋で買った種子ですよ。もう少し暖くなってからの方がいいと思って、今日になってまいています」

「そう、今くらい暖くなってからがちょうどいいでしょうね。わたしは金盞花《きんせんか》をまいてみました」

「しかし、近頃の種子袋は中身が少なくなったと思いませんか。値段を上げない代わりに、種子の数を減らしてますよ。安い種子だから、そう文句を言うこともないが……」

英年は作業を中止して腰をあげた。

「ところで──」高木は話を変えた。「最近、辻川さんを見かけませんでしたか」

「辻川さん？」

英年はドキッとした。高木の顔を見たときから多少の胸騒ぎはあったが、まさかという気持の方が強かった。

「辻川宗介をご存じでしょう」

「ええ、顔は知っていますが……」

「彼がいなくなってしまったんですよ。一千万円の現金を持ったまま、十日ほど前から行方がわからない」

「どこへ行ったんですか」

「それがわからないから探しているんですよ。家族が心配して捜索願をだしました」

「へえ──」

英年は驚いてみせた。

「姿を見ませんか」

「全然見ませんね」

「実は、いなくなった日の夕方、辻川が佐藤医院を訪ねたことまではわかっているんです。

ところが、その先が全くわからない」

「どうして佐藤さんを訪ねたことがわかったんですか」

「休診日の札がかかっていて玄関の戸があかないので、辻川はとなりの人に訊ねたんです。それで留守ということがわかって帰ったそうだが、そのとき、彼は歯が痛いと言っていたそうです。だから、ことによったらそのあとこちらへ来たのではないかと思ってお訊ねするわけです」

「いや、うちには来ませんよ。それでは、古谷さんへ行ったんじゃありませんか」

英年は別の歯科医の名をあげた。

「いえ、古谷さんには行かなかったようです」

すでに、高木刑事は古谷医院をあたってきたのである。

「強盗に襲われたんでしょうか」

英年はきいた。

「ちがいますね。強盗にやられたなら、死体が見つかるはずだ」

「家出ということは考えられませんか」

「家出？」

「この裏隣の村瀬さんのご主人は、家を出たっきりもう二年になります」

「なるほど」

高木刑事は大きく頷いた。村瀬の失踪事件は彼もよく知っていたのだ。

村瀬の行方について、しばらく臆測がかわされた。そして辻川宗介の場合も、家出説がかなり有力になり、

「一千万円あれば、わたしだって家出するかもしれない」

高木刑事は真面目な表情で言った。

高木は家出説で気が楽になったらしく、また、お互いに好きな花の話になった。

「鳳仙花の花言葉を知ってますか」

英年が言った。

「さあ?」

高木は首をかしげた。

「〝私に触らないで〟というんです。鳳仙花の実は、熟するとサヤがはじけて種子がとびだすでしょう。熟した実を指でつまんだり、ちょっと触ったりしただけでも種子がとびだす。だからですよ。〝私に触らないで〟。なかなか色っぽい花言葉だ」

英年は心が浮いていた。高木を騙《だま》し果《おお》せたという安心感からつい調子づいて言ったのである。言ってしまってから危険な冗談だと思い返したが、高木は何も気づかぬようだった。そして英年が丹精をこめた美しい花々を感嘆して眺め、機嫌よく帰っていった。

六

春を賑わした花が散りつくすと、やがて七月になった。その間三か月あまり、英年の身辺

には何事も起こらなかった。辻川の死体は依然発見されない。その後高木刑事には通りがかりに二度、池袋の種苗店で一度会ったが、すでに辻川のことなどは忘れた様子で、

「家族も諦めたらしいですよ」

と言っただけだった。家族までが、家出説に落着いてしまったらしいのである。

英年の毎日は平穏だった。うなぎ屋のおかみへの恋心は変らないが、もともとさほど烈しい恋ではなく、種苗店の女のことも、チャンスがなければそれなりに諦めていることができた。どうせ家を出てしまえば、うなぎ屋のおかみとも種苗店の女とも会えなくなる。代わりの女を、落着いた先で新たに見つければいいのだ。家人が留守のときに、英年は時折天井を覗いてみるが、札束はボストン・バッグとともにもちろん無事だった。秋になったら颯爽《さっそう》と家出をする予定である。彼はそのときの期待に胸をふくらませ、毎日が愉しかった。

村瀬の亭主は相変らず行方不明で、女房はますますヒステリックになっている。

しかし――と、英年は思う。梅子は決してヒステリーを起こさないだろう。英年がいなくなったらむしろ気楽になって、少しは太るかもしれない。子供らは一人前に成長して、もはや生活に困ることはないのだ。おれは黙って出ていけばいいのである。

英年はうきうきする気持を鎮めるために、暇さえあれば庭へでて花を眺める。

グラジオラスの花は今が盛りだ、真夏の太陽の光を真っ向にうけて輝くヒマワリの黄色も綺麗だが、英年は、グラジオラスの燃えるような赤が好きだった。サルビヤの鮮明な赤も大好きで毎夏絶やしたことがない。しかし夏の花は概して色彩の強烈なものが多いが、そんな

中で、彼は松葉牡丹の白や桃色の可憐さとともに、鳳仙花の優雅な姿をもっとも愛していた。古名ツマクレナイ（爪紅）と呼ばれ、むかしの人はこの花びらで爪を染めたと伝えられている。細い柄の先に、ひょいとすねたように横をむいて咲く。〝私に触らないで〟という花言葉は、触れると種子を弾《はじ》きだすからというより、この花の美しさを形容するにふさわしかった。

家をでて、何処に住むようになっても、おれは花つくりだけはやめないだろう。彼は咲き競う花を眺め、しみじみとそう思う。花は何物も要求しない。ただ黙って美しく咲く。そして静かに枯れてゆく。彼はそんな女を愛したいと思う。

高木刑事がふたたび英年の家の庭先に現われたのは、英年がそのようなことを考えながら花を眺めているときだった。

「辻川宗介の死体が見つかりましたよ」

高木刑事は、英年の顔をみるなり言った。

「死体が？」

英年は聞返した。突然に言われたので、受けて立つ構えができていなかった。慌てるな、彼はけんめいに自分を戒めた。死体が見つかったくらいで驚くことはない。英年が殺したという証拠はないではないか。死体は腐ったはずだし、歯ぐきに劇薬を注射したことは、解剖したってわかるはずがない。

「そうです、二キロほど離れた雑木林の中で見つかりました」

「誰が見つけたんですか」

「わたしが見つけたんですよ。雑草ばかりのところに綺麗な鳳仙花が咲いていたんでね、引抜いて家に持帰ろうとしたら……」

高木刑事は複雑な笑いを浮かべた。そして続けた。

「手くせの悪かった辻川は、訪ねた先で鳳仙花の種子を盗んだにちがいない。その種子が、死体となって埋められるときにポケットからこぼれたんでしょう。辻川のポケットには、歯医者さんでよく使う小さなピンセットも入っていました」

「………」

英年は頭がくらくらしてきた。心臓は鳳仙花の熟した果実のように、今にもバラバラになって弾けだしそうだった。

みにくいアヒル

一

小学生の頃、井本松代は意地悪な少年たちに「ブタ松」と呼ばれた。首が短く、押し潰されたように鼻翼がひらき、眼は腫れぼったい瞼の蔭にかくれるように細かった。

「おい、ブタ松、トンカツにしちまうぞ」

少年たちにからかわれると、松代はめそめそと泣いて帰った。

「せめて男の子に生まれたならよかったけど……」

だれに似てこんな子が生まれたのか、両親は松代の将来を案じた。

松代には弟と妹が一人ずついた。それぞれ三歳ちがいだった。両親に似て色が白く、眼の大きな愛らしい顔立ちをしていた。

「なに、心配することはないさ。女の子の顔は年ごろになると見違えるように変る。結構きれいになるものだ」

当時同居していた叔父は、そう言って慰めた。

松代自身も、アンデルセンの童話の「みにくいアヒルの子」のように、大きくなったら美しい白鳥になる日を真剣に夢みた。

しかし、松代は成長しても美しくはならなかった。

高校を卒業したのは十八歳だった。そのとき、背丈は普通だが体重は六十五キロあった。ニキビをつぶした痕が月の表面を写した拡大写真のような穴になり、ニキビはつぶしてもつぶしても殖えるばかりで、黒い顔が赤くむくんで見えた。

松代は銀行とデパートの就職試験に落ち、霞ケ関のある官庁に勤めを得た。事務職員だが、課員十六名のうち女は松代を含めて四人だった。彼女がいちばん若かったが、しかしいちばん不美人だった。初めて出勤して課員に紹介されたとき、隅の方の席で低い笑い声がした。彼女は赤くなって俯《うつむ》いていた。

仕事は単純なのですぐに覚えられた。職場の雰囲気に馴れ、課員たちとも次第に親しい口をきけるようになった。自分の容貌を意識しなければ、単調に過ぎてゆく毎日だった。

三か月ほどして、松代は勤めの帰りに洋裁学校へ通いだした。胸が厚く、ズン胴で怒り肩の彼女に合う既製服がなかったからである。洋裁店へ行くたびに恥ずかしい思いをするので、自分の服だけでも縫えるようになりたかった。

しかしその通学は半年とつづかなかった。熱心に勉強したが、ようやく溜めた小遣いで流行色の生地を買い、自分に合いそうなデザインを選んでも、いざ作る段になると、そして教師が彼女に選んでくれるのは、紺無地で婦人警官が着るようなデザインに決まっているのだった。

「あんたには似合わないわ」

そのつど教師に突返された。

松代は洋裁学校をやめ、頭からすっぽりかぶるセーターばかり着るようになった。

「少しはお化粧すればいいのに——」

母にそう言われることがあった。

しかし、松代の肌には白粉《おしろい》がのらなかった。脂性でニキビが絶えぬくらいだから、白粉を塗ってもすぐ剝げてしまうし、粉白粉をはたけば干柿のような肌になった。彼女が顔に何かを塗るとすれば、ニキビをとるための薬用クリームだけだった。

松代は美容院へも行かなかった。一度だけ行ったことがあるが、もともとちぢれ毛の髪にパーマをかけたので黒人の頭のようになってしまい、長い間帽子なしでは外を歩けず、職場でも恥ずかしい思いを耐えねばならなかった。

「どうしてあたしみたいな子を生んだの」

松代は母を責めたことがあった。フランスの恋愛映画をみて帰った直後だった。

「どうしてっておまえ……」

母はおろおろするばかりだった。

松代は家をとびだし、涙が乾くまで一時間あまり寒い道を歩きまわった。

二

ある年のクリスマスに、労働組合の青年部と婦人部との共同主催でダンス・パーティーが開かれた。

松代は二十二歳になっていた。

会場は役所の地下の食堂があてられた。テーブルや椅子を片づけるとかなり広いホールになった。

松代は高校時代に友人の家のパーティーによばれたりしているうちに、見様見真似で一応はダンスを踊れるようになっていたので、参加したい気持と逃げだしたい気持が半々だった。

「行きましょうよ」

松代と机を並べている飯田美津子が誘った。松代より一つ年上だが、彼女くらい美しくなりたいといつも羨しく思っている女だった。

「あたしは遠慮するわ」

松代はためらっているのだった。

「なぜ?」

「うまく踊れないのよ。あたしなんかが踊ったら笑われるわ」

「平気よ、あたしだっていい加減にしか踊れないけど、男の人がちゃんとリードしてくれるわ」

美津子は勝手に松代の机の上を片づけ、早く行こうと急《せ》かせた。松代は行くことにした。やはり賑やかな仲間に加わりたかった。断って、僻《ひが》んでいると思われるのも厭《いや》だった。

松代は子供の頃から「デブ」とか「ブタ松」などとからかわれ、それがあまりひどいので泣きべそをかいてばかりいたが、次第にそんな悪口に馴れて、ほんとに豚みたいなのだから仕様がないと思うようになった。大切なのは気にしないことだった。そのためには明るすぎても暗すぎてもいけない。醜ければ不幸なはずなのに、幸福そうに振舞うことは必ず人々の反撥を買った。また、不器量を意識して陰気な顔をしていると、人々に遠ざけられてしまうこともわかっていた。

彼女は意地悪も同情もされずに、ただ普通に暮らせればいい。ひっそりと目ざわりにならぬように控え、人々が笑うときには彼女も同調して低く笑い、会合があれば人並に参加して、その上で目立たぬようにしていることが必要だと考えていた。

会場は賑わっていた。音楽サークルのメンバーで構成された楽団の演奏で、みんな愉しそうに踊っていた。額の禿げあがった部長や、食堂の小母さんの姿もまじっていた。美津子はすぐにパートナーの声がかかり、踊りの渦の中へ軽やかに巻込まれていった。

しかし、壁際に立って眺めている者もかなりいた。踊り疲れた人や、踊れないが見物にきたという人たちだった。その中にとなりの課の久保木澄江もいた。

松代は澄江のそばへいって壁にもたれた。

「踊らないの？」

澄江がきいた。

「踊れないのよ」

「全然？」

「少しは踊れるけど……」

「だったら踊りなさいよ、男の人たちが余ってるわ」

確かに、壁際に立っているのは女性より男性が多かった。しかし、どんな物好きが自分みたいな女を誘うだろう。かりに誘われて踊ったとしても、人々は不恰好な彼女を見て笑いだすにちがいない。松代はこうして眺めているだけで愉しいのだから、それでいいのだと思うことにしていた。

澄江は間もなく新しい誘いがかかり、元気よくフロアへでていった。

「踊りませんか」

ふいに声をかけられたとき、松代は自分が誘われたと思わずに知らぬ顔をしていた。だからもう一度同じ声を聞き、自分が誘われたとわかったときは狼狽《ろうばい》して、

「いえ」

反射的に首を振ってしまった。彼女は赤くなった。

「踊れないんです」

「教えてあげますよ、すぐ踊れるようになる」

組合の委員をしている高山だった。線の太い男らしい感じで、女子職員にも人気があった。

「さあ――」

高山は勝手にきめて先に立った。

松代はもじもじしているのも恥ずかしく、高山のあとについた。

「全然踊ったことがないの？」

「いえ、少しは……」

「それなら大丈夫だ」

演奏はラテン風のリズミカルな音楽にかわったところだった。

「ジルバで踊ろうか」

「ええ」

組んで踊るよりその方が恥ずかしくなかった。高校をでてからほとんど踊る機会がなかったが、ステップの踏みかたくらいは憶えていた。

ふたりは離れて向かい合った。

「うまいじゃないか」

高山が言ってくれた。

松代の唇に笑いが浮かんだ。愉しさがこみあげてきた。

一曲が終り、二曲目がつづいた。

誰かが拍手をした。笑いが起こった。

「見直したな。きみはほんとうにうまいよ」

「うそよ、みんなが笑ってるわ」

松代は知っていた。多勢の視線が自分に集まっている。太った体を揺すっている姿は、たまらなく滑稽にちがいない。笑っている。みんながおかしがっている。でも、松代はいいと思った。道化役者は、見物人を愉しませることによってしか自分も愉しむことはできない。思いきりみんなを愉しませてやろう。楽屋裏でめそめそしているよりかどんなにいいかしれない。だって、あたし自身がこんなに愉しいのだから……。

松代は三曲目もつづけて高山と踊った。

三

最初は、それが恋だとは分らなかった。

「高山さんがあんたのことをとても気に入ったらしいわよ」

同僚にそんな風に言われても、からかわれていると思って聞き流すことができた。高山と喝采を浴びながら踊ったことは、しばらく役所じゅうの評判になって、松代はあちこちでひやかされた。どちらかといえば暗い女だと思われていた松代だが、それ以来一種の人気者になったのである。

しかし、松代の本当の暗さが始まったのはそのダンス・パーティー以後だった。

彼女は誰にも気づかれずに恋をした。もし気づかれたら、人々は決して彼女の前で笑わなくなるだろう。その代わり蔭で笑い合うにちがいない、その愚かさを、その顔のまずさを——そして恋はそのときに終る。高山は振り向いてもくれなくなるだろう。

松代はそれが恐ろしかった。気づかれさえしなければ、いっしょに踊って以来高山は誰よりも親しみをみせてくれる。二人きりで会うような機会はないが、廊下などで擦れちがうと必ず声をかけてくれるし、たまたま昼休みに食堂で顔が合うと、彼の方からすすんで松代のとなりに腰をかけ、話しながらいっしょに食事をしてくれた。松代を恋愛の対象に考えぬからこその気易さで、もし彼女の心に気づいたら、たちまち遠去かってしまうにちがいなかった。

それが当然だと彼女は思う。高山が悪いのではない。あたしのような女に恋をされたら、迷惑に思うのが当り前だ。このまま気づかれずにいるのがいちばんいい。気易く話せるだけでも仕合わせではないか。

彼女は初めからそう諦めていた。

しかし諦めきれぬ思いを恋と呼ぶなら、まさしく彼女がそうだった。

彼女は美しくなりたかった。

「みにくいアヒルの子」が美しい白鳥になったという少女の夢は、大人になってからもいっそう強く心の底に生きつづけていた。

彼女が都心の美容整形医を訪ねたのは、婦人雑誌で美容整形の紹介記事を読んだ数日後だった。ずいぶん悩んだが、彼女にしては思い切った行動だった。

医院の待合室や廊下には、整形前の写真と並んで整形後の効果を示す写真が何枚も掲示してあった。隆鼻術、豊頬術《ほうきょう》、乳房の整形、唇の整形、そのほか植毛や脱毛、人工エクボの例などもあって、それぞれに相当の効果が示されていた。

かなり繁昌している様子で、待合室には七、八人の先客がいた。意外に、どこを整形したいのかと訊ねたいような美しい女性が多く、団子鼻や頬の赤アザを直しにきたらしい客もいたが、ここでも、やはり松代ほど不器量な女はいなかった。

彼女はしばらく待たされて医師に会った。

親しみやすく話す五十年輩の医師は、信頼できそうな感じがした。

「一重瞼を二重にするのは簡単ですがね、あなたの場合は上瞼を切開して皮下脂肪をとればスッキリした二重瞼になります。手術は少しも痛くないし、ほんの数分ですみます。眼頭と眼尻を切って切れ長な眼にすることもできる。

しかしこの鼻はちょっと難しいですよ。プラスチックの挿入《そうにゅう》や肉質注射などの方法だけではすまない。鼻翼軟骨を削ったり、上顎の整形も併行して行なうことになります。結果をみながら、数回にわけて手術しなければならんでしょう……」

医師は素人にもわかりやすく説明した。麻酔をするので苦痛はないというが、入院しなければならないし、費用もかなりかかるようだった。

松代は絶望的な気持を抱いて医院をでた。

費用の面を考えただけでも、手術は不可能だった。また、それほど大がかりな整形をすれば少しは人なみの顔になるだろうが、医師の言外に匂わせた言葉を汲みとれば、必ず成功するという保証はなかった。積極的にすすめてくれたのは二重瞼の手術だが、眼だけパッチリしたのではかえって顔全体のバランスが崩れ、ますますおかしな顔になってしまうのではないか。

やはり整形なんかするのは止そう。人なみの鼻になったからといって、高山の愛が得られるわけではない。

松代は寂しく諦めた。

それでも、せめて彼女はもう少しほっそりとした体になりたいと願った。そのためには雑誌の広告でみた「痩せる薬」を飲んだ。ひそかに美容体操もしたし、仮病をつかって絶食したこともあった。

しかしすべてが徒労だった。

苦しい恋の毎日がつづいた。擦れ違いに一目でも高山に会えばその日は落ち着いていられたが、そうでないときは彼の課の前の廊下を一日に何回となく往復して、机に向かっていても彼のことばかりを考え、つい溜息を洩らしたりした。所詮むなしい恋とわかっていながら、苦しい胸のうちはどう抑えようもなく、夜半にふと眼をさますと、同じ部屋で寝ている妹に気づかれぬように声を忍んで泣くことがあった。

しかし高山はもとより、他の誰ひとりとして彼女の悩みに気づかぬうちに、恋の終りは突然に訪れた。

出勤の途上、高山は横断歩道を渡りかけて、左折してきた小型トラックに撥《は》ねられたのである。頭を打って、救急車で病院へ運ばれたときは息がなかった。

その知らせを聞くと、松代は誰もいない屋上へあがり、給水塔の蔭にかくれて思いきり泣いた。あまり泣いたので、腫れぼったい瞼がなお腫れぼったくなってしまった。

しかし、そのとき彼女を見舞ったのは悲しみだけではなかった。言い知れぬ解放感を感じ、涙が乾くと同時に、これで救われたという気がした。高山はいずれ誰かと結婚する、ほかの女と結婚されるくらいなら、死んでくれてよかったのだ。

死後、高山には許婚者のいたことがわかったが、松代は彼のことを一生忘れないだろうと思った。

四

松代は一度だけ見合いをしたことがあった。

二十五歳になっていた。これまでにも縁談はいくつかあったが、そのつど、彼女は詳しい話を聞かずに断っていた。見合いをすれば、どうせ破談になると思っていたからだった。

しかし、このときは松代の知らぬ間に話が運ばれていた。

仲人の役割をしたのは母の弟で、松代が子供のころしばらく同居していたことのある叔父だった。

その日、松代は平常通りに勤めにでて仕事をしていた。叔父から電話がかかったのは十二時数分前だった。

「ちょうどこちらの方に用があったんでね、たまには昼飯をご馳走《ちそう》するから出てこないか」

叔父は日比谷のレストランの名をあげ、そこで待っていると言った。

松代は叔父が一人でいるのだと思ってレストランへ行った。

すると、叔父と同じテーブルに向かい合って、品のいい六十歳くらいの和服を着た婦人と、そのとなりに三十四、五歳か、あるいは髪が薄いのでもっと年上にみえる男がいた。濃いグレイの背広を着てきちんとネクタイをしめているが、眼玉がとびだして見えるほど度の強い近眼鏡をかけた男だった。

叔父は、このレストランで偶然彼らといっしょになったと言い、母子だという二人を紹介した。

叔父は小学校の教員をしているが、母の方は叔父の同僚で、志村元彦という息子の方も他の小学校で教鞭《きょうべん》をとっていた。

叔父に紹介され、松代は赤くなって頭をさげた。これが見合いだということは直感的にわかった。すぐに逃げだしたかったが、それもできなかった。

料理はそれぞれにメニューをみて選び、叔父は遠慮なく好きなものをとれと言ったが、松代はお昼は食欲がすすまぬと言い訳してサンドウィッチと紅茶を頼んだ。

食事中の会話は、専ら叔父と志村元彦の母親との間でかわされた。その場の空気をとりつくろうための空疎な会話で、元彦はほとんど俯いたきりで発言せず、恥ずかしいのか退屈なのか、その様子から窺《うかが》うことはできなかった。

松代も時折叔父や元彦の母の質問に答えるほかは、やはり俯いていることが多かった。

食事が済むと、母と息子は先に席を立って帰った。

「どうだい、おとなしくて感じのいい青年だろう」

叔父が言った。

「騙《だま》したのね」

松代は腹をたてて言った。

「騙すつもりはないが、こうでもしなければ見合いをしないじゃないか」

「やはり騙したんだわ」

「そう怒るな。おまえは二十五だぞ。来年は二十六になる。二十六というといかにも遅い」

「何が遅いの」

「結婚だよ」

「あたしは結婚すると言った憶えはないわ」

「それじゃ一生ひとりでいるのか」

「そうよ」

「バカなことを言うものじゃない。おやじやおふくろが心配している」

「勝手だわ」

「とにかく、あの青年の印象はどうだった。少し老けてみえるが、まだ三十二だ。酒も煙草ものまないし、もちろん女道楽なんか小遣いを持たせられてもしないくらい堅い男だ」

「それで、あたしみたいな女とでも見合いしなければ結婚する相手が見つからないのね」

松代はわざとひねくれた言い方をした。

志村元彦の印象は決して悪くなかった。確かに堅すぎて面白味のない感じだが、性質は善良らしかった。性質さえよければ、松代はもっと年上でも、もっと貧相な男とでも結婚したい気があった。自分には相手の容貌に注文をつける資格がないことを知りすぎている。いっしょに就職した仲間は、もうみんな結婚してしまった。離婚して、再婚した者さえいた。中学や高校時代の友だちもたいてい結婚して子供がいる。なぜ自分だけが、器量がわるいというだけで結婚できないのか。

彼女は料理を習った。和裁もおぼえた。役所では生花や茶道のサークルに加わって一応の過程は習得した。体も丈夫だから、結婚すればきっといい妻になれると思う。元気な子供を生み、りっぱな家庭をつくれるはずだ。

しかし、女として彼女をかえりみる男はいなかった。デイトに誘ってくれる者はいないし、日曜日はいつも家にいてひとりぼっちだった。

両親の心配はよくわかる。叔父の好意もわかっていた。

だが、いくら松代が結婚する気になっても相手がいなければどうにもならぬではないか。

「断られるに決まってるわ」

松代はそう言って叔父と別れた。

翌日、やはり縁談は破談になった。それを知らせにきた叔父は、母にだけそっと知らせ、松代に会わずに帰っていった。

五

松代は三十歳の誕生日を過ぎた。

クリスマスのダンス・パーティで高山と踊って人気を博したことは、もう遠い物語だった。あのときパーティへ誘った飯田美津子はとうに結婚して退職したし、久保木澄江も今では三人の子の母になっているという。あんなことがあったとは、すでに誰の話題にもならない。松代だけが青春の形見にそっと胸の奥にしまっているが、その高山の面影とて、いつか淡く消えかかっている。

松代は結婚を諦めた。父や母も、強いて結婚させようとはしなくなった。

世間には、独身を貫いて社会的にりっぱな活躍をしている女性が多い。彼女らは誇るべき職業を持ち、結婚しなくても自足できる生活を持っている。

しかし松代はちがう。ごく普通の、平穏な家庭を求める娘だった。一時はどれほど結婚に憧れたか知れない。売れ残りとかオールドミスとかいう蔭口をされぬためにも結婚したい時期があり、寂しさに、無性に男を欲しいと思う夜もあった。愛されたい、一度でいいから愛されたいと、それは息苦しくなるほど切実な願いだった。

だが彼女はもう「みにくいアヒル」の夢を見ない。男に生まれたつもりで、男のように暮らしてゆくのだ。そして一日も早く、女だということを忘れられる老人になりたいと思った。

彼女はそんな考えに次第に慣れ、あまり周囲を気にしなくなった。

師走の押しつまったある日だった。

彼女は同じ課の岡野日出子に落語を聞きに行かないかと誘われた。役所内に落語愛好者のグループがあって、日出子はそのメンバーだったが切符が余ったから買って欲しいというのだった。

松代は承知した。まっすぐ帰宅するほかに予定がなかった。今夜は大いに笑い転げてこよう。彼女はむしろ乗り気になって切符を引受けた。

十人ばかりのグループといっしょに出かけた。

場所は内幸町《うちさいわいちょう》のホールで、役所から歩いて数分だった。

松代たちはほぼ中央の席に一列にならんで腰をかけた。客席は開幕前に満員になった。

最初に若手の落語家《はなしか》が『欠伸指南《あくび》』で笑わせ、小さん、正蔵、志ん生とつづいた。

志ん生の『三軒長屋』では笑いすぎてお腹が痛くなった。

つぎが文楽の『心眼』だった。

梅喜《ばいき》という盲按摩の話である。

——梅喜は横浜へ行って夜おそくまで流し歩いたが、不景気なので客がつかない。それで弟の金公の家に寄ったところ、この不景気にどめくらが食いつぶしにきやがったと罵られる。

梅喜は口惜しくてたまらず、面当てに首をくくって死んでやろうとも思ったが、それでは女房のお竹がさだめし力を落とすだろう、こんなにバカにされるのも眼が不自由だからで、茅場町《かやばちょう》の薬師様へ一所懸命信心をして、たとえ片眼でいいから御利益で直してもらいたい、そう思って横浜から馬道まで歩いて帰ってきたとお竹に話す。

殊勝なお竹は梅喜を励まして寝かせるが、話はここから梅喜の夢に移って満願の当日、信心の甲斐《かい》あって眼が見えるようになった梅喜が、上総屋《かずさや》という贔屓《ひいき》の旦那に出会ってお竹の容貌を訊ねる件《くだ》りがつづく。たまたま通りかかった芸者と較べてもらうのである。

松代の顔色が変ったのはこのときだった。

「……旦那、つかんことを伺うようですが、私どものお竹ね、お竹と今の芸者と、どっちがいい女でござんしょう。「おい、変なことをきいちゃ困るよ、つもってても知れそうなもんじゃないか。「そうすると何ですか、私どものお竹の方がいくらかまずうござんすか。「おいずうずうしいこと言ってちゃいけない、今の芸者は東京で指折りの芸者だ、お前さんとこのお竹さんは、お前さんの前で言いにくいけども、まあ、東京で何人というまずい女だろうね。「へえ、そんなに私のお竹はまずうござんすか。「人の悪口に人三化七《にんさんばけしち》なんてことを言うだろう、本当のこと言うとお前さんには悪いけれど、人無化十《にんなしばけじゅう》といって人間の方へ籍は遠いんだよ。「人無化十ですか……、客がどっと笑った。そのとき、松代のとなりにいた岡野日出子の肩が緊張したように動き、途端に彼女の笑いが止んだ。

四、五列前の席で振り返った男がいた。その男は松代の視線にあうと慌てたように前方へ向直った。ほかにも松代の方を振向いた者がいたかもしれぬ。

松代は顔を伏せた。真っ青になった。

日出子は恥をかかせるために松代を誘ったわけではあるまい。もとより文楽は一席の落語を演じているにすぎない。人無化十とは按摩の女房であり、磨きあげた文楽の芸は盲按摩の内部に踏みこんで、見事にその哀歓を伝えている。

だが、松代は自分のことを言われたように思った。それは日出子を緊張させ他の客をも振返らせた。人無化十はここにもいる。そう気づいたからではないか。

松代はすぐにも席を立ちたかった。しかしここで席を立てば、かえって人々の注目を集めるだろう。気づかなかった者まで、現実の人無化十に気づくにちがいない。

松代は文楽の話が終るまで、唇を嚙んで俯いていた。

六

文楽のあとにまだ円生が残っていたが、幕間にトイレへ立つふりをしてそっとホールをでた。

惨めな気持だった。人間が三分で化け物が七分、いや、あれは人間でなくて化け物みたいな女だという形容は、松代の心に深く突刺さった。あのとき、なぜほかの客と同じように笑えなかったのか。おそらく、日出子が緊張したのは松代の気配に気づいたせいだろう。松代が余計な意識にとらわれたのがいけないのだ。いっそ自分は豚の子に生まれてくればよかった。そうすれば、容貌の引け目を感じることもなく、豚には豚の幸福があったであろう。

ホールをでるとガーゼのマスクをした。風邪《かぜ》をひいたからでも風が冷たいからでもなかった。通勤の往復にはいつもマスクで顔を隠している。

松代は興奮していた。地下鉄を池袋で乗り換え、郊外の私鉄駅で降りる頃も、まだ興奮はおさまらなかった。

駅から自宅まで十数分歩く。周辺は比較的地面が安いので畑がつぎつぎにつぶされ、都心へ通勤するサラリーマンの住宅に変ろうとしている地域だった。松代の家も、半年ほど前に住宅金融公庫から資金を借りて建てたばかりである。

松代はハンドバッグを左手首に吊るし、両手をオーバーのポケットに突込んで夜道を急いだ。月明りが、舗装されていない道を白く照らしていた。

途中の路傍に古びた祠《ほこら》があった。片手で押すだけで台石から転げ落ちそうな小さな祠だった。淫祠の類であろうか、なにを祀《まつ》るとも知れなかった。祠の正面いっぱいに小石が積まれ、時折花束が置いてあったりする。

松代は祠の前を過ぎた。

道の片側が雑木林になった。もう一方の側は畑で、その向こうに新しい家々の明りが点在した。

前方から一人の男がきた。黒っぽいジャンパーを着て、逞《たくま》しそうな体格だった。酔っているらしく、松代の方へ体をぶつけるようによろめいた。わざとそうしたことが分った。

松代は体をかわして擦れ違った。

「よう、ねえちゃん——」

男が声をかけた。

松代は答えなかった。足を急がせた。

男が追いかけてきた。気がついて逃げようとしたときは肩をつかまれていた。

男は無言で抱き寄せた。息が酒臭かった。

「何をするの」

松代は男を突きとばそうとした。

しかし、男の力は遥かに強かった。

「騒ぐと殺すぞ」

男は松代の体を道の端まで曳《ひ》きずり、さらに雑木林の中へつれこもうとした。

松代は懸命にもがいた。

マスクがはずれた。

男は松代を見た。驚愕《きょうがく》が浮かんだ。手の力が緩んだ。

「ひでえつらをしてやがる」

男は酔いがさめたように言って突放した。

松代はよろけて膝をつき両手をついた。そのとき左手に触れた物があった。赤く銹びついた一メートルほどの鉄棒だった。

松代は鉄棒をつかんで起き上がった。

男は背中をむけ、立去りかけていた。

「待って——」

松代は追いすがって声をかけた。

男は振返った。

その瞬間だった。男の頭上に真っ向から鉄棒が振り降ろされた。

七

死んだ男は富樫という二十六歳の土工だった。不良仲間との喧嘩のもつれか、と新聞には書いてあった。

テレビをかけると、国内ニュースが終ってパリのファッション・ショウを紹介していた。

松代はいつもと同じように食欲があった。

食事が終ると、芝浦の倉庫会社へ勤めている弟が最初に家をでた。

三十分ほど遅れて、松代はたいてい父といっしょに家をでる。最後が池袋のデパートに勤めている妹だった。妹は婚約者がいて、来春そうそう結婚することになっていた。

弟も妹も、決して松代とは歩こうとしなかった。松代の方でも彼らと道づれになる機会を避けている。

しかしそれはいつ頃からのことか……。

松代は思い出せなかった。子供の頃、確かいっしょに遊びまわったはずの記憶が、古いアルバムを見ても思い出せない。

「寒いな」

玄関をでると、父が肩をならべて呟いた。息が白かった。無口で小心な男で、すでに三十年あまり区役所の吏員をしている。白髪が目立ち、五十七歳だった。

松代はマスクをした。重く蔽いかぶさるような曇り空で、風が冷たかった。

昨夜の事件現場付近に、制服の巡査もまじえて数人の男が立っていた。死体はとうに運び去られたらしい。

父は何も言わなかった。松代も黙って通り過ぎた。

祠の前で、垢《あか》じみた綿入れの半纏《はんてん》を羽織った老婆が合掌していた。片眼が白く濁り、よく見かける老婆だった。

「お花の稽古はつづけてるのか」

父がふいにきいた。惨めな老婆をみて、松代の将来を気にしたように思えた。

「行ってるわよ、休まないで」

松代は、近いうちに師範の免状をもらえると付け加えた。役所を辞めても自活できるように、週に二回、勤めの帰りに生花を習いに通っているのだ。

　父は頷いて、また黙った。

　満員の電車の中で松代はぼんやり昨夜の出来事を考えていた。

　男の胸に抱きすくめられたとき、松代は戦慄した。恐ろしかった。しかしそれだけだったろうか。初めて女として扱われたことに、僅かでも喜びを感じなかったか。マスクがはずれたとき、男が驚くより前に松代は羞恥を感じた。あれはなぜか。ほんとうは暴行されたかったのではないか。男は立ち去ろうとした。それを追いかけてまで殺したのは、自分はそれほど醜いのかという絶望と、絶望を知らせた男への怒りではなかったか。

　――忘れよう。

　松代はそう思った。見も知らぬ一人の男と擦れ違っただけだ、そう思って忘れることだ。考えてはいけない。手袋をしていたから、鉄棒に指紋を残すようなことはなかった。人の往来もなかった。犯行は誰にも見られていない。大丈夫だ。心配することはない。不良仲間に殺されたらしいと新聞は書いている。あんな男は誰に殺されても同じではないか。忘れよう、忘れてしまうことだ……。

　父は途中の駅で降りた。松代は池袋で地下鉄に乗り換え、平常通りに出勤した。岡野日出子と顔を合わせたので、昨夜は風邪気味で頭が重かったから先に失礼したと言った。

　午前中は何事もなく過ぎた。昼休みになったが、近頃は寒いのでみんな外へでない。食事がすむと、男たちは碁をうったり本を読んだり、女たちも編物や雑談ですごすことが多かった。

松代はレースを編みながら、聞くともなしに隣の課から聞える雑談を耳にしていた。隣の課との境は書類戸棚で仕切ってあるだけなので、話し声はほとんど筒抜けだった。

「嘘をつけ」

そう言ったのは、口の悪い田巻の声だった。

「ほんとよ」

女の声はわからなかった。電車の中で、痴漢に悪戯《いたずら》をされそうになったというのだった。

「そんなこと珍しくないわ」

「信じられないね、きみに手をだすなんてよほどの物好きだ。おれだったら頼まれても手をださない」

「あんたなんかに手をだされなくても結構だわ」

「あたしも――」別の女の声が聞えた。「ひとりで映画館へ行くとかならず手を握られるわ。夜遅く帰るときなど、変な男に狙われやしないかとビクビクよ」

「強姦されるというのか」

「ついてこられて、駈け足で逃げ帰ったこともあるわ」

「驚いたな、女っていうのは、みんなそんな風に自惚《うぬぼ》れてるのかね」

「男は全部痴漢よ、そう思っていれば間違いないわ」

「おれもか」

「もちろんに決まっているじゃないの」

「しかし痴漢に狙われるというのは、魅力的な女として認められた証拠だぜ。狙われたらむしろ光栄じゃないか。昨日聞いた落語じゃないけど、人無化十だったら男の方で逃げる」

「人無化十って何のこと?」

「化けものみたいな女のことさ」

田巻は文楽の口ぶりを真似て説明した。女の声が笑った。

レースを編んでいた松代の手は、それ以前から動かなくなっていた。

八

井本松代が捜査本部に出頭して、土工殺しを自首したのはその日の夕刻だった。

「ほんとうにあなたが殺《や》ったんですか」

係官は訝《いぶか》しそうに聞き返した。

「はい」

松代は頷いた。少しも臆した様子はなかった。

「しかし殺した理由は?」

「襲われたからです」

「暴行されたんですか」

「はい、いくら抵抗しても駄目でした。そのうち、転がっていた鉄棒を見つけたのです。あとは夢中でした。無我夢中で殺してしまいました」

供述をつづける松代の態度は、どこか誇らしげにさえみえた。

女の檻

一

ブザーの音を聞いたとき、浜野は元江が来たのかと思った。二人の子供を寝かせつけてからふいに現われることがあるからだった。

ところがドアをあけてみると、つい三、四十分前に別れたばかりの真知子が立っていた。

「どうしたの、いったい」

浜野は驚いてきいた。一緒に夕食をして、喫茶店で一時間あまりもお喋《しゃべ》りをして、それからタクシーで彼女を自宅の前まで送って帰ったのである。

「急に浜野さんのお部屋を見たくなったのよ。わからなくてずいぶん探しちゃったわ」

真知子は浜野の狼狽ぶりを愉しむような悪戯っぽい眼をして、ご迷惑だったかしら、と言った。

そんなことを言いながら、もう玄関に入って、靴を脱ぎかけている。

「いや、ぼくの方は構わないけど――」

浜野は自動錠のボタンを押してドアを閉めた。こういう大胆さと奔放なところが彼女の魅力だった。しかし大胆といえば、元江のほうがもっと大胆だったのではないか。

「きみは大丈夫なのかい。両親が心配するだろう」

「平気よ、信用してるわ」

「家へはいったん帰ったの」

「帰ったら、夜はなかなか出してくれないわ。だから、家に入らないで駅の方へ引返してタクシーを拾ったのよ。割合きれいにしてるのね」

真知子は物珍しそうに部屋を見回した。

ダイニング・キッチンと六畳一間きりのアパートだった。部屋がきれいに片づいているのは、元江がくるたびに掃除や洗濯をしていってくれるからだ。元江を知ったころ住んでいたのは、四畳半一間きりでトイレは共同だったし、炊事場もないような安アパートだった。浜野は学資に困って、アルバイトにルーム・クーラーを売歩いていた。軒なみに断られ、腹ぺこで、へとへとに疲れ、そんな彼の様子に同情したのか、元江は冷たいジュースをだしてくれた。クーラーの効用について下手な説明を聞きながら、主人に相談しなければ返事ができぬと言ったけれど。そして結局はクーラーを買わなかったけれど。

あれから六年経つ。今は小学生のユミが、あの頃はヨチヨチ歩きで元江の膝に甘えていた。

「喉が渇いたわ」

ワンピースの膝を崩して真知子が言った。

浜野は冷蔵庫からコーラをだしてやった。

最初元江が訪ねてきたときも、こんなふうに突然だった。クーラーは要らないと断られるまでに、確か、浜野は三回彼女の家へ通った。その三回目に訪ねたとき、彼女はさりげなく映画へ誘った。主人は忙しくて何処へもつれて行ってくれないし、たまの休みには友だちとゴルフへ行ってしまう、あたしはどうしてもあの映画を見たいのよ、あんたと映画を見たからって別に悪いことするわけじゃないわ、彼女はほんとに何でもないように、一人で映画を見るのは嫌いなのだと言った。

映画はつまらなかった。つまらなかったというより、浜野はろくにスクリーンを見ていなかった。あらかじめそうすることが決っていたように、館内が暗くなると、彼女の手が浜野の腿《もも》にのびて、その手を浜野は恐る恐る握り、次第に強く左手で握りしめながら、右手を彼女の着物の袖に差込み、柔らかな二の腕の内側に沿って腋毛《わきげ》に触れた。女たらしの友人が自慢そうに話していたのを、浜野はその通りに真似てやったのだが、心臓がドキドキして、どうせ暗くて見えなかったろうけど、ついに同じ動作を繰返しただけで、彼女の横顔を観察するほどの度胸はなかった。

「浜野さんは独身主義なの」

真知子が言った。

「なぜ」

「庶務課の人たちが噂してたわ」

「デマだよ。そんな冗談を言ったことがあるからデマとも言いきれないけど」

「それじゃ好きな人がいるのね」

「好きな相手がいればさっさと結婚している」

「そうかしら」

浜野はコップをだしてやったのに、真知子は罎《びん》ごとコーラを口にふくんだ。

白いほっそりした喉が美しかった。

真知子が大村常務の姪《めい》だということは、社内のほとんどの者が知っているだろう。父親は弁護士で、兄も弁護士の資格をとって父の法律事務所に勤め、姉は文部省の役人に嫁いでいる。堅い家らしい。真知子は三人兄姉の末っ子で、堅苦しい家風に反撥しているようだが、しかし彼女の会社勤めは、わがままなお嬢さんの気紛《きまぐ》れにすぎないと浜野は思っている。サラリーマンの苦労など少しもわかっていない。要するに、結婚までの社会見学というお遊びなのだ……。

「何かおっしゃった？」

「いや、言わないよ」

「変ね、おとなりかしら」

「そうかも知れない。壁が薄いから、ちょっと大きな声を出すと聞えてしまうんだ」

浜野もコーラの栓を抜いた。

壁が薄いといえば、以前のアパートはもっとひどかった。となりに若い夫婦がいて、女はバーに勤め、男の方はキャバレーのバンドマンだったらしく、夜半すぎに揃《そろ》って帰ることが多かった。女の浮気が原因の諍《いさか》いが絶えず、半年くらいで別れてしまったようだが、いつかなどは証人の友人をひっぱってきて、――いいかい、今夜はちゃんと証人がいるんだぜ、××がおまえをハメたって彼に喋ってるんだ、正直に言いなよ、おまえは××にハメられたんだろう……、男の声は妙に甲高く、それでも懸命に感情を抑えている気配で、――どうしてそうしらばっくれるんだろうな、とぼけたって、ここに証人がいるじゃないか、おれは筋道をたてて冷静に話し合おうというんだよ、おまえが××とシケこんだ旅館の名前だってわかっている。ハメられたなら、ハメられましたと素直に言ったらどうなんだ、だいたいおまえはおれを舐《な》めてるよ、ふざけちゃいけねえや、おれだって男だからな……、男の声は高くなるばかりで、証人はしきりに男を宥《なだ》めるが、女は頑《かたく》なに否定し通して、その間に殴る音が三つ四つ聞え、やがて窓の外が明るくなって、追出されるように証人の友だちが帰ってしまうと、急に部屋がひっそりして、どう情勢が変ったのか抱かれているらしい女のすすり泣くような声が聞えた……。そして浜野は、そんな声を聞くたびに、隣室の房事が終るまで壁に耳を寄せて離れられなかった。

「ずいぶん本があるのね」

真知子はコーラを半分ほど飲んで、本棚から経済学の本を一冊ぬきとった。

「ほかに趣味がないからな。といって、この棚の本を全部読んだわけじゃない」

「叔父が浜野さんをほめていたわ」

「ふうん」

浜野は聞き流すふりをした。

大村常務は浜野がでた大学の先輩だった。普通、新入社員は一年ほど本社に勤めてから地方の支社や工場へまわされ、三年くらいは本社へ帰れない。ところが、浜野は僅か一年で本社へ帰され業務課に配置された。常務の引立てによることは明らかだった。

しかし先月の人事異動で総務課の係長に抜擢《ばってき》されたのは、単に総務担当重役大村常務の信任によるとは考えられなかった。同期の社員中で彼だけが係長に昇進したが、しかも総務係長のポストは、若手社員にとってエリート・コースの尖端《せんたん》とみられている。この抜擢の背後には、大村常務の特別な配慮が窺《うかが》えるのである。真知子の言葉から察せられるように、彼女と常務との間で浜野が話題になっている。そして真知子は否定しているが、彼女と浜野との仲を常務は知っているにちがいないのだ。

浜野は、真知子が入社したときからその美しさに惹《ひ》かれた。常務の姪だということを知らなくても恋に落ちただろう。

しかし、それは一途に燃え上らず、一種の諦めに支配された恋だった。二年ほど前にも恋をしたことがあり、そのときも真剣に結婚を望んだけれど、結局元江のために相手の女を裏切ってしまった。誤った過去は、烙印《らくいん》のように彼の人生に焼きついて離れない。

彼は諦めることに馴れようとしていた。だから真知子に対する恋は、ほとんど無関心と思われるくらい消極的だった。彼自身つとめて無関心を装ったし、仕事に打込んで彼女を忘れようとしたはずだが、それが逆効果で、自尊心の強い彼女を刺戟《しげき》していたとは気づかなかった。最初のデイトは彼女が誘いかけてきたのである。

彼はもう引返せないと思っている。恋のためばかりではなく、真知子との結婚が実現すれば、社内における地位が間違いなく安定する。その代わり元江のことがバレたら、恋といっしょに係長の椅子も消えてしまうだろう。今度の恋には彼の将来のすべてがかかっているのだ。

しかしそう思っていながら、一方ではとうてい元江が別れてくれぬだろうと思い、真知子へのプロポーズを一日伸ばしに伸ばし、それでついさっきも、独身主義なのかなどと皮肉を言われ、慌てて否定したものの、せっかく二人きりでいるのに、彼女の気持もわかっているのに、唇さえ求めようとしないでいる、まるで相変らず無関心なように……。

学生時代の、あの薄汚れた四畳半に、元江がきたときは決してこんなではなかった。部屋に入れるなり抱きすくめて唇をふさぎ、そのまま押倒して手をのばした。元江は形ばかりの抵抗をしたがすぐに眼を閉じてしまって、彼が焦っていると入りやすいように体をひらいた。そのとき隣室のラジオが鳴っていて、行為が終ってから、――聞えなかったかしら、と元江は言った。彼は行為の最中に机の角にぶつけた踝《くるぶし》が痛くて、それはかなり痛かったけれど、心の奥底まで深く満たされたようで、彼女には亭主も子供もいたが、そんなことにはこれっぽっちの罪悪感もなく、おれはこの女を本当に愛していると信じた。今でも若いには違いないが、あの頃はもっと若かったし、彼は餓鬼のように飢えていて、初めて知った女の柔らかさに熱中した。それに彼女には亭主も子供もいることがわかっていたから、彼女が彼の子供を生みたいと言ったときも、いい気になって、先のことなどは深く考えなかった。

——しかしご主人に知れたら大変だぜ。

——黙ってればわからないわ。生むのはあたしですもの。

——もし生まれた子が、ぼくにそっくりだったらどうする。

——平気よ、あんたと会いさえしなければ気がつかない。こんなに愛し合っているのに結婚できないなんて、だったら、子供をつくるくらい許されるはずだわ。主人はのんきだし、あたしを信じているから絶対に気づかないわ……。

元江はどうしても浜野の子を欲しいと言い、それから一年ほどして生まれた子に、浜野の吉明という名から一字をとって吉夫と名づけた。しかしその頃はもう、おれは大学をでて現在の会社に勤め、元江をうとましく思い始めていた……。

「何を考えてるの」

真知子は所在なさそうに本をめくっていたが、ふいに勢いよく音をたてて閉じた。

「きみのことさ」

浜野は咄嗟《とっさ》に言葉がでた。

「嘘だわ」

「嘘じゃない」

「浜野さんて臆病なのね」

「そう思われても仕様がない。ぼくは自信がないんだ」

「どういう意味かしら」

「きみはりっぱな家のお嬢さんだ。しかしぼくは違う。小っぽけな田舎町の造り酒屋の悴《せがれ》にすぎない。苦労してようやく学校をでた」

「浜野さんがそんな古くさいことを考えるなんておかしいわ」

「ぼくのサラリーでは、きみに贅沢《ぜいたく》をさせられない」

「あたしは贅沢じゃないわ。貧乏だって平気よ」

「きみは貧乏を知らないんだ」

「わかったわ。あたしから離れる理由を探しているのね」

「違う。ぼくはきみを愛している。愛しているから、きみを失うのが怖くて、愛しているとは言えなかった。自信がなかったのだ」

浜野は追立てられたように言った。とうとう言ってしまった、期待と恐れが半々で、いつかこうなるとわかっていたが、これで、おれはもう絶対に引返すことができない、真知子と結婚する、どうしても結婚したい……、彼はそむけそうになる顔を上げ、まっすぐに真知子を見た。

真知子も視線をそらさなかった。

「抱いて――」

美しい眼が挑むように光り、彼女は彼を見つめたまま言った。

浜野の腕の中で、真知子は雛のように弱々しく震えた。

二

しかし彼女の唇を濡らしながら、浜野は今にも元江が現われる予感がして怯《おび》えつづけ、それ以上の行為へ進む勇気も欲望も起きなかった。元江とは五日前に会ったばかりだし、このアパートは人眼につきやすいから、なるべく来ないように言ってある。だから大丈夫とは思ったが、またそれだけにもし真知子と一緒にいるところへ来られたらただでは済まない。嫉《しっ》妬《と》深くて疑い深く、五日前に会ったときも彼の態度が冷たいと言って執拗《しつよう》に責め、彼の方は会社の昼休みをぬけだしてきたので早く戻らねばならないのに、ヒステリックに泣きだしてさんざんに手こずらせた。機嫌のいいときは物わかりよく結婚をすすめるようなことを口にするが、しかしそれは口先だけで、最近はヒステリックな傾向が強くなっている。もともと四つ年上というコンプレックスがあり、それが三十二歳になって、自分の魅力に自信を失ってきたせいもあるに違いない。互いの立場は自由で、浜野が結婚するときはきれいに別れる約束で関係してきたはずだが、しかし現実は、元江の方がそう爽やかに別れる気などなくて、彼が真知子にプロポーズできずにいたのも、どうせ元江に邪魔されると半ば諦めながら、諦めきれずに元江から逃げだす方法を考えていたせいだった。

「帰るわ」

真知子は浜野の腕時計を覗いて立上り、柱にかけた鏡に向って化粧を直した。

「そうだね、今夜はもう遅い。駅まで送ろうか」

浜野はホッとして言った。

「結構よ、タクシーがきたら途中で拾うわ」

「しかしこの辺は寂しいからな、与太者みたいなのはいないようだけど……」

郊外の草地を拓《ひら》いた住宅地で、電車に乗ってしまえば都心へ三十分くらいだが、駅までは男の足で歩いても十二、三分かかる。

浜野は送って行きたい反面、もし途中で元江に出会ったら大変だという恐れがあり、結局真知子の意思に任せる恰好で送らぬことにした。

「本当を言うと、浜野さんは案外女の人と住んでいるのかもしれないと思ったのよ。でも、よかったわ、来てみて」

「ぼくもよかった。きみの気持がわかったし、決心もついた」

「いつ母に会って頂けるかしら」

「ぼくはいつでもいい」

「明後日がいいわね、日曜なら父もいるし……」

母はきっと浜野を気に入るに違いないと思う、母を承諾させれば、父は真知子の言いなり次第で、それに叔父が浜野の人柄を保証してくれるだろうから、早速今夜にも両親に話すと真知子は言う。

浜野はどうせ三男坊で、元江のことを除外して考えるなら、もとより真知子との結婚にさしつかえはない。

玄関でサヨナラの接吻をして真知子の靴音が遠去かると、浜野は全身の力がぬけたようにぐったりして座蒲団を枕に横たわった。

元江との話合いがつくまで、二度と真知子をここへ来させぬようにしよう、彼女らが鉢合わせしたら取返しのつかぬ大事になるところだった、もちろん、元江も来させぬようにしなければいけない、元江とはきっぱり関係を絶つのである。

しかし、いったいどうしたら元江から逃げられるか、アパートを変えたって、勤め先に訪ねてこられたら逃げようがあるまい、といって、せっかく係長に昇進し、常務の姪と結婚できるというのに会社を辞めるわけにはいかない、会社を辞めて、指名手配の犯罪者のように元江の眼を逃れ、ひっそりと地方で暮らすなんてまるで一生を棒に振るようなものだ、かりにそうするとしても、真知子との結婚は諦めねばならない。

バカな話だ。

それならいっそ、すべてを真知子に打明けてしまうか。

いや――とんでもない、元江のことが知れたら、真知子は二度と振向いてもくれないだろう、大村常務にも知れ、社員としても失格させられてしまう。

真知子にプロポーズしないうちだったら、唯一の道として元江と結婚することが考えられた、むろんそれが元江の望みとわかっているが、おれは厭《いや》だ、四つ年上の、しかも二人も子供がいる女と結婚するなんて、なぜそうしなければいけないのか、おれにそんな義務はない、吉夫がおれの子だと言うが、証拠があるわけじゃないし、おれには自分の子と思えない。

吉夫については何度言い争ったことか。

――吉夫はあんたの子よ。

元江はそれが切札のように言う。

――わかるものか。吉夫が生まれた頃は、きみの亭主もまだ生きていた。

――男にはわからないのよ。でも、あたしにははっきりわかるわ。あんたを知って間もなく妊娠して、あの子がお腹にいるうちにあんたの子だという確信があったわ。ユミを生むときとは全然違う感じよ。

――きみが勝手にそう思っただけさ。

――それじゃあの子の眼はどうなの。一重瞼で、あんたにそっくりだわ。あたしは二重だし、主人も二重だったのよ。この頃はうしろ姿まであんたに似てきたわ。

――ぼくはそう思わない。

――それこそあんたの勝手だわ。

元江はあくまで言張り、浜野も負けずに言返すと、それでは認知請求の訴訟をして裁判所で決めてもらう、血液型を調べれば親子の関係がわかると婦人雑誌か何かで読んだらしい知識をもちだして、口論はたいていそこで打切りになった。身に憶えのある浜野は弱味があったし、裁判沙汰は過去の恥をさらけだすようなもので、もしその結果、吉夫が自分の子であると証明されたら、一生涯親子の絆《きずな》に拘束されてしまう。

吉夫に関する限り、もはや浜野は言い争わぬことにしている。元江も悪い女ではなく、そもそもは彼女の亭主が死んでしまったからいけないのだ……。

座蒲団を枕に寝そべったまま、浜野は何本も煙草を灰にした。

浜野は元江の夫に会ったことがなかった。元江が写真を見せると言ったが浜野は断り、色黒で体格のいい男だということしか知らぬうちに、吉夫が生まれて半年ほど後に交通事故で急死した。

もし彼が死ななかったら、元江は平穏な主婦におさまったろうし、浜野は二年前に恋をしたデパートの店員と結婚していたにちがいない。そして浜野と元江は、まるで何事もなかったように別の世界で顔を合わせることもなく暮らしていたはずだった。

彼と元江はもともと浮気から始まった仲で、愛し合ったとはいうものの互いに結婚する気などはなく、どちらかといえば浜野の方が熱中気味だったのに、元江の夫が死んでから情況が一変したのである。

浜野は学生時代の隣室にいたバーの女とバンドマンの夫婦喧嘩を思いだした。あの二人は別れてしまったが、もし女の浮気がバレないで離婚せずにいたら、あるいはあの女は愛人の子を生み、亭主の方はそれを知らずに生まれた子を可愛いがって育てたかも知れない。

幸福になるのも不幸になるのも、人生なんてほんのひょっとしたことで左右される。はかなくてバカバカしくて、それでも人は生きて行かなければならなくて、泣いたり喚《わめ》いたり、ついには人を殺すやつまでいる。

人殺しか——。

浜野は胸の中でふっと呟き、脳裡に元江の顔が浮かんだ。

体が冷えてきた。

彼は起き上り、窓を閉めた。

そのとき、玄関のブザーが鳴った。

三

真知子が帰って十五、六分しか経っていなかった。

浜野は、彼女が忘れ物をしたのかと思ってドアをあけた。

元江が立っていた。

「なんだ、きみか」

「あたしで悪かったみたいね」

「時間が遅すぎる。十時過ぎじゃないか」

「吉夫がなかなか寝つかなくて、それで遅くなっちゃったのよ」

元江は、彼の不機嫌を無視して部屋に上った。

浜野は落着かなかった。元江の来訪がもう少し早ければ真知子とぶつかるところだった。彼女らは途中で擦違《すれちが》ったかも知れないが、お互いに顔を知らぬはずだから、その点に心配はない。しかし部屋の中に、真知子のつけていた化粧品の匂いが残っているような気がする……。

「何か用かい」

浜野は壁にもたれて腰を落とした。

「冷たいのね」

「ここにはなるべく来ないでくれって言ったじゃないか」

「だったら、あんたが家に来てくれればいいわ。五日前に会ったきり電話もくれないし、会社へ電話をしては悪いから、心配になって来てみたのよ」

夫が死んだあと、元江は生活を切りつめるために家を売払って近くの実家へ戻り、それからしばらくして、父親の名義で申込んだ公団アパートに当選して転居した。2DKの小ぢんまりしたアパートだが、そのアパートを、浜野は五、六度しか訪ねていない。ユミという小学生の娘に会うのが厭なのだ。下ぶくれの顔つきは元江にそっくりだが、肌が黒いのは父親に似たせいだろう。ませた娘で、子供のくせに皮肉な眼をして浜野を見る。最後に訪ねたときなどは、――おじさん、あたしのパパになるの？　なんて澄ました顔できさやがった。元江にそうきいてみろと吹込まれたのか、そうでなければ、かなり意識的な厭がらせだった。おれは聞えなかったふりをしてテレビを眺め、元江も素知らぬ顔で足の爪を切っていたが、あの娘に見られると、元江との関係を見透かされているようで本当に厭な気がする。厭な娘だ、妙にひねくれていて、少しも子供らしい無邪気さがない、覗くような眼でおれを見る……。

「明後日の日曜日、あたし新宿へ買物にいくわ。その帰りにどこかで落合えないかしら」

「子供がいっしょか」

「もちろんよ」

「明後日は駄目だな。会社の接待ゴルフで箱根へ行かなければならない」

「子供たちに会いたくないのね」

「そうじゃない、ほんとに箱根へ行くんだ」

「あんたって自分の子が可愛くないんだわ。そうでしょう。だから会おうとしないのよ。吉夫のことなんか忘れたいと思っているのね」

「――――」

浜野は答えないで煙草をくわえ、マッチの火をつけた。諍いを避けるには黙るより方法がなかった。

忘れたいさ、おまえのことも吉夫のことも、おれはきれいに忘れてしまいたい。しかしそんなことを口にだしたら、元江はたちまちヒステリーを起こす。眼尻が吊上って、体が震えだして、泣きながらむしゃぶりついてくる。

元江が、吉夫への愛情でおれを縛りつけようとした時期は過ぎた。団地は近所の口がうるさいからという理由で彼女を訪ねないことにしたが、ひところの彼女は、外で会うたびに吉夫をつれてきて、おれに父親の愛情を植えつけようとした。しかし、おれはその手にのらなかった。のるとかのらぬとかいうより、何度会わされても自分の子のような気がしないで、しまいには吉夫の顔を見るだけでうっとうしく、それが元江にもわかったのか、次第に吉夫をつれてこなくなった。口数の少ない陰気な子で、ユミのような厭らしさはないが、やはり自分の子とは思えず、もう何か月も会っていない。

「あら、うっかりしてたわ……」

元江は急に機嫌を変え、思い出したようにバッグをあけて薄べったい紙包を開いた。紺色の地に白い細かな格子縞のネクタイだった。

「昨日、通りがかりに見つけたのよ。あんたならきっと似合うと思って――」

元江はネクタイを結んだ形にして浜野の首にあて、とても似合うわ、と言った。浜野も胸に垂れたネクタイを見降ろし、煙草の火を消して立上り、掛鏡を眺め、涼しそうでいい柄だと言った。しかし小さなバッグに無理をして押込んできたせいか、よじれたように皺《しわ》がついていた。

「高かったろう」

「そうでもなかったわ、安くもなかったけど」

「いくらした」

「値段なんかいいじゃないの。気に入ってもらえてよかったわ」

元江は嬉しそうに浜野の横に立ち、彼の腰に手をまわして一緒に鏡を覗こうとした。鏡の中で見つめ合うなんて、浜野はそれが厭で、振返って彼女を抱いた。まるで男妾みたいだと思いながら、彼女がきた目的はわかっていて、行為がすまぬうちは帰らないのだから……。

彼女の呼吸はいつもより烈しく、乱れ方も普通ではなかった。そして行為が終った後も、しばらく失神したように動かなかった。

彼は腹這いになって煙草をのんだ。

虫が鳴いていた。

しかし、彼は虫の声を聞かなかった。

放りだしたマッチの向うに、彼女が買ってきてくれたネクタイがあった。彼はぼんやりとネクタイを眺め、頭の中ではいっしんに一つの考えを追いつづけていた。

……元江がいる限り、真知子との結婚は不可能だろう、ほかの男と再婚してくれればいいが、いっこうそんな気にならないらしい、自分の指にはめている指輪のように、おれを自分の物だと思っている、おれが結婚するときは別れると言いながら、別れる気などはこれっぽっちもない、二年前に結婚しようとしたとき、相手はデパートの書籍売場に勤めていたが、おれはその女を真剣に愛し、元江を従姉ということにして彼女に紹介した。結婚したい相手が見つかったら、まず第一に紹介してくれと言われていたからだ。川上麻子――おれの心は彼女を諦めて真知子へ移ったが、彼女を忘れたわけではない。

――だめね、あんな女。

麻子に会った元江は、頭ごなしに反対した。あんな女のどこがいいの、見た眼はちょっと綺麗かも知れないけど、結婚したらあんたを駄目にしてしまうわ、遊び好きで見栄っ張りで、自分のことしか考えないタイプよ、ちゃんとした家庭をつくれる女じゃないわ……。

おれは麻子を弁護したが、すると元江はいっそうムキになって反対し、

——どうしても結婚するというなら、あんたに子供がいることをあの女にバラしてやるわ。あんたのためを思ってそうするのよ。

元江はしまいに声を震わせ、青くなって言った。

おれは元江の言いなりになるほかなく、とうとう麻子を裏切り、諦めといっしょに自分の心をぐんぐん冷やしていった。おれは意地でも元江とは結婚しないが、元江も愛情より意地ずくになって、おれと別れぬ決心をしたのは多分その頃からのようだ、おれが元江のアパートへ行かなくなったのはそれ以来だし、元江は旅館代がもったいないと言うが、おれはそんなことで最低の意地を通している。

しかし麻子の場合と違って、今度はもう絶対に引返せない。いくら罵られても、麻子のときは冷酷に振切ってしまえばよかったが、今度真知子を失うとしたら、会社も辞めねばならない。とにかく、元江が結婚に反対することはわかりきっているし、その反対を押切って結婚することは不可能なのだ。

ここに一本のネクタイがある。

浜野の眼はぼんやりして見えるが、枕元のネクタイに注がれて動かなかった。

このネクタイで元江の首を絞めるのは簡単だろう。彼女さえいなくなれば真知子と結婚で

きるのだ。

しかし死体をどうやって始末するか。茶箱に詰めてデタラメの宛先へ鉄道便で送ったり、細切れにしてあちこちに埋めたり、新聞や週刊誌で読む殺人者の苦労はみんな失敗している。車で運ぼうにもおれは運転ができないし、それに元江が姿を消せば、小学生のユミがおれを憶えていて警察に喋るだろう。このアパートでも、元江がおれの部屋に入る姿を見た者がいるかも知れない。

駄目か。おれはどうしてもこの女から逃げられないのか……。

「………」

元江が体をのりだしてきて何か言った。

浜野は聞きとれなかったので、黙ったまま新しい煙草をくわえた。

近くの通りを、サイレンを鳴らしながら車が走り去った。

「パトカーかしら」

「救急車かもしれない」

「消防自動車かもしれないわね」

「消防自動車なら何台も続いてくるだろう」

浜野はマッチの火をつけた。

サイレンの音は一台きりだった。

「腐れ縁だな」

浜野は深く吸いこんだ煙を吐きだして呟いた。

「何て言ったの」

「腐れ縁、ぼくらのことさ」

「あんたって、すぐそういう風に考えたがるのね」

「しかしそうじゃないか。ぼくらの間は六年になる。そしてこれ以上どうにもならないとわかっているのに、相変らずこうしている。きみには二人の子供がいるが、ぼくは結婚もできないで年をとってゆくばかりだ」

「そんなことないわ。いい人を見つけて結婚すればいいじゃないの」

「それができるくらいなら、とっくに結婚している」

「デパートの女の人のことを言ってるのね」

「きみが反対しなかったら、ぼくは彼女と結婚していた」

「その代わり、今頃は後悔していたと思うわ。あたしはあのひとがあんたを不幸にすると思ったから反対したのよ。あんたを仕合わせにできると思えば、喜んで賛成したわ」

「きみが言うのは口先だけさ」

「ひどい誤解だわ」

あたしはあんたを愛している、その気持は六年前と少しも変らない、でも、あんたを束縛しようなどとは考えていない、夫が死んでから家を売ったし、保険金もほとんど手つかずに残っている、親子の生活は洋裁の内職でやっていけるから、今までだって一度も金銭上の迷惑をかけたことはない、あたしはただあんたが結婚するまで、こうしてたまに会ってもらえるだけで幸福なの、あんただってもう二十八だし、いずれ結婚すると思っているわ……、元江は二人の子供を生んだとは思えぬほど張りのある乳房を寄せ、お願いだから冷たくしないで――と言った。

浜野は黙って煙草をふかし、どうせ真知子のことを話さなければならないなら、今がそのチャンスではないかと思っていた。しかし話せば、必ず会わせろと言うだろうし、会えばまた反対するに違いない、元江の言葉を迂闊《うかつ》に信じたら大変なことになる……。

「なぜ黙ってしまったの」

「虫の音を聞いている」

「蟋蟀《こおろぎ》と、鈴虫も鳴いてるわね」

「――――」

蟋蟀か、おれは元江に捕えられた蟋蟀のようなものだ、籠に閉じこめられ、どこへも逃げ出せない。

「遅くなったよ」

浜野が先に体を起こした。遅くなると、この辺はなかなかタクシーを拾えない。浜野は送りにでて、とうとうタクシーを拾えずに駅まで送り、元江が電車で帰ることも珍しくなかった。

「そうね」

元江も起き上って身仕度をした。

身仕度をしている彼女を見ていると、浜野はふっと憐みを感じることがあった。この女はきっと寂しいに違いない、勝気だから口にはださないが、心の底では寂しくてたまらず、おれのような頼りない男にでも縋《すが》りつかずにいられないのだろう。しかし浜野に会ったところで寂しさや不安が消えるわけはなく、会いに来たときよりもっと寂しい気持で帰っていかなければならないのだ、彼の心が離れたことは知っていて、彼との結婚はとうに諦めているし、いつか捨てられることも分っているはずなのだから……。

乱れた髪を直したりしている姿を見ていて、浜野がいっそこの女と結婚してやろうかと考えることがあるのは、そんな彼女が無性にいじらしく、むかしの感情にとらわれるせいだった。かつては彼の方が積極的に愛し、三日も会わずにいると気が狂いそうな思いをした女なのである。

しかし感傷は一時的で、彼は弱気な自分に対して首を振る。同情や感情に溺れてはならない。二人の厭な子供がいることを考えるだけでゾッとするではないか。元江の夫が死んだあとまでずるずると関係し続けてきたことが間違いだったのだ。過去は遠くへ押し流し、二度と追いかけて来ないように遠くへ押し流して、おれは未来へ向って進まねばならない。真知子との結婚こそ、輝かしい未来との結婚なのだ……。

「帰るわ」

いつもの習慣で、元江が一足先にアパートを出た。近所の人眼を避けるためだった。

浜野はアパートから百メートルほど先で元江に追いついた。

ところどころに雑草の茂った空地があり、暗い道だった。

「日曜日はどうしても駄目なのね」

「やむをえない」

「それじゃ今度はいつ会えるかしら」

「そうだな……来週電話をするよ」

肩を並べて歩きながら、浜野はまだ真知子のことを話すべきかどうか迷いつづけ、その迷いの中に、元江を殺すという考えが二重写しのように浮かんでいた。

時折振返ったが、タクシーは通らなかった。

駅へ向って中ほどまで歩いたとき、街灯にしては明るすぎる光が道に溢《あふ》れ、パトカーの赤ランプも見えて人だかりがしていた。

「何だろう」

「さあ……?」

二人は人だかりに近づき、浜野がジャンパー姿の若い男にわけを聞いた。

「殺人ですよ」

若い男はいくらか興奮したような声で答え、被害者は若い女だが首を絞められたらしく、強盗か痴漢の仕業だろうと付け加えた。

若い女、という答が浜野を不安に駆り立てた。

彼は弥次馬をわけて前にでた。眩《まぶ》しいくらいの照明に照らされ、被害者は雑草の向うに横たわっていた。顔は見えなかったが、小花を散らしたプリントのワンピースと、赤革のハンドバッグが見えた。

浜野は、そのワンピースの柄にもハンドバッグにも見憶えがあった。——真知子だ、真知子に違いない……。

浜野の動悸《どうき》が烈しくなった。

「さあさあ、みんな帰りなさい、見せ物じゃないんだから」

警官に押しのけられ、浜野は元江を残してきた群衆のうしろへ戻った。

「何だったの」

「若い女が殺されたらしい」

「怖いわ、強盗かしら」

「いや、犯人はわかっていない」

浜野は短く答え、元江を促して歩きだした。

「あんたに送ってもらってよかったわ」

「——」

浜野はますます動悸が烈しく、自分が疑われるのではないかと思った。だから被害者が真知子とわかったのに、深く考える余裕もなく、ほとんど反射的に、名乗りでないで現場を逃げだしたのだ。

真知子は彼を訪ね、その帰りに殺された。しかし彼女が彼を訪ねる姿を見た者はいても、夜道を一人で帰ったという証明は誰がしてくれるのか。彼のアパートを訪ねたことは、彼女を運んだタクシーの運転手がまず知っているだろう。おれは逃げない方がよかったのか……。

「あたしね、手相をみてもらったら、八十歳まで生きるって言われたわ」

元江は殺人事件のことなど忘れたように言った。

その言葉を聞いたときだった。浜野の脳裡を叩きつけるような想像が走った。真知子を殺したのは元江ではないのか。おれの部屋へ来ようとした元江が、一足先におれを訪ねた真知子を見て嫉妬し、彼女の帰りを待伏せて絞殺したのではないか。兇器は、元江が買ってきたあの格子縞の、よじったような皺のついていたネクタイだ。おれを自分の檻に閉じ込めておくために、元江ならやりかねない。最近特にヒステリックで執拗になった元江は、おれに恋人ができたことを気づいていたのかもしれない……。

「あたしは八十歳まで生きるわ」

元江はまた言った。

微かな月明りに、彼女の眼は勝誇るように輝いていた。

しかし浜野は、彼女をまともに見ることができなかった。もし自分が疑われたら彼女にアリバイを証明してもらうほかはないと思い、八十歳まで生きるという声を、終身刑の宣告を受けるように黯然《あんぜん》と聞いた。

あるフィルムの背景

一

笹田検事は書類から顔を上げ、煙草の火をつけた。静かだった。検事と事務官を合わせて十数名の部屋に、今は四、五人しか残っていない。留守にしている者の大半は、三階の映写室へ行ったにちがいなかった。

笹田はゆっくりと煙草を喫《す》い終って、腰をあげた。足はおのずから、三階へ降りる階段へむかった。仕事に疲れ、退屈したからというより、やはり好奇心のためだった。

映写はとうに始まっていた。笹田は空席を見つけて、そっと腰を降ろした。

フィルムの回転する軽い乾いた音――。

「ひでえな」

誰かが、暗闇の中で言った。鈍い笑い声が、狭い映写室につめかけた人々の唇を洩れた。

白いカンヴァスを張ったスクリーンでは、白い体と褐色の体とが、激しくもつれ合っていた。

むろん無声《サイレント》である。

「女の方はフランス人ですかね」

笑い声で緊張がほぐれたのか、あるいは、黙って画面を見つめているのがテレくさくなったのか、弁護士の丹野三義が、となりの笹田検事に話しかけた。

笹田は答えなかった。

「いや、あの顔は白系ロシアでしょう」

笹田の前の席にいた男が、代わって答えた。

「ははあ」

丹野は感心したようだった。

室内は、ふたたびもとの静寂にかえった。８ミリ映写機から流れる一条の光りに、煙草の煙が重く淀んでいた。フィルムは回転しつづけ、白い光と黒い影とがうち重なり、うごめき、からみあい、その光と影に魅せられた一同の沈黙は、饐《す》えたような匂いがした。

笹田は落着かなかった。誰かに、自瀆《じとく》を覗かれている感じだった。軽く咳をしてみた。となりの丹野が、彼を真似て咳払いをした。無理に押出すような咳が、あちこちでおこった。

丹野弁護士の要望で、わいせつ図画販売罪で起訴された瀬楽東造の証拠品閲覧として、すでに五本のエロ映画を映写しつづけているのである。起訴後の証拠品閲覧は、訴訟準備のため弁護人の権利として認められており、それは担当裁判官の許可を得て行なわれるのが訴訟法上の建前だが、実際には、エロ写真やエロ映画の場合、被告人の供述により、そのわいせつ性が歴然としてしまうので、文学作品の場合のように法廷で争われることがなく、従って、証拠品の閲覧も検証も滅多に行なわれることはない。といって、警察から送られてきたエロ映画を誰も見ないかというと、それがまた決してそうではなく、検察庁や裁判所にも好事家《こうずか》は多くて、試写会などと称して、ひそかにフィルムの上映を楽しむ機会が珍しくなかった。丹野の閲覧申込みも同様で、それは単なる口実にすぎず、エロ映画を見たいというだけの願いであり、その本心がわかっているからこそ、裁判官の許可などという手続きも無用で、検事側は早速承諾して、フィルムを証拠品の倉庫から取寄せ、ここに映写会の運びとなったわけである。

押収されたフィルムは外国製の白黒三巻、日本製の天然色が一巻に白黒が二巻、計六巻と、あとは写真数十葉だった。

スクリーンの男女は、なし終ったあとを互いに清拭《せいしき》し合っていた。END――ボビンが空転して、画面は空白のカンヴァスを曝《さら》した。画面が消えると、映写機に小さな電球が灯《とも》った。うしろの方の席で、大形《おおぎょう》に欠伸《あくび》をする声がした。

狭い長方形の室内に、観客は丹野のほか、検事、事務官等、検察庁の職員が七、八名いた。

「いつも同じですな」

笹田とは反対隣の丹野の右隣にいた中年の検事が、退屈したような声で丹野に話しかけた。

「ほかに手はないんだから、仕方がありませんよ」丹野はずんぐりした体と、ちょびひげを生やした顔を検事にむけた。「しかし、近頃は日本物でも、色つきで大分いいのがでてきたじゃないですか」

「そう、モデルも割と見られるのがいるし……だけど、日本物はユーモアのないのが欠点だな。ユーモアのないエロ映画ってのは、重ったるくて肩が凝っちまう」

「同感です」

丹野は大きく頷《うなず》いた。

「つぎは証第六号、題名《タイトル》はありません」

係の事務官が告げた。明りが消え、ふたたび闇に戻った。

笹田は、ちょっと覗いて退席するつもりできたはずなのに、そのまま腰を据えてしまった自分がおかしかった。大学を卒《お》えて司法修習生となり、二年後に検事に任官してから六年経っている。その間、多くの殺伐な事件を手がけたこととは別に、職責上エロ映画には食傷しているはずだった。男が現われ、女が現われ、背景やストーリーの展開に多少の相違はあっても、フィルムの中で演じられる猿芝居はいつも同じだ。まじわって、そして終る。うす穢《ぎたな》く、滑稽で、わいせつなだけだ。いい加減うんざりではないか。笹田はそう思う。そのくせ、嫌悪を催し、羞恥感にとらわれながら、現にこうして機会があると、つぎの映写を待っているのはどういうわけか。自分が担当している事件のフィルムだからといっても、丹野弁護士の好色を笑うことはできない。笹田は、いつものことながら、このようにエロ・フィルムを見ることに職務上の矛盾を感じる一方、スクリーンに写る他人の性行為に、好奇心というよりもっと深い関心に囚《とら》われている自分を知った。

エロ・フィルムに出演する男女も、やはり自分たちと同じ人間である。子供の頃はやはり童謡を唄い、遠い将来を夢見ることもあったにちがいない。

笹田は暗いスクリーンに光があてられるまでの一瞬に、ふとそんなことを考えた。彼には珍しい感傷だった。

フィルムが回り始め、画面はいきなり、旅館の一室のようなガランとした部屋に坐っている女の、うしろ姿を写しだした。白黒のモノクロームで、フィルムは新しいようだが、紗《うすぎぬ》を透したようにやや霞んでいる。

柄のはっきりしない地味な和服を着て、女は男を待っているらしい。画面は、しばらくそのまま動かなかった。

「スローモーだな」

部屋の隅で誰かが言った。応ずる声はなかった。

画面に現われぬところで襖《ふすま》が開いたらしく、女の顔が僅かに横を向いた。間もなく男が現われた。背を向けているので、顔は見えない。中背の痩せた男だった。女の姿は、男の背中にかくれた。男は突然とびかかった。荒々しく捉え、引き倒し、帯を解き、着物を剝ごうとする。女は抵抗した。しかし、抵抗する力は弱かった。苦しそうに喘《あえ》ぐ女の顔がクローズ・アップされた。

観客は一様に息をのんだ。しかし、笹田だけは別だった。ジーンと耳鳴りがして、貧血しかけていることが自分にわかった。最初に女の横顔を見たとき、一瞬妻の明子に似ているような気がした。それが、次第に女の表情が露《あら》わになって、たびたびスクリーンにクローズ・アップされると、現実の妻の秘事《ひめごと》を見ている錯覚にとらわれた。そのようなことがありうるとは考えられないので、否定することは容易だったが、それほど女は明子に似ていたのである。

女の白い肌が押開かれ、男の体が入っていく。女は喘ぎ、顔をそむけ、むなしい抵抗をつづける。なまなましく、残酷な迫力があった。

笹田は耐えきれなくなって、映写室をでた。体中が燃えるようにほてり、吐く息が熱かった。不快だった。かすかに吐き気がした。こんな時に被疑者を調べたなら、理由もなしに怒鳴りつけるのではないかと思った。

笹田は公判部の検事室に戻った。机の上に、刑事部から起訴状の謄本とともに回送されてきた瀬楽東造の一件記録があった。

わいせつ図画販売同目的所持——瀬楽の起訴罪名である。逮捕されたのが十月五日、それから十日後の勾留中に起訴されて、まだ八日しか経っていない。

笹田は記録をひらいた。

二

瀬楽東造、五十三歳、公訴事実は、十月五日午後十時四十分頃台東区南稲荷町二番地先の路上において、通行人の某に対し、所持していたエロ写真を売りつけようとしたもので、警視庁保安課の刑事に現行犯で逮捕されている。
起訴状、送致書、証拠品目録、逮捕手続書の順に、笹田は記録のページをめくっていった。弁解録取書では、瀬楽は素直に被疑事実を認め、申しわけありませんと謝っている。笹田はさらに、供述調書に眼をうつした。
「――前科は四犯あります。三犯はポン引きをして売春防止法で捕り、他の一犯はエロ写真を売って捕り、四犯とも罰金をうけました。
家族は妻さち子　四十二歳
長女ひとみ　六歳
次女　絹代　三歳
三女恵美子　一歳
との五人暮らしです。
私は十六歳のとき、役者になるつもりで上京し、友だちの世話で浅草の軽演劇にでるようになりましたが、戦時中に動員された工場で、左手を手首から切断され、それ以来まともな職業につけず、生活に困り、ポン引きなどをして今日に至っています。
今回の事件について順を追って申しますと、日付は忘れましたが、半月ぐらい前にある男と知合いになり、押収されたフィルムや写真は、その男から買ったものです。外国のフィルムが一本三万円、日本物はカラーが二万円で、白黒が六千円でした。写真は十枚一組になっていて五百円です。その男は背の高い太った男で、顔を見ればわかりますが、名前や住所は知りません。捕ったときは、日本物の白黒フィルム一巻と写真五組を持っていて、通行人に写真一組を千円で売り、そのあとからきた通行人にも売ろうとしているところでした。自宅で押収されたフィルムや写真も、みんな売るつもりで持っていたものです。悪いことと知りながら、つい生活に困ってやってしまったので、今後は決してしませんから、ご寛大な処分をお願いします」

以上が瀬楽の第一回供述である。証拠品を押さえられた範囲内の事実については罪を認めているが、彼にフィルムを渡した人物等の背景については、一言も触れていない。その点は、第二回の供述調書においても変らなかった。

つづいて笹田は、瀬楽の本籍地山梨県の、甲府地検から回答された前科調書と、警視庁鑑識課作成の指紋カードを見た。

前科はやはり四犯あった。昭和三十四年に一犯、同三十五年に二犯、いずれも売春の勧誘周旋で、三千円から八千円の罰金刑をうけ、三十六年十一月には、わいせつ図画販売で五千円の罰金刑に処せられている。そのほか指紋カードには、逮捕歴として昭和三十一年から三十三年にかけて、東京都の売春等取締条例による検挙三回の記載があったが、それらは起訴猶予で釈放されていた。

笹田はもう一度、第一回から第三回まで供述調書を読み返した。タイトルのないフィルムに出演していた女のことが、どうしても気がかりだった。しかし瀬楽は、映画のモデルになった男女についても、知らぬ存ぜぬの一点張りで押通していた。彼を取調べた刑事部の検事の求刑意見が懲役六か月の実刑になっているのは、そのせいかもしれないと思われた。

笹田は記録を閉じた。

そこへ、笹田の係の小沢事務官が映写室から戻ってきた。

「終ったのかい」

笹田はきいた。

「いえ、瀬楽の分は終りましたが、ほかの被告の分もついでにやるそうで、全部見終るとしたら、まだ一時間以上かかりますね」

若い小沢は、いくぶん上気したような顔で、テレくさそうに笑った。

「借りだしたのは、フィルムだけだったかな」

「そうです」

「それじゃすまないが、写真の方も借りてきてくれないか。ついでに見ておきたい」

笹田は、事務的な口調で頼んだ。しかし、何のついでなのか。彼は余計な弁解を加えていることに気づいた。

小沢事務官は地下にある領置課の倉庫へ降りていったが、間もなく、紙袋に入れた写真を持って戻ってきた。

「十枚一組で、各組みんな同じようです」

小沢は紙袋からだした写真の束を、笹田の前において、自分でも一組の写真を眺めた。

手札型の、いずれも男女の性交場面を赤裸々に写したものだった。

笹田は一枚一枚めくっていった。不安だった。不安は一枚ごとに高まった。

笹田の手がけいれんしたようにピタッと震えて停まったのは、その七枚目をめくったときだった。それは、つい最前見た「証第六号」のクライマックス・シーンを複写したもののようだった。少なくとも、画面が少しぼやけているが、モデルは例のフィルムの女と同一人と思われた。妻に似ているのだ。笹田はまた頬がほてってきた。

小沢は十枚の写真を見終ると、「傑作はありませんね」といって、自分の席へ戻ってしまった。小沢は笹田の妻に二度ほど会ったことがある。顔を憶えているはずだった。しかし、写真を見ても何も気づかぬ様子である。すると、モデルが妻に似ていると思うのは、笹田だけの妄想なのか。多分そうだろう。写真はぼやけているし、どこが妻に似ているとはっきり指摘できるわけでもない。また、かりに似ていたところで、そこに何の不思議があるか。妻の明子は、特異な顔ではない。美しいとはよく言われるが、特に際立って美しいわけでもなく、似通った女はいくらもいるはずなのだ。

笹田は心を鎮めようとした。心を乱されたこと自体のバカらしさも、十分わかっていた。スクリーンの女を妻と錯覚し、さらにその錯覚された女の姿態を、多くの他人に曝したということで、勝手な不快を感じているだけではないか。

彼は気分を換えるために、机の隅に山積している書類を引寄せた。

しかし、彼はやはり落着かなかった。フィルムに写しだされた女の印象は、それほどに強烈だった。

ない。

三

笹田は七時半頃帰宅した。早かった。仕事の忙しいときは、十時すぎになることが珍しくない。

玄関に迎えた妻の様子に、変ったところはなかった。変ったところがなくて当り前なのに、笹田はいつの間にか、妻を観察している自分に気づき、すると同時に、役所で見たフィルムを思い出さずにはいられなかった。

結婚後ようやく二年、まだ子供のできない夫婦きりの食膳を、笹田は淋しいと思うときがあった。笹田は新聞を読みながら食膳にむかう。テレビのスイッチを入れることも多い。日常の話題は乏しかったが、そこには平穏な家庭のくつろぎがあった。時折は話がはずんで、観劇の予定をたてたり、小さな旅行計画を熱心に話し合ったりする。

しかし今日の笹田は、家に帰っても気分がすぐれなかった。妻の話を耳にしながら、そのくせ何も聞いていないような状態だった。やはり、映写室の出来事にとらわれているのだ。妻に不快な顔を見せぬように食事を済ますと、笹田は仕事があるからといって、二階の書斎にこもった。そして、役所から持出してきた例の写真を眺めた。

——似ている。

彼は胸の中で呟いた。確かに似ている。彼は眼を閉じた。瞼のうらで、写真の中の女と妻の顔とがダブった。二つの影像は、嵌絵《はめえ》のように一枚となった。

彼は慌てて眼を開いた。なぜこんな写真を、わざわざ家に持帰ったのか。彼は腹立たしかった。手札型の写真の中で、男の腕に組敷かれた女の顔は、苦痛に耐えようとして唇を歪めている。男の顔はわからない。彼は発作的に、危く写真を破り捨てようとした。しかし、これから法廷に提出しなければならぬ証拠品を、破るわけにはいかなかった。

彼はいらいらしてきた。明子は貞淑という言葉にふさわしい女だ。笹田を愛している。信頼もしている。気楽なサラリーマンのように、始終いっしょに遊んでやるわけにはいかないが、夫の仕事を理解し、現在の生活に不満の色を見せたことはなかった。彼女は遊び好きではないし、他人との交際も嫌いな方で、静かに本を読んだり、編物をしたりしていることの好きな女である。

しかし——笹田は考え直した。果してそうだろうか。それは笹田の解釈した妻の姿で、真実の妻の姿は、見落とされているのではないか。

笹田は新しい考えにとらわれ、不安になった。こんなことを考えだしたのも、もとはフィルムを見たせいなのだ。彼はまた腹を立て、本気で写真を破ってしまいたくなった。瀬楽の裁判が終れば、フィルムも写真も廃棄処分で燃やされてしまう。だが、それまでの間、あのフィルムや写真が存在するというだけでも、耐えられぬ気持だった。やはり、あんなフィルムは見なければよかったのである。笹田は今さらのように悔み、つまらぬことに拘泥している自分を滑稽だと思った。

彼が気を取直して立上ったのは、しばらく経ってからだった。例の写真を手にしていた。

妻に写真を見せ、つまらぬ不快感を笑いとばしてしまうつもりだった。不潔だわとか、厭らしいとか、妻は顔をそむけて言うかもしれぬ。しかし、それでもいいではないか。世間には、惰性的な夫婦関係に刺激を加えるため、わざわざ瀬楽のような男を探してエロ写真の類を買求め、それを帰宅して妻に見せる夫も少なくない。かつて、浮世絵の秘画は、子女の性教育に用いられたともいわれる。自分たち夫婦の間にも、たまにはそのようなことがあっても異常ではないだろう。固いとばかり思われている検事という仕事の、多彩な一面を妻に知らせる機会にもなる。これは軽い冗談だ。妻だって、新婚早々の世間知らずではない。少しは顔を赤くするかもしれぬが、笑いすごすくらいの余裕はあっていい。そして笑い合ったら、映写室をでて以来つづいている不快な印象も、きれいに忘れてしまえるだろう。

笹田はそう考えた。

明子は茶の間で、所在なさそうに夕刊を読んでいた。

「鞄《かばん》をあけたら、こんな物が入っていたよ」彼は悪戯《いたずら》っぽく笑いながら言った。「今日の公判でつかった証拠品だが、うっかり記録にはさんでおいたことを忘れて、いっしょに持ってきてしまった」

彼は十枚一組になった写真を、妻の前の食卓に放りだした。例の写真を、いちばん上にしてあった。

彼は妻の笑いを期待した。笑いが含まれているなら、侮蔑的な言葉を投げられてもいいと思った。そのモデルが誰に似ているなどと言うつもりはなく、妻自身が気づかないでいてくれれば、あとは冗談にまぎらして、こういう写真をつくったり売ったりする者、こういう写真のモデルをして生きている者たちのことを話してやるつもりだった。

「――――」

明子は息をのむような声をあげた。声は低かった。チラッと見ただけで、顔をそむけた。刺戟が強すぎたろうか。こんな写真を見るのは、初めてなのかもしれない。笹田は後悔しだした。

しかし、明子の視線は、吸い寄せられるように写真に戻った。顔の色が、みるみる蒼白《そうはく》になった。食い入るような眼で写真を見つめている。体を堅くして、膝に置いた手が微かに震えた。

「つぎをめくってごらんよ。そう変なのばかりでもないんだ」

笹田は、明子の緊張を和らげようとして言った。

明子は顔を伏せた。噛んだ下唇が白くなった。膝に落とした眼は、うつけたように何も見ていなかった。

明子はふいに立上った。

「おい」

笹田は慌てて声をかけた。

明子は応えなかった。逃げるように寝室へ行ってしまった。

笹田は啞然《あぜん》として取残された。どうしたというのか。羞恥のためか。モデルが自分に似ていることに気づき、それを承知で、不潔な写真を見せようとした夫に腹を立てたのか。

笹田はやや経ってから、寝室を覗いた。

「どうしたんだい。気分が悪くなったのか」

彼はわざとひやかすように言った。

明子は応えなかった。全身をすっぽりと夜具に埋めて、海老《えび》のように体を折り曲げていた。

四

翌朝眼が覚めると、笹田はすぐに昨夜のことを思いだした。悪い夢を見たあとのような気持だった。なぜあんな写真を妻に見せたのか。昨夜は、自分ながら頭がどうかしていたにちがいないと思った。妻は頑《かたく》なに背を向けたまま、いつまでも寝つかれぬ様子だったし、彼も気分が昂《たか》ぶって、なかなか眠れなかった。

——全く、昨夜のおれはどうかしていた。

彼は天井にむかって呟いた。

明子はとうに起きて、台所で朝食の支度をしていた。

「おはよう」

彼は起きていって言った。

「おはようございます」

明子は昨夜のことを忘れたように、いつもと同じ挨拶を返した。

彼は安心した。昨夜のことは、自分も忘れてしまおうと思った。

しかし朝食の間じゅう、彼は昨日に引続いて、妻を観察している自分に気がついた。妻の様子がどことなくぎこちないのである。その明るさも、その笑顔も、何か無理して作られたような感じがした。一個の微笑にも、作為が覗いて見える。——気のせいか。彼はそうも考えた。しかし、気にかかることは同じだった。そして昨夜のことについては、危険物のように、互いに触れようとはしなかった。

いつものように、彼は午前八時に下高井戸の自宅をでた。霧のような雨が降っていた。傘をさした。傘の重さは、気持の重さだった。玉川上水にかかるコンクリートの橋をわたり、雨に濡れた甲州街道を横切って、上北沢から京王線にのる。新宿で地下鉄にのりかえる。そして霞ケ関で下車する頃までには、新宿からいっしょになった刑事部の築山検事と仕事の話をしたりして、昨夜のことや今朝の妻の様子なども、ほとんど気にならなくなっていた。

笹田は、同僚の饒舌《じようぜつ》がありがたかった。

四階の検事室に入ると、小沢事務官に頼んで、昨日借りだしたフィルムと写真を、領置課の倉庫へ返してもらった。もう二度と見たくなかった。

手もとからそれらの品が消えると、彼は仕事に没頭することができた。午後から法廷の立会があるので、その準備もしなければならぬ。彼は妻のことを忘れた。

午後は地方裁判所の法廷にでて、詐欺、窃盗、恐喝がそれぞれ一件ずつ、三件とも証人調べの段階で、最後に、否認している強盗事件について、論告と求刑を行なった。公益の代表者として被告を糾弾する論告求刑は、時に痛快であり、検事という職業に生甲斐を感じることもあったが、いつもそうとは限らず、犯罪の背後にはかならず社会の矛盾が横たわっており、割り切れぬ思いをすることが多かった。むしろ否認事件の方が、有罪の確信さえあれば、ふてぶてしい被告への怒りが湧いて、烈しい闘志を燃やすのである。厳しい論告を前に、強盗事件の被告は一度も顔を上げることができなかった。すでに前科三犯のスジモノで、否認し通せば、証拠不十分で無罪になるかもしれぬと期待している男だった。笹田は被告のしょんぼりした様子を見て、その表情にユーモアを感じた。うまい汁を吸おうとして、苦い汁を飲んでしまった男の顔だった。

法廷が終って、検事室へ戻ったのはちょうど五時頃である。笹田の気分は、今朝の重さとうって変って爽快だった。昨夜の厭な記憶などは、すっかり忘れていた。

しかし、高井戸署の捜査係長岩間警部補から電話がかかってきたのは、それから間もなくだった。

「非常にお伝えしにくいのですが」警部補は、確かに躊躇《ちゅうちょ》しているようだった。「実は、今日の午後二時頃、玉川上水に女の水死体が上りまして、それは地検の刑事部へも変死体として報告済みなのですが、たった今、その死体が笹田明子、つまり検事さんのおくさんだということがわかりました。恐縮ですが、ご足労願えるでしょうか」

「………」

笹田は、しばらく返事ができなかった。自分の耳を疑ってみた。無駄なことだった。今まで、自分の死について考えたことはあっても、妻の死については想像したこともなかった。交通事故で死ぬ者や自殺する者の数も少なくない。宿直をしていると、かならず、二件や三件のそうした変死報告を聞く。誰が、いつ、ふいに死んだところで不思議のない社会だ。「検視をして、他殺の疑いがなければ行政解剖でいい。もし、他殺の線がでたら、すぐにまた報告してください」彼は電話口にでて、報告してきた警察官に指示を与える。そして、それが碁をうっている時だったら、ふたたび碁盤にむかう。他人の死には馴れている。もう死体のことは考えない。翌朝、変死事件簿といっしょに事務の引継ぎをすれば、その死体とも縁が切れる。しかし……。

「もしもし」

警部補の声が返事を促した。

「すぐに行きます」笹田はわれに返って答えた。じっと考えていたようで、何も考えてはいなかった。「しかし、明子だということは間違いないんですか」

「間違いないと思います。おくさんのお友だちの、吉森早苗さんに確認してもらいました」

「吉森早苗？」

「はあ」

「どうして彼女が……」

吉森早苗は、渋谷で洋裁店を開いている。明子とは高校時代からの親友だった。

「最初死体発見の届出をうけたときは、所持品がないので身許がわからなかったのです。ところが、着ていたツーピースを調べると、上着にデリカという洋裁店のネームがついていて、電話帳をあたった結果、それが吉森さんの店とわかりました。それで、早速その上着を刑事に持たせてデリカへやったところ、おくさんがデリカで新調したものだということがわかり、吉森さんも心配して刑事と同行し、遺体を確認されたわけです」

「吉森さんは、まだそっちにいるんですか」

「おります」

「場所は？」

「久我山《くがやま》の林勝寺というお寺をご存じでしょうか」

「知っています」

「その近くの諸橋医院です」

「わかりました。すぐに行きますが、よろしくお願いします」

笹田は電話を切った。何を考えているのか、まだ自分でもわからなかった。外傷の有無、遺書の有無などという、普通なら当然聞くべきことも聞かずに電話を切った。そして、なぜ自殺したのかという問いばかりが、頭の中で空転していた。眼の前で崖が崩れはじめ、それをいっしんに支えているような気持だった。

公判部長に事情を話して、検察庁を出たときは暗くなっていた。霧のような雨は、依然降りつづいている。部長が手配してくれるという役所の車を辞退して、タクシーを拾って久我山へむかった。

なぜ死んだのか、なぜ死んだのか……、自問をつづける笹田の脳裏に、突然、昨日のエロ・フィルムのことが甦《よみがえ》った。写真を見て蒼《あお》ざめ、口を噤《つぐ》み、逃げるように寝室へ去ってしまった昨夜の明子……。記憶はまだ、なまなましく残っていた。今朝の様子も、どことなくおかしかったではないか。

なぜか――。

妻に、自殺するような理由があったろうか。家庭は平穏だった。生活は安定していた。結婚以来、笹田は愛情を疑われるような行為をしていない。笹田の胸の中で、明子が幸福だと言ったのも、つい数日前のことだ。

なぜ死んだのか。

ほかに理由がないとすると、あとは昨夜のことしか考えられない。しかし、夫に男女交合の写真を見せられただけで、結婚後二年も経った女が死ぬだろうか。たとえ、どれほどショックが烈しかったとしてもだ。バカげている。ナンセンスだ。こっちこそ腹を立ててやりたい。

しかし例の写真の女が、明子だったとしたらどうか。

笹田は体が硬ばった。気を落着けるために、煙草の火をつけた。まさか――彼はすぐに打消そうとした。いやしくも、明子は検事の妻である。疑うにも限度があるではないか。しかし、あの女は、確かに明子に似ていた。笹田が気づいたくらいだから、彼女自身も気づいたにちがいない。彼女は蒼ざめた。それは羞恥や怒りのためではなく、夫に秘密を知られたという恐怖のためではないか。

そういえば——彼は忘れかけていた一つのことを思い出した。もう一月以上も前のことだが、数日間、明子が妙にそわそわして落着かず、怯えているように見えたことがあった。彼は心配して問い質《ただ》した。明子は、頭痛がすると答えただけだった。その数日間は、彼女の生理期間にあたっていた。生理のせいか——笹田は単純にそう考え、そのうち明子が平静を取戻すにつれて、いつの間にか仕事の忙しさに紛れ忘れてしまった。

しかし今になって思い起こすと、生理のためだけとは考えられなくなってくる。彼女が死んだからだ。あの数日間と、例のフィルムとの間に関連はないのか。

笹田の脳裏に、厭な想像が走った。吐き気がするような想像だった。彼は胸の中で、呻《うめ》き声をあげた。

五

死体は、やはり明子にちがいなかった。泳げない彼女は、かなり多量の水を飲み、相当に苦しんだはずだが、死顔は静かに眼を閉じていた。

玉川上水は、徳川四代将軍家綱のとき、江戸北郊の上水不足を解決するため、多摩川の水を西多摩郡羽村に堰《せき》を設けて水門に流し入れ、武蔵野台地を東へ四十八キロ、四谷大木戸までを僅か半年あまりで完工させたものである。以来約三百年間、上水の水は北多摩郡村山貯水地と、境、淀橋の両浄水場へ送りこまれ、東京都民の上水源として大きな使命を担っている。

しかし一方、玉川上水には「人食い川」の異名があって、作家太宰治の自殺で広く知られたように、深さ三メートル、幅六、七メートル、上流の秒速二、三メートルというから、落ちたら絶対といっていいくらい助からない。下流へきてやや流速が衰えても、やはり水の流れは早く、U字溝のようにコンクリートで川底と両岸を固めてあるから、這い上がろうとしても手がかりがなく、自殺者の数は年々にふえて、たまりかねた水道局が両岸に有刺鉄線を張りめぐらしたが、そんなものは簡単に乗越えられるし、自殺者の数はいっこうに減っていない。

「死体が発見されたのは林勝寺の近くで、発見者は小学生です。橋を渡りかけて、何気なく川に眼をやったところ、流れている死体を見つけ、大声で通行人を呼び集め、百メートルほど下で引揚げました。雨のため発見が遅れたと思われるので、入水場所はかなり上流だったのではないかと考えます」

高井戸署の岩間警部補は、笹田の心中を思いやるように、低い声で言った。

「過失とは考えられませんか」

笹田はかすかな期待をかけて聞いた。

「いえ」警部補は首を振った。「上水の両岸は土手になっていますが、土手には登れぬように有刺鉄線が張ってあります。過失の線は無理でしょう。むろん、調べてはみますが……」

「入水する際の、目撃者はいないんですか」

「その点も極力調査しますが、まだおりません。現在の段階では他殺の線がでないので、自殺とみるほかないのですが、かりに自殺と仮定した場合、何か心当りはないでしょうか」

「……ありません」

笹田は力のない声で否定するばかりだった。

明子の遺体は翌日解剖され、溺死と断定された。顔や手足に擦過傷があったが、それらは上水の底を流れている間に傷ついたものと考えられた。遺体は首に水玉のスカーフを巻いていたが、首を絞められた痕も、毒薬を飲まされた形跡もなかった。

しかし、笹田は帰宅して調べたが、遺書はついに発見されなかった。もし他殺を疑うとしたら、遺書のないことが唯一の理由だった。溺死の場合は、入水当時の目撃者がない限り、自他殺の鑑別はほとんど不可能なのである。

その目撃者については、翌日夕刻までに数人の参考人が現われた。前日正午頃、上水沿いの高井戸第三小学校の前を上流へむかって、雨中を傘もささずに歩いていく明子の姿を見た者が現われ、つづいて、同じく上水沿いの左岸を、久我山三丁目の昭栄橋付近で、さらにはもっと上流の、三鷹市上本宿付近で、明子らしい者を見たという聞き込みがあった。

「バンドのついた白っぽいレイン・コートの襟を立てて、考えごとをしているように俯いて歩いてましたよ。声をかけたんですが聞えなかったらしく、わたしはそのまま擦れちがってしまいましたが……」

と言ったのは、笹田の家に出入りしているクリーニング屋の主人で、上高井戸の中之橋付近で出会ったという。傘もささず、ハンドバッグも持たず、ただ黙々として玉川上水を遡《さかのぼ》る明子の姿だった。

やはり自殺なのか。自宅から三鷹の上本宿までは一里以上の道のりである。その間を歩きつづけたのは、死場所を探していたとみるべきなのか。

しかしそれにしても、自殺した理由は依然闇につつまれている。親友の吉森早苗も、全く心当りがないと不思議がっている。笹田は親戚の者たちからも、いろいろ質問されたが、彼自身にわからぬことを、答えることはできなかった。新聞記者にも執拗に訊ねられた。彼は、明子がノイローゼ気味だったという答を用意し、記事には、検事の妻であることを公表しないようにしてもらった。

葬儀は三日後、人目に立たぬようにひっそりと行なわれた。

妻がもうこの世にいないという実感は、葬儀が終り、集った人々がちりぢりに帰ってしまったあと、初めて彼の胸を締めつけた。底知れぬ寂寥《せきりよう》に押包まれ、悲嘆の涙は、一人きりになったとき初めて瞼に溢れた。

葬儀の翌日は晴れていた。彼は行先の宛もなく家をでた。足はおのずから上水沿いに、久我山方面へむかった。役所は、妻が死んだ場合十日間の忌引休暇がでる。仕事のことを考える必要はなかった。

彼は歩きつづけ、林勝寺の前を過ぎて足をとめた。明子の死体が発見された場所であった。コンクリートの古びた橋がかかっていて、大正三年二月十四日竣工という文字が見えた。

彼は上流にむかって、橋の中央に立った。水の流れは速かった。流れにのった枯葉が、つぎつぎと橋の下に送りこまれて消えた。藍色の水は、乳を流したように白く濁っている。両岸の土手は雑草が生い茂り、昼間から鳴く虫の音があった。そして、両側の狭い歩道との境界には、有刺鉄線がどこまでも続いていた。

彼は空を見なかった。白い雲がゆっくりと動いていく、澄みきった秋の空を見なかった。じっと水の流れを見つめつづける彼の眼は暗く、そして時折、獣のように険しく光った。三十分以上もの間、彼はそうしたまま動かなかった。

顔を上げたとき、彼の表情には厳しい決意が表われていた。井の頭線の久我山駅まで歩き、それから渋谷へでて、地下鉄に乗りかえた。行先は警視庁だった。

彼はまず、保安課風紀係の久保刑事に会った。瀬楽東造を逮捕した刑事である。小柄で柔和な顔をしているが、風紀係ではヴェテランの一人だった。明子の葬式には、多忙な時間を割いて参列してくれている。外出するところらしかったが、笹田の顔を見ると、

「もうご出勤ですか」

驚いて迎えた。

「いや、まだ休暇中だが、あんたが逮捕した瀬楽について、気になっていることがあるので、こっちへきたついでにちょっと寄ってみたんです」

「気になるといいますと?」

久保は下り気味の眉を寄せた。

「そう気になるというほどのことではないんだが、参考のために聞いておきたいんですよ。瀬楽はフィルムの入手先を喋《しやべ》ってないらしいけど、本当に知らないのかね」

笹田はすすめられた椅子に腰を降ろし、さりげなく話を切りだした。久保刑事は明子に会ったことがないから、例のフィルムのモデルのことを訊ねても、その点は安心だった。

「もちろん知っているでしょう。瀬楽には、あれだけのフィルムや写真を買込む金がありません。委託販売みたいなもので、例えば、一本のフィルムを一万円で引受けると、彼はそれを一万五千円ぐらいで売り、差額の五千円を儲けるわけです。写真の場合もおそらく同じですね。仕入値の倍から三倍はふっかけています。しかし、瀬楽は絶対に仕入先を喋りません。その点、奴らは非常に口が堅くて、いくら脅したって駄目です。というのは、仕入先を喋った場合、あとでどんな復讐《ふくしゆう》をうけるかを知っているからです。奴らの背後関係については、やはり現場をつかんで踏込むほかありません」

「ああいう映画のモデルについて、実体はわかってますか」

「大体のところはつかんでいます。もちろん金のためにやってるんですが、可哀相な連中ですよ。好きでやっている者なんかいません。男と女、つまりシロクロの場合、これは座敷に客を呼込んでやるショウの場合も同様ですが、案外夫婦でやってるのがいたりして、調べてみると陰惨で厭になります。しかも、連中の稼ぎなんてのは、全くたかの知れたもので、儲けの大部分は主催者側のやくざのふところに入ってしまいます。しかし、そうとわかっていながら、連中はそれをやらなければ食えないし、また、そんな映画やショウを高い金をだして見て、喜んでる連中もいるんですからね。現行犯をつかまぬ限りは、フィルムを見てモデルが誰とわかっても、ちょっと可哀相で捕える気にはなりません。本当は瀬楽のときも、とっ捕えるのは可哀相な気がしました。彼は女房が病弱でしょっちゅう寝込んでいる上に、いちばん年上の女の子が小児麻痺で、やはりほとんど寝たっきりです。まともに育てられないなら、子供なんか生まなければいいと思うのに、去年はまた女の子を生ませちまいましたからね。どういう気なのか見当がつきません。わたしは瀬楽の舞台を見ていませんが、むかしは割と人気のある喜劇役者だったそうで、もし戦争中に怪我をしなかったら、今ごろは森繁クラスの俳優になっていたかもしれないという人がいます。今ではじじむさいばかりで、役者だったなどとは想像もできませんが……」

「瀬楽から押収したフィルムのモデルはわかってますか」

「カラーの方はわかってます。しかし、実演で見せるショウとちがって、東京近辺に流れているフィルムや写真のタレントは、ほとんど東京には住んでいません。たいてい関西か四国あたりの者で、逆に、東京のタレントをつかった写真は、東京で流さずに関西方面へ流していいます。やはり、近所の顔見知りに見られたくないとでも考えているんでしょう。連中の話によると、フィルム製作側はそれぞれ専属のタレントを抱えて、スターを養成しているそうです。瀬楽のもっていたカラーは関西物で、何本もプリントがあり、同じ物を三か月くらい前に別の筋から挙げたことがあって、そのときタレントもいっしょに逮捕されて、たしか罰金をくっているはずです」

「白黒の方は？」

「わかっていません。検事さんもあのフィルムをごらんになりましたか」

「見た」

「それではお話ししますが、あのうちの一本で、題名のついてないのがありました。あれはことによると盗み撮りで、当人たちに気づかれぬように撮影したのではないかと思われるのです。というのは、男の方は背中ばかり向けていて顔を見せなかったけど、女の方は初めて見るモデルです。いかにも素人くさいし、それでいて、演技を全く感じさせません。それと理由はもう一つ、撮影の際のレンズの角度が一定して、全く動いていないことです。最近は、こういう盗み撮りのフィルムがふえてきたようですが、例えば旅館などを利用して、となりの部屋との間に仕掛けたマジック・ミラーから覗《のぞ》き撮りをしたと考えられます。ご存じでしょうが、マジック・ミラーというのは壁に仕掛けてあって、Aの部屋では当り前の鏡にしか見えませんが、となりのB室からは素透しガラスと同じに見えます。そこで、おそらく素人女を騙《だま》して、マジック・ミラーのある部屋に引っぱりこみ、そして誰かに強姦《ごうかん》させたのではないかというのが、あのフィルムを見たほとんど全員の意見です。近頃は暴力団関係の取締りが厳しく、ぐれん隊も大分追いつめられて資金源に窮し、その結果、相原組などでもエロ写真を複写させて、チンピラたちの小遣い稼ぎにさせています。しかし、それを買う客の方も、当り前の写真やフィルムでは飽きたらなくなってきて、盗み撮りの実写を欲しがる傾向が強く、しかも、これが社用の接待にいちばん喜ばれるというわけで、普通のフィルムの五倍六倍の値段でも、たちまち買手がつく始末です。瀬楽が持っていたフィルムもその一種で、かなり突っこんで調べたつもりですが、彼はどうしても喋りませんでした。しかし、彼は相原組の息がかかっているので、例のフィルムが相原組の誰かから流れてきたということは間違いないでしょう。相原組の顧問をしている丹野三義が、彼の弁護人になったことで明らかですからね」

「うむ」

笹田は吐息をつくように頷いた。

相原組というのは、浅草から千住、向島方面一帯にかけて、大きな勢力をもつやくざである。暴力団まがいの戦後ヤクザで、本業の博奕《ばくち》打ちよりも、競馬や競輪のノミ屋、売春といった副業の方で名を売っている。

「瀬楽を調べたいんだが、適当な部屋を貸してもらえますか」

笹田は言った。もう、引返すことはできなかった。明子の死をとことんまで追いつめて、その先に何があるかは知らない。しかし今はただ、追いつめずにいられなかった。

久保刑事は承知して、大部屋を出ていった。

六

久保刑事は、外出中で空いている係長の調室を見つけ、笹田を案内すると、間もなく地階の留置場から、看守係の巡査といっしょに瀬楽を同行した。そして、王子へ出張しなければならぬからと断って退席した。

検察庁における捜査段階の取調べは刑事部の検事がするので、公判立会専従の公判部の検事は、特に必要のない限り、公判開始前に被告に会うことはなく、笹田が瀬楽に会うのも、今日が初めてだった。

「おまえの公判を担当する笹田検事だが、体は元気かね」

笹田は煙草に火をつけ、瀬楽にも一本抜いて渡し、火をつけてやってから、気さくな口調で話しかけた。

「はあ、お蔭さんで――」

瀬楽は、髪が薄くなって地肌の透けて見える頭をペコンと下げ、うまそうに煙草を喫った。太い短い眉、小心そうな丸い眼、鼻と口が異常に大きく、しかし頬骨の張った頬は、貧相に痩せこけて、往年舞台に立っていたなどという面影はなかった。

「保釈願は出したかい」

「丹野先生にお願いしてあります……」

「まだ、おれの手もとにはきてないね。いつまでもぶちこまれていては、家族が困るんじゃないのか」

「はい、何しろ女房が弱いもんで……」

「子供も小児麻痺だったな」

「そうなんです」

「それならなおさらだよ。弁護士の方が忙しくて手続きが遅れるようなら、自分で願いを書いて出せばいい。裁判所から書類が回ってきたら、保釈されるようにしてやる」

「でも、保釈金を積めませんから、許可になっても駄目なんです」

瀬楽は悲しそうに瞬いた。

「しかし、フィルムを仕入れる金はあったんじゃないか」

「はあ」

「はあじゃないね。このまま法廷へでれば、実刑をくって刑務所行きだぞ」

「はあ」

瀬楽はいちいち頭を下げた。

「おまえはフィルムの仕入先を隠している。相原組の奴らが怖いからだろう。無理もないと思う。おまえと同じ立場になれば、おれだって怖くて喋れないかもしれない。しかし、おまえが喋ったということが、誰にも知れなければ構わないじゃないか。今度の事件そのものは、おまえで打切りにする。おまえにフィルムを売った奴の名がわかっても、それで逮捕しようというわけじゃないんだ。決しておまえには迷惑をかけない。それなら、言えんこともないだろう。そうすれば、起訴を取消すことはできないが、求刑を罰金に変えるように考慮してもいい」

「………」

「どうなんだ」

「相原組の連中が、そんなに怖いのか」

「はあ」

「申しわけありません」

瀬楽は泣きだしそうな眼で笹田を見つめ、視線を落とすと下唇を嚙んだ。

「それでは、誰から買ったかは聞かないことにしよう。その代わり、一つだけ教えてくれないか。日本物の白黒で、タイトルのないフィルムが一本あった。あのモデルを知りたいんだ。おまえの事件とは無関係に、どうしてもあの二人の男女を知りたい。逮捕するためじゃないことは、何を賭けて誓ってもいい」

「………」

「言えないのか」

「いえ、知らないんです」

「知らない？」

「本当に知らないんです。初めてのフィルムだし、あの女の顔は初めてです」

「男の方は？」

「顔がよく写ってないので、わかりません」

「見当もつかないか」

「はあ」

「誰に聞けばわかる？」

瀬楽は黙ってしまった。話はもとに戻って、売主の名を聞くことになっていた。これ以上粘っても、彼の口を割ることは不可能のようだった。

笹田は訊問を打切って立上った。

「わたしは、やっぱり実刑をくうんですか」

瀬楽は哀れっぽい眼で見上げた。

「当り前だ」

笹田は突放した。

瀬楽は首を垂れた。しばらく考えるようだったが、ついに口を噤《つぐ》んだ。そして、看守に促されて出ていった。

笹田は警視庁をでると、すぐ眼と鼻の先の検察庁へ行った。十日間の休暇中の仕事を、その間、代行してくれる検事に引継ぐ用があったのである。しかし、用事はそれだけではなかった。引継ぎをすますと、小沢事務官に頼んで、ふたたび例の写真を借りだしてきてもらった。小沢はさすがに怪訝《けげん》そうな顔をしたが、笹田は弁解しなかった。十枚一組の中から、例のフィルムから複写したらしいスナップだけを一枚ぬき、それをポケットにしまってから、丹野弁護士の事務所へダイヤルを回した。

丹野は不在だった。

「地裁の七号法廷にでているはずですが、法廷が終ったとすれば、多分、弁護士会館にいると思います」

事務員らしい、若い女の声だった。

笹田は腕時計を覗いた。四時五分前だった。法廷は終ったかもしれない。

彼は検察庁をでた。

七

弁護士会館と検察庁とは、舗道を一本隔てただけで近接している。

丹野弁護士は、控室で同僚の弁護士と雑談していた。

笹田は受付係の少女に頼んで、丹野を呼出してもらった。検事が弁護士を訪ねることなどは滅多にないことで、控室にいるほかの弁護士たちの注意を惹きたくなかったからである。

「このたびはどうもとんだことで……」

すでに、丹野は明子の不慮の死を耳にしていて、神妙な表情で哀悼の言葉を述べた。

笹田は適当に挨拶を返し、人眼を避けて、日比谷公園内の喫茶店に丹野を誘った。丹野はずんぐりした体を、ペンギン鳥のように危っかしい歩き方でついてきた。何が詰まっているのか、いつも大きな革鞄をさげ、左手の指輪は毎日取替えているという評判があった。すでに六十近い年齢だが、仕事の方は無能に近く、その代わり、無能は無能なりに弁護士としての処世術を心得ていて、腰が低くて愛想がよくて、法廷ではもっぱら泣き落としの情状論を得意とした。つまり、検事側の提出した証拠の欠陥をついて、華々しい弁論を展開しようなどという野心は起こさず、浪花節《なにわぶし》口調で被告の生いたちから犯罪に至る不幸な生活を語り、「なにとぞ裁判官殿の温情あふるるご判決をたまわり、改悛《かいしゅん》の情顕著なる被告人に対して、今ひとたびの更生の機会を与えられんことを――」といった具合に終るのである。初めて聞く者なら、感動するくらいにうまい。彼が相原組の顧問に迎えられたのも、親分の相原が恐喝で挙げられたときにやった弁論が、相原の呼吸に投合したからだといわれている。

「お話というのは何でしょう」

瞼のたるんだ狡猾《こうかつ》そうな眼をして、丹野は腰を降ろすなり待ちかねたように言った。仕事の話ではないことは、喫茶店に誘われたことで分っているはずだった。

「瀬楽のことです」

「瀬楽のこと？」

丹野は不思議そうに問返した。

「そうです」笹田は相手が評判のよくない弁護士なので、慎重に言葉を選んだ。「しかし仕事に直接の関係はありません。そのつもりでお聞き願えるでしょうか」

「もちろん結構ですよ。わたしで役に立つなら、何でも聞いてください」

丹野は謹聴することを示すように、椅子を前にひいて坐りなおした。

ウエイトレスが注文を聞きにきたので、笹田はコーヒーを、丹野はオレンジ・ジュースを頼んだ。

「瀬楽にフィルムを売った男に会いたいのです」

「フィルムを売った男というと……」

「瀬楽は喋っていません」

「そいつは困るな。瀬楽が喋らんものを、わたしが知るわけがない」

「駄目ですか」

「駄目とは言いたくないが、その男に会って、どうしようというんですか」

「聞きたいことがあります」

「逮捕するんじゃないでしょうな」

「しません。仕事とは無関係です。先日、瀬楽のフィルムを映写しましたが、あの中にあった日本物の白黒で、タイトルのないのが一本あった。憶えていますか」

「憶えている。いちばん凄かったやつだろう」

「白系ロシアの女がでたフィルムの、つぎに写しました」

「そうだ、そうだ。もちろん憶えてるね。あれは近来の傑作だった」

丹野の声が弾んできた。頰の筋肉がゆるんで、いきいきとした眼になった。

「あのフィルムの、モデルに会いたいのです」

「モデルに？」

「そうです」

笹田は奥歯を食いしばるように頷いた。

丹野はキョトンとした顔をしていたが、やがて一人合点の解釈をしたらしく、

「なるほど」と言った。「しかし残念ですね。実を言うと、わたしもあの映画のモデルを探したんですよ。あれだけの器量の女が、なぜあんな映画にでたか不思議だったし、とにかく一度会ってみたくなった。それで、いろいろと心当りを当ってみたんです。ところが、驚いたことに誰も知らない女らしくて、がっかりしました」

「男の方はわかりませんか」

「男にも興味があるんですか」

「あります」

「……男の顔は全然憶えてないな」

「あのフィルムは、盗み撮りですね」

「もちろんそうでしょう。そうでなければ、あんな面白いのはできない。しかも、わたしの見るところでは、あの女は素人ですよ。娘か女房かは知らないが、とにかく商売女ではないな。家族が病気か何かで、金のために泣く泣く出演したという感じでしたよ。あれだけいいフィルムは、本当なら売りに出さなくても、いくらでも客を呼べるのに、瀬楽なんかに渡したというのは、最近の取締りが厳しくて、連中もよくよく資金に困ってきた証拠でしょう」

「連中というのは？」

「連中？」

「あなたは今、連中といいました」

「言ったかな」

「その前には、モデルを探すのに、心当りを当ってみたとも言いました。心当りとは、どこの誰のことですか」

「………」

丹野は言葉に窮して、眼を伏せた。

「相原組ですか」

笹田は追及を緩めなかった。

「う、うん」

丹野は曖昧に頷いた。

「そうなんですね」

「多分……まあ、そんなところだろう」

「相原組の誰に会いましたか。フィルムを扱う者は決まっているはずです」

「弱るな」

「ぼくがモデルに会いたいのは、仕事のためでも、好奇心のためでもありません」

「それでも弱る。わたしは相原組の顧問弁護士だ」

「だからこそ、知っていると思って、お訊ねしているのです。ただし、丹野さんの口から洩れたことは、絶対に口外しませんし、連中を検挙するつもりもありません」

「いや、奴らを検挙するのは大いに歓迎してもいいんだが……」

丹野は、昏《く》れかけた窓の外へ視線をそらし、寒そうに肩をすぼめて腕を組んだ。

相原組の検挙を歓迎すると言ったのは、丹野の本心にちがいなかった。顧問料は一定しているが、検挙者がでれば、その個人個人の弁護料を別に稼げるからである。

コーヒーとジュースが運ばれてきた。

「本当に、わたしが喋ったなんてことを、誰にも言いませんか」

ウエイトレスが去ったあとで、丹野はジュースを一口飲んでから、ようやく言った。

「約束します」

「それではね、誰に聞いたらいいかってことだけ教えましょうか」

「お願いします」

「しかし、本当に内証ですよ。笹田さんにはいろいろとお世話になっているし、今後もお世話になるお礼です」

笹田は黙って、丹野を見つめた。

「殿様に聞けば、何かわかりますよ。相原組のエロ・フィルムは、彼が扱っています。相原組の幹部で、本名は殿川というらしいが、威張っているので、みんなに殿様って呼ばれている男です。しかし、彼に聞いたって、例のモデルのことは知りませんよ。わたしが聞いても知らなかったんだから」

「どこへ行けば、その男に会えますか」

「住所は知らないが、浅草へ行って、六区の辺をうろうろしているチンピラに聞けば、誰かが知っているはずです。ただし、殿川ではわかりませんよ。殿様と言わなくてはいけない。

それに、検事だということがバレないようにしないと駄目ですな。奴らは警戒心が強い」

「………」

「ところで、わたしの方はすっかり話したんだから、あんたも話してくれませんか。なぜ、あのモデルを探すのか」

「女の方に見憶えがあるのです。他人の空似かも知れないが、ぼくの、むかし知っていた女によく似ている。それで気がかりなだけです」

「ほほう」

丹野の眼が好奇心に輝いた。

「瀬楽の保釈手続はどうなっているんですか。ぼくの方は放してやってもいいですよ」

笹田は話題を変えた。

「いや、あいつはどうせ実刑でしょうから、このまま入れておいて、何でしたら拘置所へ移してしまっても構いません。保釈金を積めないようでは、願いをだしても仕様がない」

「保釈金は、相原組の方で面倒みてくれないんですか」

「駄目ですね。瀬楽がドジを踏んだというんで、相原も殿様もカンカンになっている。わたしの弁護料だって、請求額どおりに払うかどうか怪しいものだ。そんなことより、笹田さんの知っている女というのは、人妻ですか」

丹野は話を戻した。

「いえ、もう十年以上も会わないからわかりません」

笹田はごまかした。

「名前は何というんです。それがわかれば、わたしもできるだけの力はお貸ししますよ」

丹野は執拗だった。

——笹田明子。

笹田は思い切って、妻の名を丹野の面前に叩きつけてやりたかった。

笹田は無言で立上った。堪えていた怒りが、今にも噴きだしそうだった。

八

丹野弁護士の表現はかなり曖昧だが、フィルムを瀬楽に渡した人物は、相原組の殿川とみて間違いなかった。曖昧な表現は事実を知らぬからではなく、顧問弁護士という立場上のことで、そこにはいざとなった場合の逃げ口上と、仕事のつながりの深い検事への、計算された阿諛《あゆ》がみられた。

しかし、殿川が例のフィルムについて関知していないとすると、いや、関知していたとみてもいいことだが、とにかく、明子はなぜそのような組織に引込まれたのか。まだ、例の女が明子だという証拠をつかんだわけではないが、すでに笹田には明子以外の女とは思えなくなっている。明子は暴行され、撮影され、そして死んだ。しかし、明子はなぜ暴行されるような場所へ行ったのか。久保刑事の意見によれば、部屋にはマジック・ミラーの仕掛けがあったらしいという。あるいは旅館の一室かもしれない。そして明子は、撮影されることを知らなかったのだろう。しかしそれにしても、なぜそんな旅館へ行ったのか。男に襲われたとき、彼女はけんめいに抵抗した。唇には苦痛が、眼には絶望があらわれた。だが、本当に懸命ならば、もっと抵抗できたのではないか。抵抗は意外に弱かったように思えるのだ。

笹田が東京に転勤したのは今年の七月だった。三か月しか経っていない。名古屋で生まれ名古屋で育った明子は、東京の地理に暗かったはずである。東京に男の友人がいるという話も聞かなかった。親しい友人といえば、デリカ洋裁店の吉森早苗くらいで、ほかに一人で外出するとしたら、デパートくらいしかないはずだった。笹田は検事同士の交際も、あまり家庭には持込まぬ主義だったから、明子の顔を知る同僚も少なかった。そのお蔭で、例のフィルムの試写は、刑事部の検事や事務官の間でも行なわれたにちがいないのに、誰一人として、写された女が笹田検事の妻に似ていることを気づかなかったのである。

笹田の日常は、午前八時に自宅をでる。帰宅は早くて七時か七時半、十時過ぎになることも珍しくない。地方へ出張して、三日も四日も家を留守にすることだってある。この留守の時間を、妻がどのように過ごしているか、笹田は全く知らぬといってよかった。洗濯をしたり買物をしたり、本を読んだりテレビを見たりしているうちに日が昏れる。短歌が好きで、今でも同人雑誌に投稿しているらしいから、結構退屈する暇もあるまい――妻の日常を、笹田はただ漠然とそう考えていたにすぎないのである。

笹田は喫茶店をでて丹野に別れると、いったん家に帰って、集まった香奠《こうでん》の中から、五万円を用意して財布に入れた。

笹田はふたたび家を出た。外はすっかり暗くなっていた。タクシーを拾って、浅草へむかった。

浅草の夜は、賑わっていた。軒なみのネオン、人の流れ、そして映画館の呼込みの声、満員のパチンコ屋のとなりからは、ヤキトリの煙があがっている。瓢簞池がなくなっても、浅草の匂いは変っていなかった。ヤキソバ屋の屋台で、ソースの焦げる匂いが変っていないように。

笹田は映画館とストリップ劇場との間の、細い路地に立っている二人のぐれん隊風の男に近づいていった。二人とも、股引のような細いズボンをはき、黒い背広の下は、和服のときに着るような胸の開いたシャツを着ていた。足もとは雪駄である。ニキビだらけの、いずれ劣らぬ親不孝づらで、何の目的でそこに立っているのかはわからない。

「殿様を見ないか」

笹田はなれなれしく声をかけた。職業柄、チンピラどもの扱いかたは一応心得ていた。ただし今の場合は、検事ということを気づかれぬために、家をでるとき、ワイシャツを派手なスポーツ・シャツに着替えていた。彼は刑事部に所属して暴力事件を専門に扱ったこともあるが、担当方面がちがっていたので、浅草方面のやくざやぐれん隊には、ほとんど顔見知りがいなかった。

「さあ……？」

一人が眩《まぶ》しそうに笹田を見て、垢で汚れたような黒い首を傾けた。

笹田は無言で、もう一人の太った方に視線を移した。多少高圧的な態度は、自分も同じやくざだが、おまえらのようなチンピラとはちがうということを示すためだった。彼らは強い者に弱いから、強いように思わせてしまうことが必要なのである。このハッタリ勝負は、最初に視線をかわしたときの一瞬に決まってしまう。そして、どちらかが下手にでて、その折合いがつかぬとき喧嘩が起こる。

「見ませんけど……」

もう一人も、同じように首を傾けた。

「どこにいるかわからないか」

「さあ……、ミラノにいるんじゃないかな」

太った男は、もう一人に話しかけるように言った。

「そうだな、ミラノにいるかもしれない」

「ミラノへ行ったらどうですか」

「そうか」

笹田は二人から離れた。二人とも、丁寧な口をきいていたのがおかしかった。

ミラノとはどこか。バーか喫茶店の名前だろうが、聞返せば、浅草を知らぬ流れ者と見られてしまう。笹田は六区の交番へ行って、ミラノの所在を聞いた。

巡査は地図を示して教えてくれた。奥山劇場のうら手にあるバーだった。

教えられたとおりに細い道を入っていくと、ミラノの赤いネオンが眼についた。小さな店である。

黒い一枚ガラスのドアを押した。店内は暗く、レコードがガンガン鳴っていた。時間が早いせいか、カウンターにもボックスにも、客の姿はなかった。「あそこは暴力バーで、何度も挙がっている札つきの店ですからね。飲むつもりなら、ほかの店へ行った方がいいですよ。先日も、ビールを一本飲んだだけで八千円とられた客がいた」笹田は、そう注意してくれた巡査の言葉を思いだした。

「まあ、いらっしゃい」

頓狂な声をあげて、厚化粧の太った女がとびついてきた。笹田の腰を横抱きにして、「ママ、お客さんよ」と店の奥へ叫んだ。

笹田は静かに女の体を離して、あらためてその顔を見た。醜悪だった。眼鏡猿みたいにアイラインをひいて、大きな唇が血のような赤、肩を露出したドレスも真っ赤だった。頭上に盛りあげた髪も燃えるように赤い。化粧で若くは見せているが、かなり年をくっている。

「あんたハンサムね、すてきだわ」

女は安手なお世辞を言った。東北地方の訛《なまり》があった。笹田の手をとって、ボックスへ引っぱっていこうとする。

「殿様はいないかい」

笹田は女の手を振りほどき、バーテンの見えないカウンターによった。

「あら、マスターのお友だちなの？」

「友だちというほどでもないがね」

「なんだ」

女はがっかりしたようだった。

そこへ、カウンターの奥の仕切り戸があいて、きものを着た女が現われた。マダムであろう。小柄だが、細おもての美人だった。さして化粧もしていないらしいのに、色の白いのが病的な感じだった。美しさに、女らしい丸味も暖か味もなかった。

「この人、マスターのお友だちだってさ」

太った女が告げた。

「どなたさんでしょうか」

マダムは濃い眉をひそめて、笹田にむかった。

「殿様は、いないんですか」

「でかけてますけど……」

「どこへ？」

「あんたはどなたなの」

マダムは警戒心が強かった。その眼は、相手の容貌から服装まで、寸時も観察を怠っていない。

「会えないなら帰りますよ」

「お名前をお聞きしたいわ」

「笹田と言っても知らないでしょう」

「笹田さん……?」

「知らないはずですよ」

「まさか、刑事さんじゃないでしょうね」

「ちがう」

「殿様に用事って、何なの」

「レコードをとめてくれないか」

笹田は答えずに、女給に言った。

女給がカウンターの奥へ手をのばした。レコードが消えた。急に静かになった。落着かぬ静けさだった。

「あんたが殿様のおくさんかい」

笹田はマダムにむかった。

「おくさんなら、働かないで遊んでるわ。そんなことより、殿様にどんな用なの」

「あんたに話しても仕様がない。どこへ出掛けたのか教えてくれないか」

「わからないわ。ちょっと出掛けてくるって、あんたとほとんど擦れちがいよ。二、三分で帰るかもしれないし、二、三日帰らないかもしれないってとこね。いつだって、そうなんだから」

「行先は?」

「言わなかったわ」

「待たせてもらっていいかい」

「どうぞ」

「ビールをくれ」

笹田はカウンターの前の止まり木に腰をかけ、煙草をくわえた。

「あんた、見たことないわね」

マダムがマッチをすって、差し出しながら言った。その骨ばった手の薬指に、まがい物らしい大粒のダイヤが光っていた。

煙草に火がついた。深くすいこんで、天井へむかって吐きだす。

「いいものを見せようか」

笹田は背広の内ポケットから、例の写真をだした。

マダムは平然と手にとって眺めた。

「まあ！」

女給が覗きこんで嘆声を発した。

「この写真の女、見たことないかな」

笹田は、女給の注《つ》いでくれたビールを、一息に飲み干して言った。ビールは空腹に沁みた。いや、沁みたのは空腹のせいばかりではなかった。喉の奥に苦いものがこみあげた。胸が疼《うず》くようだった。写真を見せながら、自分ではそれを覗くことができなかった。

「初めてだわ。わりかし美人じゃないの。どこにいる子なの」

マダムは、魅せられたように写真を見つめたまま言った。

「知らないのか」

「知らないわ」

「男の方は？」

「そうね……」マダムは、なおもしばらく眺めつづけた。「わからないわ。顔が見えなくては無理よ」

笹田は失望した。写真を取りかえすと、

「勘定をしてくれ」

「あら、もう帰るの」

「いつ戻るかわからないのに、待っていても仕様がない」

「ビールが残ってるわ」

「たくさんだ」

「残念ね」

マダムは、少し愛想がよくなってきて、口先だけでなく残念そうに言った。

「殿様に用があってきたのなら、お金はいらないわ」

「そうはいかない」

「いいわよ」

「それじゃ勝手に払わせてもらう」

笹田は二枚の五千円札をカウンターに置いた。

「一枚は飲代で、もう一枚はチップだと思ってくれ」

「すごい景気なのね」

マダムは驚いていた。

「その代わり、どうしても殿様に会いたい用があるんだ。行先の心当りを、二か所でも三か所でもいいから教えてくれないか」

「いいわ。合羽橋《かっぱばし》の都電通りに、辰巳屋《たつみや》って旅館があるの知ってるかしら」

「いや」

「小さな旅館よ。大勝館の角を万年町の方へ行って……」

マダムは辰巳屋旅館の地図をザラ紙に書き、さらに、田原町の麻雀屋《マージヤンや》と千束町のお茶漬屋と、吉原京町の旅館をもう一軒教えてくれた。

笹田はミラノを出た。

九

笹田はまず、田原町の麻雀屋を覗いた。満員だった。店員に聞いたが、殿川はまだ来ていないという。パイを掻きまわしていたチンピラ風の四人組にも聞いたが、やはり、殿川は来ていないという返事だった。

それから合羽橋へ行った。確かに、辰巳屋は小さな旅館だった。モルタルの色褪《あ》せた二階建で、旅館というより安アパートの感じで、どうせ連込みか、私娼《ししよう》とポン引きの稼ぎ場だろうという想像がついた。ひねこびた婆さんが玄関先に立っていて、

「いませんよ」

殿様は？――と聞いたとたんに、笹田を睨みつけるように見て突慳貪《つつけんどん》な返事をした。

笹田はそこでも、例の写真をだして婆さんに見せた。

「ふん」

婆さんは洟水《はなみず》をすすり上げた鼻の先で、軽蔑するように笑っただけだった。

笹田は暗い道を、千束町へむかった。途中、四人のポン引きに声をかけられた。

「旦那、もうお帰りですか」

必ずこう話しかけてくる。刑事ではないかどうかを確かめ、遊ぶ気がありそうかどうかの反応を試みるのだ。

笹田はためらい勝ちに立止まって、ポン引きの気を惹く。

「いい女《こ》を紹介しますよ。遊んでいきませんか」

ポン引きは寄添い、通行人に怪しまれぬように、並んで歩きだす。

「写真はもってないのか」

笹田は聞く。

「ありますよ」

彼らのうち、三人はそう答えた。

笹田は言い値どおりに写真を買った。五枚一組で、ある者は千円、ある者は千五百円要求した。笹田はポン引きにマッチを点《つ》けさせ、その明りの下で素早く写真を見た。みんな似たり寄ったりのエロ写真である。

例のモデルの写真はなかった。

「この女を知らないか」

笹田はついに、自分の持っている写真を出した。

ポン引きは念入りに眺め、そして三人とも、一様に首を振った。男のモデルについても同様だった。

笹田の失望は深まった。ポン引きたちが知らないということは、その女が玄人《くろうと》ではないことを示していた。

千束町のお茶漬屋は、新築のきれいな店だった。殿川とどのような関係があるのかわからないが、芸者上りのような三十二、三歳の女がいて、店は繁昌していた。そこにも、殿川はいなかった。

最後に、吉原の京町へ行った。すでに、公娼廃止後の吉原は往年の面影なく、もと妓楼だった建物は、それぞれ旅館、トルコ風呂、お好み焼屋、バーなどの看板を掲げていたが、かつて遊客で賑わった道々もひっそりとして、人影も疎《まば》らだった。

ミラノのマダムに教えられた旅館は、角町との境の広い通りに面していた。三階建の、大きな洋風の建物だが、二階以上の窓には明りがなかった。客がないのである。そして笹田は、ここでも苦い失望を味わった。

「殿様は、もう一週間くらいお見えになってませんよ」

人の好さそうな、おかみの返事だった。

笹田はふたたび、浅草へ戻ることにした。歩き疲れて、足が重かった。夜に入って雲がでたのか、空には星ひとつ見えなかった。彼は俯《うつむ》いた。検事という肩書を離れて、笹田一個人となった自分の無力を、痛切に味わっていた。たかが女一人、あるいは男一人の身許を探すために、こうして徒労を重ねている自分が哀れに見えた。殿川に会えたところで、さらに失望と疲労を増すだけかもしれないのだ。

しかし、殿川がフィルムの売主であり、瀬楽の口を噤んでいる理由が殿川への恐怖によるとすれば、やはり殿川に会って、トコトンまで追及しなければならない。丹野弁護士には、殿川は心当りがないと言ったらしいが、そのとき、殿川は写真を見ないで答えているのである。

浅草へ戻ったのは十時過ぎだった。早くも閉館した映画館があって、人通りは少なくなり、その代わり、ぐれん隊風の男たちが、飲食店の角などに二、三人ずつ散在する姿が目立った。

それらの連中に、笹田はつぎつぎと声をかけ、殿川の所在を訊ねた。

見たという者もあり、見ないという者もあった。中には、笹田の名前や商売を訊ね、答えないでいると、態度が気に入らぬと言って喧嘩をしかけた者もいた。笹田は頭を下げた。かりに殴り合いになれば、おれは叩きのめされて血を吐くだけだろう。彼はここでも無力を知らされた。

しかし、殿川を見た者がいたことは、彼に希望を抱かせた。希望の先に横たわっている真実は、暗い深淵《しんえん》かもしれない。だが、それでも、彼は真実を欲した。真実を求めるとき、愛は自分自身に対しても残酷になる。

彼はもう一度、ミラノへ行ってみようと思った。

「あんちゃん」

肩を叩かれたのは突然だった。古風な呼びかけだが、この言葉一つで、相手を見降して優位に立とうとする、ぐれん隊特有のハッタリがこめられていた。

笹田は振返った。背は低いが、ボクサーのように体格のがっしりした男が、白い歯を見せて立っていた。

「おれを探してたってのは、おまえか」

男は太い首を右へ傾け、斜め下から見上げるように笹田を見て言った。角ばった顎の、ひげの剃りあとが濃かった。残忍そうな細い眼、つぶれた鼻……。殿川だった。

殿川のうしろに、ミラノの所在を教えてくれた二人組のニキビ面が立っていて、彼らが殿川を案内してきたことがわかった。

「殿川さんですね」

笹田は、できるだけくだけた口調で言った。彼の眼を見ただけで、瀬楽の怖れた理由がわかるようだった。

「おれの顔を知らねえで探してたのか」

「ずいぶん探しました」

「用は何だ」

「ここでは話しにくい。ちょっと付合ってくれませんか。二人きりになれるところなら、どこでもいい」

「秘密か」

「そうです」

「つまらねえ話だったら、オトシマエをつけさせるぞ」

殿川は先に立った。話が順調に運んだのは、ミラノで見せた写真と、マダムにはずんだ一万円の効果にちがいなかった。

ニキビ面のチンピラはついてこなかった。

連れていかれたのは、ミラノだった。

「あら、いらっしゃい、先ほどはどうも」

マダムは笹田を見ると、愛想のいい笑顔で迎えた。店内は相変らず客がいなくて、レコードは甘ったるいブルースを流していた。客ひきに出たのか、女給の姿は見えなかった。

カウンターの奥の潜り戸をくぐると、三畳くらいの小綺麗な部屋があって、笹田はそこへ通された。

小さな整理箪笥に小さな三面鏡、ほかは女物の着物が壁にかかっているだけで、畳の上は新聞紙や週刊誌が散らかっていた。

その狭い部屋の真ん中に、これも小さな卓袱台《ちゃぶだい》が一つ、笹田と殿川が向かい合ってあぐらをかくと、他人の坐る余地はなかった。

マダムはビールを運んできたが、二人のコップを満たして退席した。

「これを見てください」

笹田は例の写真を、殿川の前に置いた。

殿川は表情を変えなかった。しばらく眺めてからビールを飲み干した。

笹田はカラになった殿川のコップにビールを注いだ。

殿川はつづけざまにビールを呷《あお》った。そして、あらためて写真を手にとった。

「いい女だ、気分がでている」

殿川はニコリともしないで言った。

「その女に、見憶えはありませんか」

笹田は緊張した。気を鎮めようとして、コップを握った。

「知らねえ女だな。どこで見つけてきた。話によっては、おれが使ってやってもいい」

「いえ、その女については名前もわかっていない。この写真は、瀬楽から買ったんですよ」

「瀬楽から買った？」

殿川の眼が光った。

「そうです」

「どういうわけだ」

「わけなんてものはない。売っていたから買った。それだけです」

「どこで？」

「稲荷町のあたりだった」

「ほんとか」

「嘘だという理由があるんですか」

「おれに質問するのはやめろ。瀬楽から買った写真を、なぜおれのところへ持ってきたんだ。いや、待て、瀬楽の名前をどうして知った」

「彼とは古い馴染ですよ。客というだけだが」

「おれの名前は？」

「この写真の女のことを知りたくて、あちこち瀬楽を探したが、どうしても見つからない。そのうち、通りがかりのポン引きに聞いたら、あんたに聞けばわかるかも知れないと教えてくれた。瀬楽の居場所はわかりますか」

「警視庁にいる。パクられたんだ」

「それでは見つからぬはずだった。しかし、わたしはあんたの名前を聞いたとき、写真のことは瀬楽よりあんたの方がわかると思っていた。ポン引きとモデルとは、直接の関係がなさそうですからね」

「ふん」殿川は不気味な笑いかたをした。「おまえは何をやってるんだ」

「何をって？」

「仕事さ。泥棒には盗むという仕事がある。堅気かやくざか、どっちなんだ」

「自動車のセールスマンです」

笹田は友人の職業を思いだして言った。

「外交か」

殿川は納得したように呟き、ようやく満足したようだった。

「ほんとに、この女を知りませんか」

笹田は話を戻した。

「知らないと言ったら知らない。写真を見て惚れたのか」

殿川は初めてニヤッとした。笑うと童顔になった。

「別れた女房に似てるんです。それで気になって探している」

笹田の嘘がつづいた。嘘をつく被疑者の気持がわかるような気がした。

「ふうん」

殿川は感心したように頷き、写真を見直した。

「男の方もわかりませんか。顔は見えないけど、耳が大きくて、髪の刈り上げかたに特徴がある」

笹田はけんめいだった。

殿川は、熱心に眺めつづけた。それまでは、女ばかり見ていて、男を見なかったのだ。

「ことによると――」

殿川の唇から呟きが洩れた。

「誰かに似てますか」

笹田は体を乗りだした。

「うむ」殿川は眉を寄せて呻《うな》った。眼つきが険しかった。「今度はおまえさんが付合う番だ。男に会わしてやる」

殿川はビールをカラにして立上った。

十

その男の名は、辻井といった。年齢三十五、六歳、殿川の配下で、エロ映画の役者をしているタレントの一人だった。彼は殿川の承諾なしに、他人の下で働くことを許されていない。フィルムを撮る場合もショウにでる場合も、かならず殿川の指示を得ることになっているのだ。

「そういえば――」殿川は歩きながら言った。「うちの顧問弁護士からも妙な話を聞いている。実物を見てないのではっきりは言えないが、パクられた瀬楽の奴が、タイトルなしの、おれの知らないフィルムを持っていたらしいんだ。おまえの持っている写真もそうだが、瀬楽はおれに内証で、つまらねえ内職を考えたにちがいない。もし、その内職に辻井が一枚かんでいたら、鼻血がでるまで絞め上げてやる」

殿川の口調には、押えつけた怒りがこもっていた。

辻井の住居は、国際劇場の裏通りの、狭い路地の突当りにあった。小さな木造アパートの二階だった。階段ごとにぎしぎしと軋《きし》んだ。

殿川はノックをしないで、いきなりドアのノブを引いた。

茶色く変色した六畳間の壁際に、安っぽいシングル・ベッドが押しつけてあって、辻井は薄汚れた毛布にくるまっていた。

「起きろ」

殿川は足をあげて、辻井の腰の辺りを蹴った。

辻井はびっくりして跳ね起きた。

「どうも済みません。少し疲れたもんで……」

辻井は悪いことをしたようにぺこぺこと頭をさげ、浴衣の寝巻を脱いで着替えにかかった。フィルムで見た男に、横顔も体つきも似ていた。頬がこけて、いかにも不健康そうな顔色である。気が弱そうで、疲れきった眼だ。

「寝ぼけるんじゃない。ロケは明日だ」

「はあ？」

辻井はまた驚いて、窓の外を見た。寝ぼけていたのである。

「おまえ、おれに何か隠していることはないか」

立ったままで、殿川は静かに言った。

「隠していることって……？」

辻井はワイシャツのボタンをはめながら、考えるように首を傾《かし》げた。

「とぼけるな」

殿川の右手が飛んだ。素早かった。烈しい音がした。

「あっ」

辻井は壁にぶつかって転倒した。

その辻井の眼前に、殿川は写真をつきつけた。

「これは誰に頼まれて写させた」

「…………」

辻井は顔色を変えた。真青だった。

「言えないのか」

殿川は、辻井の胸ぐらをつかんで引起こした。

「……宮下さんです」

辻井はようやく答えた。

「宮下？」

殿川の眼は、辻井の言葉を信じていなかった。

「そうです。でも、こんな写真を撮られたとは知らなかった」

「詳しく話してみろ」

殿川は、つかんでいた手を放した。

辻井はかしこまって坐り直し、両手を合わせて股の間につっこむと、怯えた眼を伏せて話しだした。

辻井が宮下に呼ばれて、合羽橋の辰巳屋旅館へ行ったのは、一か月ほど前の日中だったという。宮下は相原組の幹部で、殿川の弟分にあたる。金にも女にも、やることのきたない男らしい。

「辰巳屋へ行くと、宮下さんが六の間に待っていて、七の間を覗いてみろと言うんです。わたしは言われるままに、例の鏡から覗きました。すると、二十五、六の女がしょんぼり一人で坐っていて、泣いたあとのような顔をしていました。きれいな女だとは思ったけど、わたしは疲れていたし、素人女とはあまり気がすすみません。ところが、宮下さんはどうしてもやれと言ってきかないんです。それで、宮下さんにもそう言って勘弁してもらおうと思いました。ところが、宮下さんはどうしてもやれと言ってききません。なぜ宮下さん自身でやらないのかって聞くと、宮下さんはすんだあとで、今度は見物したいと言うのです。宮下さんの命令では仕様がないし、わたしは本当に厭だったけど、まさか写真を撮られると思わなかったので、ついサービスしてしまいました」

「バカ野郎、撮られたのは写真だけだと思ってるのか」

「ちがうんですか」

「瀬楽といっしょにフィルムも挙げられて、警察へ送られている」

「ほんとですか」

「おまえの話が確かなら、宮下は盗み撮りのフィルムがいい金になることに眼をつけ、素人女を引っかけてきて、おまえを利用したことになる。そしておれに内証で、瀬楽に売らせようとしたにちがいない」

「そいつはひでえな。おれは千円しか貰っていないんだ」

辻井は慨嘆した。

「宮下の野郎は、その女をどこで拾ってきたんだ」

殿川は、笹田の分の質問まで引受けてくれた。

笹田は黙って辻井を見守った。口をきれば、絶叫となって、辻井に殴りかかっていきそうだった。おれ一人でここに来たとしたら、辻井を絞め殺したかも知れない——笹田はそう思った。

「終ったあとで聞いたんですが、銀座の松坂屋で拾ったと言ってました。松坂屋の一階をなんとなくぶらぶらしていたら、スカーフ売場にあの女がいるのを見つけ、いい女だなと思って立ち止まり、何となく様子を見てたそうです。すると、女は宮下さんに見られていることを知らないで、柄を選ぶふりをしていじっていたスカーフの中から、青い水玉のやつをバッグに滑り込ませたんです。万引ですよ。とてもいい手つきで、もちろん店員は気づかないし、女はすました顔で、デパートを出ました。そこで宮下さんが捕え、言うことをきかないと警察へつれていくと言って脅し、とうとうタクシーに乗せて辰巳屋へ引っぱりこんだんだそうです」

「女の名は？」

「知りません。名前を聞かれるなら自殺するというので、それだけは聞けなかったと言ってました。わたしが終ったあとで、女は一人で帰ったようですが、そのとき、宮下さんは記念品だからといって水玉のスカーフを持たせてやりました。そのとき、わたしもそのスカーフを見たけど、五百円の正札がついた安物で、いい服装《なり》をした女なのに、全くバカな真似をしたもんだと思って、可哀相になりました」

辻井は話し終って、額に浮かんだ脂っこい汗を拭いた。

「宮下のいる所を教えてください」

笹田は殿川に言った。胸の中で、何かがどろどろと煮えたぎっているようだった。すでに、事実は露呈された。水玉のスカーフ——デパートで万引した水玉のスカーフ、それを首に巻いて死んだ明子。いつか、笹田はある大会社の重役の妻の話をきいたことがあった。生活にも遊ぶ金にも困らないのに、その女はデパートの特売場で、たった二百円のレースの手袋を万引して捕ったのだ。手くせが悪かったのである。その女はすぐに釈放されたが、夫に知れて離婚された。その愚かしさを笑うことは、誰にでもできたろう。しかし笹田は笑わなかった。笑い流すには、あまりに深刻な性癖の悲劇だった。だが、明子もまた、その女と同じ性癖の女だったというのだろうか。重役の妻は、デパートの看視員に逮捕されて警察へ渡された。しかし明子の場合は、卑劣なやくざ者に見つかり、検事をしている夫を傷つけぬため、体を投げだして笹田の立場を救った。いや、明子は笹田の立場など考えなかったかもしれない。ただ万引したことを夫に知られぬため、警察へ引渡されるのが恐ろしくて、宮下の要求に従っただけかもしれない。どっちにしても同じことだ。愚かしさに変りはない。そしてようやく宮下の魔手を逃れ、夫に気づかれることなく無事に済んだと思って安心していたとき、彼女は例の写真を見せられたのだ。見知らぬ男の暴力の下で、見苦しく喘いでいる全裸の写真、それを夫に見せられたのである。彼女は愕然とした。口もきけないくらいだった。写真を撮られ、その写真が町で売られているとは夢にも知らなかったに違いない。そして、夫がその写真をわざわざ家に持帰ったのは、写真の女が明子と似ていることに気づいたからだ。彼女はそう考えざるを得なかったろう。限りない羞恥と屈辱――彼女は死ぬよりほか、どうしようもない窮地に追い込まれたのだ。

笹田は無性に腹立たしかった。愛し合っていた二人の生活が、そんな些細なことで脆《もろ》く崩れてしまったということに、どうしても我慢がならなかった。明子の愚かしい習癖を憎むべきなのか。明子を死へ追いつめた宮下の卑劣さを憎むべきなのか。今さら、自分勝手な死を急いだ明子を弔うことも虚《むな》しい気がする。だからといって宮下を責め、かりにその首を絞め上げて何になるか。

笹田の絶望は深かった。しかし怒りは、その底知れぬ虚無の中から、ぐんぐん胸を突き上げてくる。やはり宮下に会わねばならない。宮下の顔を見て、宮下の声を聞いて、そのとき自分が何をするか。それだけでも確かめねばならない。怒りを強くするために、あるいは絶望をさらに深めるためにも。

笹田は殿川の顔を見つめていた。

「宮下には会えない」

殿川はぷっつりと呟くように言った。

「なぜだ」

「宮下は死んだよ」

「死んだ?」

「もう一週間くらい前になる。田原町の交叉点で、酔っ払い運転のトラックに撥ねられて死んだ。運のいい奴さ。即死して、あとに遺されて泣く者もいない。今度の写真のことを考えても、うまい時に死んだものさ、生きていたら半殺しにしてやるところだ」

殿川は、妙に淋しそうな声で言った。

笹田の内部で、彼を支えていた何かが、鈍い音を立てて折れた。暗い、窓の外の夜よりも暗い音だった。

第二部

絶対反対

佐々木有吉の家の前には大きなブリキ製の看板が立っている。

「オリンピック道路絶対反対！」

赤ペンキをたっぷりとふくませた右肩上りの太い文字は、いかにも頑固な筆者を思わせるように角ばっていた。この太い文字は、家の前の立看板だけではない。バラック建の板壁にも大書してあるし、錆《さび》の浮いたトタン屋根の上にはためく幟《のぼり》にも、まるで商店街の年末大売出しのようにでかでかと書いてあるのだ。

特定街路建設事務所の係員は、日焼けした長い顎に手をあてて溜息《ためいき》をついた。なんとかして有吉を説得し、立退かせねばならないのである。すでに交渉は幾たびも重ねたが、いっこうに話は進まないのだ。ようやくオリンピック選手村が朝霞《あさか》からワシントン・ハイツに決定して、もはやオリンピック道路の建設工事は一日を争っても急がねばならない。その用地買収については、各地で住民の反対運動にぶつかっているようだが、彼の担当した地区も初めのうちは例外ではなかった。それをたった一軒のバラックを残して、どうにか立退きを完了させたのは、もっぱら彼の熱意と努力とのたまものであった。ところが、最後に残った佐々木有吉だけが、頑として動こうとしない。説得しようにも耳をかさないのだ。一度などは頭からバケツの水をかけられそうになったことさえある。

係員はながながと溜息をついたあげく、有吉の家とは筋向かいの酒屋へ入っていった。

「どうです、うまくいきましたか」

顔馴染《かおなじみ》になっている酒屋のおやじは、弱りきった表情の係員を見てひやかすように言った。

「いや、これから行ってみるところですよ」

係員の声には元気がなかった。

「諦めたほうがいいと思いますがね」

酒屋のおやじは他人事《ひとごと》なので、気楽そうなことを言っている。

「佐々木さんには奥さんや子供さんがいないんですか」

「もとはいましたよ」

「もとというと？」

「そう、半年くらい前まで、カミサンと娘さんがいました。カミサンといっても六十位のばあさんで、娘の方も二十四、五にはなってたでしょう。毎日夫婦喧嘩や親子喧嘩の絶えない家でしてね。とうとうばあさんと娘さんは、じいさんを放りだして信州の故郷《くに》へ帰ってしまいました。それ以来、あそこはじいさん一人で暮らしてるんです。何しろ頑固な上に変り者で、逃げられたのも無理はないでしょう。じいさんの強情は近所でも評判です」

「一人でいて淋しくないんですか」

「淋しくたって、淋しいなんてこぼす人じゃありません。昨日うちにきて話しこんでいったけど、殺されても立退かないと言って大へんな気焔《きえん》をあげてました」

「こうなったら、強制手段をとる以外にありませんかな」

係員はぶつぶつ言いながら酒屋を出た。もし今日も駄目なら、最後の手段をとるほかはないと考えたのである。

「また来たのか」

係員の顔をみるなり、佐々木有吉は噛《か》みつくように言った。

「今日は最後のつもりできました」

係員はきっぱりと言った。

「最後でも最初でも同じことだ。立退かぬと言ったら立退かない。わたしはオリンピックに反対なんだ。オリンピックなどをやる暇と金があったら、その前にやるべきことが沢山あるじゃないか。国民に相談もしないで、勝手にオリンピックをやるなどと決めやがって、それで立退けとはどういうわけだ。わたしの知ったことじゃないね。断っておくが、わたしが頑張ってるのは、買収価格をつりあげるためではない。金なんか何千万円積んでこられてもビクともしない。かりに総理大臣が頭をさげてきても同じことだ。要するに、一部の連中がわあわあ騒いで、税金の無駄使いをするようなオリンピックに反対なんだ」

「ご意見はわかりました」係員は怒りをこらえ、あらたまって言った。「どうしても承知されないとなると、やむをえませんから公共用地取得の特別措置法によって、お宅の土地は家ごと収用します。むろん規定による補償額は差上げますが、もしそれも拒絶なさるというなら、補償金は供託して作業にかかります」

「そんな法律があったのか」

佐々木有吉は初めて顔色を変えた。

「ちくしょう！　首をくってオリンピック委員のところへ化けてでてやるぞ」

佐々木有吉は体をふるわせて係員をにらみつけた。


頑強に自説をまげず、ついに用地収用の法律の適用をうけた佐々木有吉は、家屋取壊しの当日早朝、鴨居《かもい》にさげた腰帯に首を吊って本当に死んでしまった。

オリンピックに抗議しての自殺である。その日の夕刊各紙がこれを社会問題として大きくとりあげた。

しかし夕刊が家庭に届けられる頃、佐々木有吉宅の取壊し現場は、警官や群がる弥次馬で大騒ぎだった。床下に埋めてあった六十歳位のばあさんとその娘との死体が発見されたのである。

うまい話

一

世間の景気がよくなると、質屋と易者は景気が悪くなる。

——何かうまい話はないものか。

穴守兵馬《ひょうま》は眼を覚ましたが、起きる気になれなかった。ベニヤ板の天井を眺め、唇の端まで垂れさがったひげをしゃぶりながら、さっきから同じ文句を呟いている。堂々めぐりの思案の末に、口をついて出る言葉は相変らずの——うまい話はないものか、何かうまい話は……。

階下の柱時計が、やがて午後の二時を打った。

そこへ、下宿の階段を勢いよく上ってくる音があった。

「先生、うまい話がある」

断りもなしに跳びこんできたのは、露天でゴム紐を売っている代吉《だいきち》だった。彼がうまい話といえば、大方ドロボウの話にきまっていた。どうせろくな話ではない。兵馬はやはり起上る気になれなかった。静かにひげをしゃぶっていたほうがいい。

「絶対確実のすごい話だ。この仕事がうまくいけば、おれはゴム紐と縁が切れるし、先生も大道易者なんぞしていることはない。重大な話だから起きてくれ」

兵馬の寝ている蒲団の脇に坐りこんで、一気に語る代吉の口調には、常とは異る気配があった。色黒の、顔の大きな割に小さな眼が、いきいきと輝いている。

「朝っぱらからうるさい奴だ」

兵馬は渋々と起上った。代吉の意気込みに心が動いたのである。それほどうまい話なら乗らぬでもない。

「話というのは何だ」

代吉よりは十以上年かさの、先生と呼ばれるだけあって兵馬は横柄な口をきいた。

「聞いてくれ」代吉は話しだした。「場所は少し遠い。東北本線宇都宮の先に西那須野という駅がある。上野から鈍行で約三時間、そこでバスに乗換えて約三十分、さらにバスを降りてから二十分ばかり歩く。山の中だ。そこに一軒の家がある。家というとバラックみたいに聞えるから邸といったほうがいい。門から玄関まで百メートルもある大きな邸だ。付近一帯の大地主で、金なら馬に食わせるほど持っている。ところが一昨年の秋、邸の主人というのが唐もろこしを食べすぎてぽっくり死んだ」

「待て、唐もろこしで人が死ぬか」

「何を食べようと、食べすぎれば死ぬ。おれの知っている犬は人参を食べすぎて死んだ。話が混乱するから黙って聞いてくれ。主人の死んだあとに、主人の女房だった婆さんとその娘との二人だけが残った。婆さんが六十で娘が二十だというから、娘は婆さんが四十のときに生れた勘定になる。亭主の死んだのが七十八だったというから、娘は爺さんが六十のときに生れたわけだ。爺さんと婆さんとでは年が二十ちがった。爺さんが三十五のときに婆さんは十五で嫁に行った。婆さんの若い頃は美人だったらしい。従って娘が美人だというのも不思議ではない。ここから話は核心に入る。死んだ爺さんというのは人嫌いの変り者で、それで山の中に邸を建ててひっそりと暮していたのだ。だから付近に人家はない。爺さんが死んだあと、婆さんも娘もそこに住みついたまま動こうとしない。死者の想い出に生きようという殊勝な心がけだろう。訪れる者といえば、毎週月曜日に一週間分の食糧を届ける町の商人だけだ。現在も、邸には婆さんときれいな娘のほかには誰もいない。金は馬に食わせるほどある。どうだ、うまい話だろう」

「うーむ」

兵馬は腕組みをして唸った。

「その話はどこから拾ってきた」

「やる気があるかどうか、それを先に返事してくれ。やる気のない者に、これ以上話しても無駄なことだ。先生に断られても、やりたい奴は大勢いる」

代吉はもったいをつけて返答を迫った。

「一口のろう」兵馬は急いで答えた。「もう少し詳しく話してくれ。お前の話にしてはできすぎている」

「話を持込まれたのは昨日の晩だ」代吉は得意そうだった。「いつもの飲屋で妙な奴に会った」

「知らない男か」

「同じ旅館にいるのだから、顔だけは時折見かけていた。おれの部屋代は五十円だが、そいつは三百円の部屋に泊っている。簡易旅館といっても、一泊三百円は最上の部屋だ。つまりその男は、おれの六倍の稼ぎがあるとみていい。そのとき、おれは焼酎を飲んでいたが、そいつは特級酒だった」

「年ごろは幾つくらいだ」

「おれと同じくらいに見えたから、三十前後だろう」

「名前は？」

「渋木渋夫」

「妙な名前だな。渋いつらをしてるのか」

「いや、別に渋そうではないが、ガチャ目だ」

「ガチャ目？」

「黒目のバランスがおかしい。ヤブニラミだ。面と向っても、どこを見ているのかわからない」

「そいつは困るだろうな」

「本人は困らない。困るのは見られているほうだ」

「なるほど」兵馬は頷いた。

「渋木渋夫は反物《たんもの》の行商をしている。品物はインチキな代物にちがいないが、相当に儲けていることは特級酒の例でわかるだろう。全国各地を渡り歩いては、毎年今頃になると骨休みに東京へ戻ってくるそうだ。渋木が那須の大地主を初めて訪ねたのは、去年の九月頃だった。その時は道に迷って入りこんだそうだが、親切な婆さんで、ご馳走してくれた上に反物を全部買上げてくれた。娘が反物を全部欲しがったのだというから安い話ではない。しかし渋木渋夫が今年の春、ふたたび那須を訪れたのは、娘に逢うためでも、反物を売りつけるばかりが目的でもなかった。彼は三回目に訪れるときのための下調べに行ったのだ。月曜日に商人がくることや、爺さんが七十八で死んだことなどは、みんな今年の春調べてきたことだ。そして近いうちに、三回目の那須行きをするがついてくるかという話なのだ」

「お前は承知したのか」

「当り前だ。断る理由がどこにある」

「今日は何曜日だったかな」

「昨日が月曜日だった」

「ちょうどいいわけか。しかし、わたしを仲間に入れてくれるかな」

兵馬は心配そうだった。

「おれが話をつけてやるさ。おれのほかに、もう一人くらい仲間が欲しいと言っていたから、先口が決まってなければ、先生を推薦する。仕事が大きいから、三人くらいで行きたいと言ってるんだ。おれにしても、どうせ仲間になるなら気心の知れた者がいい」

「恩にきるからよろしく頼む」兵馬は初めて頭をさげた。

「その代わり、仕事がうまくいくかどうか、占ってやろう」

兵馬は立上り、部屋の隅に放り出してある筮竹《ぜいちく》を取りに行こうとした。

「そいつは止してくれ」代吉は手を振った。「先生の占いは当ったためしがない。この間なども、先生に言われたとおりに仕事にかかったら、塀を乗越えた途端に犬に食いつかれてひどい目にあった」

「そんなことがあったかな」

兵馬は憮然として万年床に腰を戻した。

「それよりも、もたもたしている間に先約がきまったら取返しがつかない。渋木のところへ行ってみよう。夜はどこかへ出かけるらしいが、昼間は大てい寝そべっている筈だ。こんなうまい話は二度とない」

代吉は兵馬を引立てるように立上った。

兵馬が勇んで跳び起きたことは言うまでもない。

二

代吉が露天のゴム紐売りから足を洗いたいと考えだしたのは、すでに一年以上も前のことである。足を洗いたいのはゴム紐屋からだけではない。すっかり身についたドロボウ稼業も、そろそろ足を洗わねばならぬ潮時だった。警察の厄介になったことも二度三度に限らないのだ。それも恥ずかしいようなコソドロで捕っている。この辺で一つ大仕事をして、それを資本《もとで》に堅気な商売を始めなければというのが、一年越しの代吉の考えだった。――うまい話はないものか、代吉は毎日そう考えていた。

この代吉の考えは、兵馬の場合も同様であった。

代吉のゴム紐売りが、世を忍ぶコソドロの姿だったと同様に、兵馬のはやらぬ易占業も、本職とはいえなかった。たまたま同じ舗道にとなり合って、野ざらしの店をひろげた兵馬と代吉とが、いつの間にか気脈通じて相棒となり、小粒の悪事を重ね合うようになってからすでに久しい。最後に眼のさめるような大仕事をしてから、きれいさっぱり足を洗いたい――つい今朝も、兵馬はそう考えているところだった。代吉の拾ってきた話は、当然兵馬の心を誘った。

いそいそと伴れ立って、兵馬の下宿を出た二人の姿は、まっすぐに渋木渋夫の泊っている旅館へ向った。

渋木渋夫は在室していた。

「よう」

寝ころんで新聞を読んでいたらしい渋木は、代吉の顔を見ると気軽に起上った。ガチャ目ではあるが、そのほかに変ったところはない。むしろ優形の好男子といえる。七三に分けた髪はきれいに整っていた。

代吉が穴守兵馬を紹介した。唇の端までほそぼそと垂れさがった兵馬のひげには、渋木も見憶えがあったようである。話が悪事のことになると、忽ちに三人の意気は投合した。

「まず四、五百万の現金《ナマ》は確実と踏んでいいだろう。そのほかに宝石の首飾りや指輪、着物類などを入れると、少くみても一千万の稼ぎは間違いない」

渋木は何処を見ているとも知れぬ眼で、しかし確信に満ちた声で言った。

「そいつは豪勢だ」

上ずった兵馬の声は、押さえきれぬ興奮を示していた。

「それで、いつ出かけるのだ」

代吉が小さな眼をひからせて言った。

「天気がよければ明日でかける」渋木は渋い声で告げた。

「正午頃上野を発てば、明るいうちに向うへ着く。目的の家に入ったら、俺の指図通りに動いてもらう。俺は顔馴染《なじみ》だから歓迎してくれるだろう。怪しまれぬように、なるべく礼儀正しく振舞うのだ。しかし婆さんは耳が遠いから、話に気をつかう必要はない。できるだけねばって日の昏れを待つ。山の中で大したご馳走はないが、ものすごくうまいドブロクを飲ませてくれる。あんなうまいドブロクは飲んだことがない。舌にとろりときて体中が熱くなる。ドブロクで威勢がついたら、手初めに婆さんを絞め殺す。相手は年寄りだ。片手で絞めても簡単に逝くだろう」

「待ってくれ」代吉が慌てて口をはさんだ。「昨日の話に殺す話はなかった」

「話すまでもないことだ」渋木は平然としていた。「捕《パク》られるのが厭なら、後始末をきれいにしなければいけない。俺は今まで随分危《ヤバ》い仕事をやってきたが、一度もアシをつけられたことがない。なぜか。かならず相手を消してきたお蔭だ。日本全国に何千人、いや、何万人の行方不明者があるか知らないが、そのうちの何百人かは、誰かの手にかかって土の中に眠っているのだ。犯罪の行われた証拠がなければ、警察は捜そうともしないだろう。しかし、相手を生かしておいたらどうなるか。モンタージュ写真が全国に配られて、忽ちパクられてしまう。ばかな話だ。そのくらいなら、おとなしくゴム紐を売るか、日なたでひげをしゃぶっていたほうがいい。相手は六十すぎの婆さんだ。そろそろ死んでも不服はあるまい。俺が絞めてみせるから、お前らは眺めていろ。それから娘をふん縛って仕事にかかる。仕事が終ったら、娘はお前たちが好きなようにしても、文句を言う奴はいない。近くに地獄谷という深い谷があるから、二人の死体はそこへ蹴落としてしまえば片がつく。あとの始末は山犬と鴉がやってくれるだろう。決してバレる気づかいはない」

「うむ」

兵馬はひげをくわえて唸った。

「その娘というのは、本当に美人か」

代吉が言った。

「美人だ」

「女優にたとえれば誰に似ている？」

「お前はどんな女優が好きだ」

「ヤマモト・フジコみたいなのがいい」

「そのヤマモト・フジコにそっくりだ」

「ほんとか！」

代吉は体を乗りだした。舌のとろけそうなドブロクのあとで、金目のものがざっと一千万円、それに美人のデザートがつく。これがうまい話でなかったら、この世にうまい話はないだろう。

「おれは行くぜ、つれてってくれ」

代吉に躊躇する理由はなかった。

「先生はどうする」

渋木は兵馬に顔を向けた。

「わたしも頼む。最後の仕事だから、少しは手荒なこともやむをえない。お前さんが婆さんを絞めるなら、娘のほうはわたしが片づけよう」

兵馬は決然と言い切った。

「よし。話が決まったら、今夜はケチな商売を休みにして、早ばんに眠ることだ。それから断っておくが、分け前は俺が半分頂戴する。あとの半分を先生と代吉で分けてもらう。この点に異存があるなら今のうちに言ってもらいたい」

渋木は視点の定まらぬ眼で、兵馬と代吉を等分に見較べた。

兵馬と代吉は顔を見合わせた。仕事の上りは三等分と思っていたのだ。

しかし考えてみれば、渋木が分前を多く要求することには理由があった。彼が持込んだ話であり、彼がいなければ初手から仕事にならぬ話だった。半分位とられるのはやむをえないだろう。残りの半分を二人で山分けにしても二、三百万にはなる。しかも、それは内輪に見ての話だから、場合によってはどんな大儲けになるかわかったものではない。兵馬も代吉も、分け前の配分法に異議はなかった。

三

翌日は朝から上天気だった。打合わせた時間通りに、兵馬と代吉が渋木の部屋に姿を現わした。服装も一応は堅気の行商人らしく、大道易者とゴム紐売りには見えなかった。渋木の用意しておいた反物を三つの風呂敷に分けて、それを肩にかつげば紛れもない行商人である。旅館を出た兵馬と代吉の足どりは、遠足へ行く小学生のように浮き立っていた。

上野から西那須野まで、普通列車で約三時間、周囲に乗客のいる車中では、仕事のことを話すわけにいかない。列車が上野駅を発車すると間もなく、渋木は窓際にもたれて眠ってしまったが、代吉は眠るどころではなかった。今、照りつけている夏の太陽が、赤い残照を残して西の空に沈む頃までには、自分の生涯が決まっているのだ。とても眠れるものではない。

今は安物の反物を網棚に乗せているが、帰りの車中は、ポケットに入りきれぬほどの札束と、両手に抱えきれぬほどの宝石や衣類を膝の上に抱いているだろう。もう簡易旅館などに戻ることはない。高級ホテルに直行して、体がもぐってしまうほど深くて柔い安楽椅子に腰をおろし、それからゆっくりと将来の方針を考えるのだ。パチンコ屋を始めてもいいが、稼ぎ高によっては築地あたりに料理屋をひらくのも悪くない。それとも、分け前を選挙資金にして、故郷の村会議員に立候補するか……代吉の夢は次第に脹らんでいく。

車中の想いは、穴守兵馬も同じだった。いよいよ大仕事である。二人の女を殺すことは余り気がすすまないが、分け前の額を想像すると胸がおどった。殺傷沙汰の絶えぬのが世の常ならば、そのために殺される者がいることも世の習いである。殺される奴は運が悪いのだ。諦めてもらうほかはない。その代わり、おれはこれを限りに悪事から足を洗う。つまり罪滅ぼしというわけだ。他人が死ぬのに自分がくよくよすることはあるまい。兵馬はこう考えて心を落ちつけた。心が落ちつくと分け前のことが頭を離れない。

兵馬と代吉は時折顔を見合わせては、てれくさそうに無言で笑った。

西那須野で乗りついだバスを降りた時は、まだ明るい日射しが照りつけていた。ひどい土埃をあげてバスが過ぎ去った道を、五、六十メートル戻って間道に入る。細い道はやがて険しい上り坂になった。樹齢を経た杉林が鬱蒼と茂って、すでに日没を思わせる暗さだった。森閑とした山道に、時折かん高く雉子《きじ》が鳴いた。

三人は黙々として歩いた。

「少し休まねえか」

先頭にたった渋木のすぐうしろを歩いていた代吉が、急に足を停めて言った。

「どうした、くたびれたか」

渋木が振返った。

「うむ、下腹が痛みだした」

「腹が痛い？」

「右の下腹、盲腸のあたりだ。またジンマシンが出たらしい」

「盲腸にジンマシンができるか」

「できるさ、医者に聞けばわかる。おれはアレルギー体質なんだ。今朝方、刺身にソースをかけて食ったのがいけなかったのかも知れない」

「つまらねえことをしたもんだ。しかし、ジンマシンならかゆい筈だろう」

「もちろんかゆい。初めのうちはかゆいだけだったが、腹の上から盲腸をかいていたら痛くなってきた」

「道理で、さっきからモソモソやっていると思った」

このとき、やや遅れて歩いていた兵馬が息を切らして追いついた。

「どうした」兵馬が言った。

「盲腸にジンマシンができた」

代吉は悲しそうに答えた。

兵馬は苦い顔をした。以前にもドロボウに入った先で発作を起したことがある。神経が緊張するとおかしくなるらしいのだ。

「今度こそ金が入ったら、病院でよく診てもらうんだな。お前はジンマシンだと信じているが、ことによると蚤がいるのかも知れない。盲腸の中で蚤が繁殖したら大へんだ」

「またか」

兵馬は真顔だった。

「そうかな」

代吉も心配そうに呟いた。

「仕様がない。もう直ぐ着くところだが一息入れよう」

渋木が草叢に腰をおろすと、その両脇に兵馬と代吉が並んで腰を落とした。三人それぞれに煙草を点けた。

「お前たちは肝臓《レバー》を食べたことがあるか」

何を思い出したのか、渋木が吐きだした煙の行方を見上げて言った。

「あるさ、レバーなら毎日のように食っている」

兵馬が答えた。

「カン違いをしちゃいけない。一串十円の豚の臓物じゃないぜ」

「ばかにするな、正真正銘のヤキトリ、れっきとしたニワトリのレバーだ」

「そうではない。俺の言うのは本物の人間のレバーだ。先生の脇腹にもあるだろう。盲腸よりぐっと上の肋骨の下にあるやつだ」

「冗談言うな。食ったことはないし、だいいち食えるものでもない」

「気の毒な奴だ」渋木は鼻の先で嘲笑するように言った。

「これくらいうまい食物はないな。トカゲのヌタもうまかったが、人間のレバーとは較べものにならない」

「あんたは本当に人間のレバーを食べたのか」

「食べなければ味はわからない」

「おどろいたな」

「おどろくことはない。肝臓は体の中で最も肝心な場所だ。栄養の宝庫とも言われている。まずい筈がないし、この味を知らなければ、人間として生まれた甲斐もない」

「どこで食べたんだ？」

兵馬の眼はなおも疑わしそうであったが、それよりも好奇心の働きのほうが強いようだった。

「それは簡単に教えられない。しかし、この仕事がうまくいったら、先生にもご馳走してやってもいい。何がうまいと言っても、あんなにうまいものはない。ただし、女のレバーは駄目だ。たるんでいて塩気が足りない。上等のレバーは成人の男子のものに限られている。それも白人よりは有色人種のほうがうまい。中でもパプア族のレバーのうまいことは、世界的に定評がある」

「そんなにうまいものならば……」

兵馬は食欲をそそられたらしかった。さっきから口ひげをしゃぶっている。

「しかし――」腹痛は直ったとみえて、代吉が傍らから口をはさんだ。「どんな具合に料理して食うんだ。ヤキトリ流に串に刺すのか」

「厚切りにして串に刺す。ただし竹の串ではない。銀の串だ。そして、バーベキュー式に炭火でこんがりと照り焼きにする。これにレモンの汁をちょっぴりかけて、熱いうちに食べるんだ。忽ちに元気がでて駆けだしたくなる。エネルギーが横溢して、三日くらい眠くならない」

「おいしそうだな。おれもレバーを食いたくなった」

代吉は立上った。話を聞いただけで、元気が出たようだった。

「ジンマシンは直ったか」

渋木が言った。

「もう大丈夫だ。早いとこ仕事を片づけよう。そしてレバーを食いに行くんだ」

渋木渋夫を先頭に、つづく兵馬と代吉の足取りも軽くなった様子だった。

四

小径の両側に棒杭を二本打ちこんだだけの門は、その奥に家があると知れぬほど粗末なものであったが、確かに門から邸までは百メートル余り、生い茂った夏草を分け進んだところに、古ぼけた洋風の建物があった。ペンキは剝げ落ち、軒の垂木も朽ちかけているが、安普請ではない。庭は手入れが届かぬとみえて、草ぼうぼうに荒れはてていた。

玄関で案内を乞うと、渋木から聞かされていた老婆が顔を出した。上品な顔立ちの、やさしそうな眼の婆さんである。

「よくまあ、こんなところまで……」

三度目の訪問という渋木の話は嘘でないらしく、老婆は愛想よく一行を導き入れた。玄関ホールの正面が洋式の居間になっており、腰の低いテーブルを囲んで、三人は坐り心地のいい椅子に案内された。渋い艶のかかった調度品は、いずれも一時代前の旧式だが、豪奢な生活のあとを偲ばせるに足りた。こういう家にこそ、札束がうなっているものだ。

「こちらの二人は同業の友人ですが、偶然西那須野で会ったものですから……」

渋木は兵馬と代吉を如才なく紹介した。老婆は耳が相当に遠いとみえて、わかったようなわからぬような眼つきで二人を見たが、それでも珍しい来客が嬉しいのか、終始笑顔で頷いていた。そして、ついと背中を見せると、奥の部屋へ向って声をかけた。

「ヒカリ、こちらへおいで、お客さんがお見え下さったよ」

老人にしては力のある声だった。

「なんだい、ヒカリというのは？」

兵馬が渋木に訊ねた。

「例の娘の名前だ」

「煙草みたいな名前だな」

兵馬は娘の名前に感心しないらしかった。

ひぐらしの鳴き始めた外は、まだ日射しが残っているが、窓の少ない家の内部は薄暮のように暗い。電線は通っていないようだった。その薄明のなかに、突然白い影が浮かんだ。ヒカリと呼ばれた娘であろう。代吉の好きな女優にそっくりとは言えないが、すっきりと鼻筋のとおったあたりは似ていないこともない。透るような肌の白さは、むしろ青いといったほうがいい。凄艶な美しさである。娘は代吉を見て微笑を浮かべた。

代吉は胸の辺がぞくぞくして、体中が熱くなった。

「こんにちは――」

代吉は間抜けな挨拶をした。

娘は代吉の挨拶に応えるように、細い頸をかすかに傾けたが、そのまま憑《つ》かれたような視線を代吉に据えた。代吉は気が遠くなりそうな思いで、柄にもなく紅潮した頰を伏せた。

そのとき、代吉の耳に囁く兵馬の声が聞えた。

「あの娘、きれいだが頭がおかしいのではないか」

代吉はそっと顔を上げた。

「パーだというのか」

「どうもそうらしい」

「言われてみれば……」

たしかに普通ではないようである。依然として微笑を浮かべたまま代吉を見つめているが、その美しい顔には何の表情もあらわれていない。唇のしまりが緩んだものを、代吉は微笑と錯覚しているのかも知れなかった。彼自身の経験から推してみても、これほどの美女に微笑を送られたことはない。兵馬にしてみれば、代吉に微笑を投げかけるだけでも、尋常の精神状態ではないと判断したのであろう。しかし、それは事実かも知れなかった。

「しようのない子だね」

娘がいつまでも同じ所に立っているので、老婆は娘の肩を抱くようにして、代吉と渋木との間の椅子に腰を降ろさせた。

「この人、この前の人に似ているわ」

娘は前後の脈絡もなく、ふいに代吉を指さして言った。美しいソプラノである。声は老婆の耳にも届いたようだった。

「失礼なことを言ってはいけません。この前の人は渋木さんじゃないの。こちらの方は初めて来られたんですよ」

「いいえ、この人だわ。とてもおいしかった」

「おばかさんだねえ。あのご馳走は渋木さんが持ってきて下さったんじゃありませんか。渋木さんに叱られますよ」

「いいえ、この人だわ」

娘の指は代吉を指さしたままである。美しく澄んだ眼は瞬きもしない。

渋木渋夫は弱ったような笑い方をしているが、代吉のほうは妙な気持だった。嬉しいような、無気味なような、盲腸にジンマシンが起りそうな気持だった。娘の頭がおかしいことは、もはや明白とみていいだろう。しかし、これだけの美人には、朝から晩まで銀座をぶらついても滅多に会えるものではない。気違いなら気違いでいいではないか。代吉はぞっこん惚《ほ》れた気分がした。

老婆は口の中でブツブツ呟いたが、間もなく部屋を出ていった。

「たしかに美人だな」

気違いとわかって却って安心したのか、兵馬は唇の端にくわえたひげをしゃぶりながら渋木に言った。

「代吉に惚れたようだ」

渋木は代吉に言った。

「ひやかすな」

代吉は悪い気持がしていないようだった。

「う、ふふふ……」

突然、娘が喉の奥のほうで笑った。ぞっと背筋が寒くなる笑いである。代吉は思わず辺りを見回した。日は昏れかかって、室内は奥の見通しが利かぬほど暗い。その薄闇に、娘の顔だけが白い花のように浮かんでいる。白い花の周囲に、三人の男の沈黙が落ちた。はるかに梟《ふくろう》の鳴声が聞えた。代吉は心細くなった。

「ドブロクはまだかな」沈黙を破った兵馬の声は、無気味な静けさに耐えかねたものであった。「おれは女よりドブロクがいい。早いとこ仕事にかかろうじゃねえか」

「うむ」渋木は頷いた。「催促してみよう。ドブロクが出そうもなければ、その足でばばあを絞めてくる。それからでもドブロクは飲める」

渋木は立上り、奥の部屋へ向おうとした。そのとき、渋木の向った闇に、老婆の小さな姿がしらじらと浮かんだ。両手に支えた盆には、三個のコップが見分けられた。

「来たよ」

渋木は椅子に戻った。

老婆は盆をテーブルに置き、三人にコップを配った。どろりとした白い液体がなみなみとたたえられている。

渋木が早速コップを傾けた。

「うまい！」

渋木は舌を鳴らして唸った。

つづいて、兵馬と代吉がコップを手にとった。

「うまい！」

二人は異口同音に嘆声を洩らした。

「ほんとにうまいな」

代吉はもう一度言った。

しかし、兵馬はあとの言葉を絶った。兵馬の右手からコップが落ちた。兵馬の体が前かがみに崩れた。

「どうした」

代吉は言おうとして舌がもつれた。兵馬の体を起こそうとした代吉の体が、そのままのめるように倒れた。

「早かったな」

渋木が呟いて老婆を見上げた。

「少し余分に薬をつかったからね」

老婆は動かなくなった兵馬と代吉を見降ろして、白い歯を見せた。

そしてくるりと背を向けると、部屋を出て行こうとした。

「お母さん」渋木が老婆の背中に言った。「支度はできているのかい?」

「とっくだよ」老婆はまるい背中を見せたままで言った。

「近頃はいい炭がなくてね、火を熾《おこ》すのに苦労したよ」

「ヒカリの具合はどう?」

「相変らずだね。妹の病気を直してやりたければ、もっとしっかりしてくれなければ駄目じゃないか。今日の二人だって、もっと色が黒いと思っていたよ」

老婆の姿が闇に消えた。そして再び戻ってきたとき、老婆の右手にはキラリとひかるものが握られていた。

雪山讃歌

一

元気がありあまっているような歌声とともに、ひげづらの男が山小屋に現れたのは、ちょうど正午だった。濃い硬そうな不精ひげが顔の下半面を蔽《おお》って、肩幅のがっしりした大男である。

――可愛らしい眼をしているな。

小松周二は入ってきた大男を見て、下宿先のとなりの家で飼っている小犬を思いだした。悪くない第一印象であった。

男は山小屋の隅にキスリング型の大きなリュックを降ろすと、周二たちの屯《たむろ》しているストーブに近づいた。フードのついたヤッケを着ているが、しばらく前から降りだした霙《みぞれ》まじりの雨で全身びしょ濡れである。しかし、男は着衣を脱いで乾かそうともせず、勢いよく燃えているストーブに両手をかざした。

「どの辺で降られましたか」

小柄な周二は、自分の倍も体重のありそうな男を見上げてきいた。

「堀山《ほりやま》のあたりです」

男は体に似合わぬ細い声で答えた。

「それは大へんだったでしょう」

「ひどい目にあいました」

「これからのコースは？」

「鳥屋《とや》へ出ます」

「この吹き降りの中をですか」

周二は驚いて問い返した。

この塔《とう》が岳《だけ》の尊仏《そんぶつ》小屋から、丹沢山、不動が峰、蛭《ひる》が岳《だけ》、八丁坂と急坂を喘《あえ》ぎ、さらに黍《きび》殻山《がらやま》、平戸を経て鳥屋に至るコースは、晴天の日でさえ七時間以上を要する難コースである。一日の行程では無理なので、前日中に塔が岳まで登って尊仏小屋に一泊、翌早朝小屋を発って丹沢の主脈縦走を企てるのが普通なのだ。かりに一日の強行を図ったとしても、正午頃に塔が岳へ着くようでは、昏《く》れやすい山道は黍殻山まで行かぬうちに闇につつまれてしまう。ましてて大雪ともなりかねぬ霙模様の空に出かけて行くとは、ほとんど登山の常識を無視している。そうでなくても、丹沢の天候が変りやすく遭難者の多いことは、谷川岳とともに魔の山として有名である。標高二千メートルに満たぬ山だからといって、甘くみたらとんでもない間違いだろう。現に周二の場合も、前夜ヤビツ峠に一泊して表尾根を登ってはきたが、主脈縦走を諦めてなお、ひげづらの男が登ってきたという大倉尾根を逆に渋沢へ下山すべきかどうか、天候の様子をみて躊躇《ためら》っているところだった。

今、山小屋のストーブをかこむ者は、小屋の管理人と小松周二、それに大男を迎えて三人だけである。

「そいつは止したほうがいい。つい十日ばかり前にも、地蔵平の近くで遭難者がでたばかりだ」

周二につづけて、管理人が口をはさんだ。管理人は二十七、八歳の青年だが、子供の頃から丹沢を駆け回って育ったといわれる山の男である。大男の方が三つ四つ年上にはみえるが、丹沢に関する限りでは管理人のほうが年長者なのだ。

その管理人にむかって、

「なに、丹沢はぼくの庭みたいなものですよ。眼をつぶって歩いても行きたいところへ行ける」

大男は別に虚勢を張る様子でもなく、まるい小さな眼をくりくりさせて答えた。

「危いな」管理人はさらに言った。「寒さよりも疲労よりも、いちばん危険なのはあんたの持っている自信なんだ。この吹き降りの中を出て行くなんてのは、まるで自殺しに行くようなものです。丹沢を甘くみてはいけないな、もっと自分の命を大切にしなければ……」

「大丈夫ですよ」

大男は管理人の言葉を遮って、かすかに笑った。自信満々の笑いである。

管理人は十日ほど前の遭難者の模様を話して、なおも大男の気持を変えさせようとしたが、大男はもっぱら——大丈夫です、の一点ばりで、小さな眼を瞬くばかりだった。

風はややおさまったらしいが、いつか霙は雪になって、小屋の外は白一色の闇に茫々《ぼうぼう》とつつまれている。

OBの伊川弘二郎をリーダーとするA大山岳部のパーティ六人が現れたのは、まさに大男が重そうなリュックを背負って立上ったところだった。むろん全身ズブ濡れで、ヘトヘトに疲れきっていることは一目でわかった。ほとんど遭難の一歩手前で、辛うじて小屋に辿《たど》りついたという恰好である。

「伊川さんじゃないか」

小松周二はすぐに気づいて声をかけ、リュックを降ろす手を扶《たす》けた。周二と伊川とは同じ山岳会の会員で、かなり親しい仲であった。

「今朝のニュースで、四国沖に低気圧があるというから一応警戒したつもりだが、こう急に天気が崩れるとは思わなかった。リーダー失格だね、全くひどい目にあった」

伊川は自嘲するように言った。

「どっちから来たんです」

周二がきいた。

「昨夜鳥屋の春木屋に泊って、今朝方発つときは青空が見えていた。それで気を許したのがいけなかった。姫次《ひめつぐ》あたりから雨になりだして、蛭が岳の下降にかかる頃はもう雪だ。それから丹沢までの稜線はまっこうから吹雪に叩かれて、よほど原小屋の山荘に引返そうと思ったが、思いきって強行した。棚沢《たなさわ》の頭付近で三十センチ位の雪が積ってたよ」

伊川は濡れた衣類を脱ぎながら、ほっとしたように難航の模様を語った。そして、傍らにリュックを背負って立っているひげづらの男に気づくと、

「やあ」

声をかけて挨拶した。

「でかけるんですか」

伊川が言った。

「ええ」

大男はテレるような眼つきで頷いた。

「大倉ですか」

「いえ」

「とすると……?」

「鳥屋へでます」

「この雪の中を?」

「はあ」

「そいつは無茶だ」伊川は烈しく首を振った。「今の話を聞いてたでしょうけど、ぼくらは

鳥屋からようやくここに辿りついたところです。危く遭難するところだったといってもいい。それを、これから蛭が岳を越えて行くなんて無謀ですよ。丹沢まで行けるかどうかもわかりやしない。まるで自殺しに行くようなものじゃないですか」

伊川も管理人と同じようなことを言った。

「しかし、せっかく予定したコースですからね」

大男は相変らず平然としていた。

「たとえ予定したコースだとしても、雪が降ることまで予定したわけじゃないでしょう。まして遭難を予定したのでなかったら、しばらく天候の様子をみたらどうですか。山で死ねば本望だという手前勝手は困ります。結局迷惑するのは他人ですからね。遭難のたびにかりだされる捜索隊の苦労や、肉親の悲しみを考えてみたらどうですか」

怒りっぽい伊川は、くってかかるような口調になった。

「無駄ですよ。伊川さん。さっきから私がさんざん言い聞かせて駄目だったんですから」

このとき、管理人が伊川に声をかけた。サジを投げたといいたい口ぶりである。

「ご注意は感謝しますが、ぼくには自信があります。やっぱり出発しますよ」

大男はすぐに管理人の言葉をうけて、いかなる警告も徒労であることを伊川に教えた。そしてあとは振り返ることもなく、ゆったりした足取りで山小屋を出ていった。

——荒れて狂うは吹雪か雪崩《なだれ》

俺たちゃそんなもの恐れはせぬぞ

元気よく雪山讃歌の一節を歌いながら遠ざかる大男の姿は、たちまちのうちに降りしきる雪にのまれて消えた。

──あの男は、二度と生きては還《かえ》れないだろう。

小松周二は雪空を見上げて思った。

二

「バカな奴だ」

濡れたニッカー・ズボンをストーブにかざして乾かしながら、A大パーティのリーダー伊川弘二郎は苦いものを吐きだすように呟《つぶや》いた。たった今、とめるのもきかずに出て行った大男のことを言ったのである。

「知り合いですか、あの男は」

小松周二は伊川に訊ねた。

「この丹沢で五、六回顔を合わしている。丹沢にはちょくちょく来ているようだし、またそれなりの自信もあるのだろうが、こんな悪天候に出かけるなんてのは全く怖いもの知らずというほかはないね。バカな男だ」

「どんな経歴の男ですか」

「知らない。高松という姓で、本郷の団子坂上のアパートに一人でいるという話を聞いたことがあるだけだ」

「大丈夫かな」

「大丈夫と思うほかはない。本人が頑張って行ってしまったあとで、何を言っても始まらないだろう。多分、丹沢か原小屋あたりでへばって泊ると思うが、登山家の中には、ああいう自信過剰の独善的な男がよくいるんだ」

「しかしタフな男ですね、ここに来たときも、少しも疲れた様子がなかった」

周二は感心して言った。

話はそれから十日ほど前の遭難者のことに移り、さらに発展して各人の遭難経験談で賑《にぎ》わった。誰しもが一度は死線に触れるような危険を味わい、そして山の恐ろしさを知っていたのである。

雪がやんだことに気づいたのは、高松というひげづらの男が出て行って二時間近く経ってからだった。

午後の二時半である。主脈縦走はとうに断念したが、雪がやんだので大倉へ帰るつもりなら帰れぬことはない。西の空の雲が切れて、天候は急速に回復にむかっているようだった。できたら今日中に山を降りたいというのが周二の気持である。明日の仕事が待っているのだ。

「どうしますか」

周二は決心のつかぬままに、伊川に訊《たず》ねてみた。A大の一行が大倉へ降りるなら同行できると思ったのである。

しかし、伊川たちは疲れきっているので今日は尊仏小屋に一泊、予定したコース通りに明朝ヤビツ峠から大山へ出るという返事だった。予定を一日延長したのは、リーダーとして部員の疲労を心配したからである。当然の措置であった。

周二はもう一度戸惑って考えたが、結局単独で大倉へ降りることにした。雪が降ったために歩行は難渋するだろうが、そのための輪カンは用意してあるし、三時間もあれば、そう暗くならぬうちにバスの発着する大倉へつくことができる。

周二は急いで腹ごしらえをして、伊川たちのA大パーティに別れを告げた。

いかに案内の知れた尾根伝いとはいえ、所によっては一メートル近くも積っている雪の道を登り降りするのは、予期した以上の困難を伴った。

それでも堀山をすぎてしまえば、あとは通称馬鹿尾根と呼ばれるくらいの楽な降りである。大倉部落に着いたのが六時頃だった。渋沢までバスで運ばれて、新宿行の小田急に乗ったときは、すでにとっぷりと日が昏れて、もはや丹沢の山なみを仰ぎ見ることはできなかった。

ひげづら高松の姿を発見したのは、新宿で電車を降りてホームを歩いているときだった。相変らず元気そうに大股で歩いている。尊仏小屋を出るときの言葉どおりに丹沢から蛭が岳へむかったとすれば、まだ鳥屋にも着かぬはずで、こんな時間に新宿にいるわけはないから、主脈縦走を諦めたことは確かだろう。おそらくは表尾根を走り大秦野《おおはたの》に出て、たまたま同じ電車に乗り合わせたにちがいなかった。威勢のいいことを言って尊仏小屋を出発したものの、さすがに昨日今日の素人登山者ではないから、雪山の危険を知ってコースを変更したのであろう。

「縦走はやめたんですか」

周二は高松に追いついて肩を叩き、ひやかすつもりで言った。はちきれそうに脹《ふく》らんでいた高松のリュックが、ペチャンコにつぶれていることに気づいたのはその時だった。

高松はギクッとしたように肩を震わして振返った。周二を見て、さらにもう一度びっくりしたようだった。しかし、高松の眼は見ず知らずの他人を眺めるような冷い色に変った。一瞬、それは周二が人違いしたのではないかと思ったくらいである。そして現に、人違いで肩を叩かれた者がそうするように、高松は怪訝《けげん》そうに周二を見つめると、そのまま返事もしないで行ってしまった。

ペチャンコのリュックを背負った高松の後姿を見送って、周二はその場にぼんやりと立ちつくすばかりだった。

三

ある女性の遭難死が新聞に伝えられたのは、小松周二が丹沢の主脈縦走を断念して帰った翌々日の朝刊であった。

女の名は羽山美枝子、二十三歳。遺体が発見されたのは丹沢表尾根、新大日《しんだいにち》と木の又大日との中間のブナ林のつづく坂道である。前々日周二が登った塔が岳への途中だが、死因は凍死、雪の中を無理に歩きつづけて、疲労のために倒れたのだろうという推測だった。この女性一人の無謀な登山に、新聞は自殺登山という見出しを掲げて世の登山者たちに警告を発していた。どのような条件からみても、遭難は当然だったという見解である。

周二は通勤の国電の中で記事を読んだが、会社に着くとすぐ伊川弘二郎の勤め先のダイヤルを回した。遺体発見者として、A大山岳部の名があげてあったからである。遺体の発見されたのは昨日の朝だから、すでに伊川も下山しているはずだった。

伊川は出社していた。

周二は用件に触れずに、間もなく社のほうへ訪問する旨だけを告げて電話を切った。

「ちょっと出掛けるから、よろしく頼むよ」

上役連中はまだ出社していなかったので、周二は隣席の同僚に言い残して社を出た。彼の仕事は得意先相手の外交が主だったから、口実さえつくれば適当に外出してサボれるのである。

伊川の勤め先はつい百メートルばかり先のビルの中にある。一階の受付嬢に連絡をたのむと、伊川は待つほどもなくエレベーターで六階から降りてきた。

二人はつれだって地階の喫茶店へ入った。

「今朝の新聞を見ましたよ。伊川さんたちが遺体を見つけたんですってね」

周二はすぐに話をきりだした。

「なんだ、急の用事というのはその話か」

伊川は期待を外されたような顔をした。

「遺体を見つけた時の模様を話してくれませんか」

「遭難した女性を知ってるのかい」

「そういうわけではないが……」

「最初に見つけたのは山岳部員の一人だが、雪の尾根道に体をまるく折り曲げて倒れていた。なかなか美人だったよ」

「服装は？」

「それが呆《あき》れるじゃないか。まるでハイキングにでもきたような軽装で、リュックもかついでいない。登山者らしいといえば赤いピケ帽にズボン、靴だけは登山靴をはいていたがね、冬の丹沢を甘くみるにも程がある。しかも雪の中を一人で歩いてきたらしいから、遭難するのが当り前だ」

「コースはどっちからきたのかな」

「もちろんヤビツからだろう。逆だとしたら、塔が岳の小屋に寄るはずだ」

「遺体の引取りは？」

「両親はいなくて、姉というのが引取りにきた。可哀想で見ていられなかった」

「死んだ女の職業は？」

「新宿のバーで働いていたそうだ。男出入りの多い勝気な女だったらしいが、一人で山に登るなんて心境は、考えてみるといじらしくなる」

「ヤビツ峠と三ノ塔の山小屋を調べてみましたか」

周二の眼は次第に真剣味を増してきた。ほとんど刑事のような質問の仕方である。

「どういう意味だ」

伊川は不快そうに問返した。

「ぼくがヤビツ峠の山小屋を出発したのは一昨日の朝だ。そのとき、山小屋に女の登山客はいなかった。それから三ノ塔の山小屋まできて、三十分ばかり休憩した。そこにも女の登山客はいなかった。さらに進んで鳥尾山の山荘も同様だ。そして、ぼくは新大日から女の死んでいたという尾根を通って塔が岳についた。その間、一人の登山客にも会わなかったし、もしその時、女が倒れていたとすれば気づいてもよかったろう」

「わからないな、何を言おうとしているんだ」

「ひげづらの高松という男を覚えてますか」

周二は伊川の質問を無視して、話題を変えた。

「知っているよ。あの男の名前をきみに教えたのは僕だ」

伊川はいよいよ面白くないといった顔つきである。

「彼は主脈を縦走して鳥屋へ出るといって塔が岳の尊仏小屋を発ったが、その後どうしたか知ってますか」

「いや、少くとも、遭難したという噂は聞かないから、無事に鳥屋に着いたのだろう」

「とんでもない」

周二は大きく首を振り、新宿駅のホームで高松に会ったことを話した。

「それがどうかしたのか」

伊川はまだ話のポイントがのみこめぬ様子だった。

「高松がぼくと同じ電車に乗ったということは、彼が鳥屋方面へ行かずに表尾根を降ったことを示している。ぼくが尊仏小屋を出たのは彼の発った約二時間後だ。この二時間の差は、大倉尾根を降る場合と表尾根を降る場合との時間差に相当する。つまり、ぼくと彼とは同じ頃下山し、ぼくは渋沢から、彼は一駅先の大秦野から乗車して、同じ電車になってしまったのだ」

「まだわからないな」

伊川は首をかしげた。

「いいかい、新宿のホームで会った高松のリュックがペチャンコになっていたんだよ。いい加減にわかってもらいたいな。正午頃尊仏小屋に着いて縦走を企てるなんてのは初めから無理な計画だ。何度も丹沢にきている彼は、それくらいは承知しているはずだ。それなのに、なぜ高松はのんびりと正午頃現れたか。答は自明だろう。ぼくたちに話した主脈縦走というのはデタラメだったのさ。最初から、彼は表尾根を伝って帰るつもりだった。その途中で、羽山美枝子という女の死体をリュックから放りだす計画だよ。そのために、奴はわざわざ天候のおかしくなりそうな日を選んでやってきたんだ。死体はどうしても遭難とみせる必要があるからね」

周二は熱っぽく眼を輝かして言った。

「おどろいたな」

「どう思います」

「信じられないね。きみは推理小説を読みすぎてるんじゃないのか」

伊川は呆れたように笑った。

しかし、周二はあくまでも真剣だった。

「高松という男はどんな男なのか、もう少し詳しく話してくれませんか」

「そう言われても困る。尊仏小屋できみに話したことのほかは何も知らない。いつか、山小屋のネズミを手づかみで捕えたことがあったが、そのネズミを岩に叩きつけて殺してしまった」

「ほかに面白い話は？」

「別にないな。無口で、話しかけられてもあまり喋《しゃべ》るほうではないし、その代わり、いつ会っても、歌だけはよく歌っていた。とくに雪山讃歌が気に入っているらしい」

「失礼する」

周二はふいに立上ると、伊川を残して喫茶店を出た。

四

喫茶店を出た周二は、朝刊をだして記事中にあった羽山美枝子の住所をあらためた。板橋区常盤台である。彼女は姉と二人でアパートに住んでいたのだ。

気がはやっている周二は、直ちにタクシーを常盤台へとばした。美枝子の姉、憲子《のりこ》は在室していた。二十六、七の女である。水商売の女らしい頽《くず》れた感じだが、祭壇代わりにした小さな食卓に飾られた美枝子の遺影に似て、細面の美人だった。

遺影の前には、遺骨が白布に蔽われている。遺体は山中で焼かれ、遺骨だけが姉の胸に抱かれて帰ったのであろう。周二はていねいに焼香をすますと、瞑目《めいもく》して合掌した。憲子に対して、周二は故人と親しかったとだけ言っておいた。憲子は謝意を惜しまなかった。

「美枝子さんは山がお好きだったのですか」

周二はさりげなく質問にかかった。

「いえ、ほとんど山登りなどをしたことはありません」

「それなのに丹沢へ行ったのはどういうわけでしょう」

「あたしにもわかりません。高校時代に丹沢へ登ったことがあるので、それで急に懐しくなって行ったのかとも思いますが、一人で行くとは思いがけませんでした」

「丹沢へ行くことは、誰にも言わなかったんですか」

「はい、あたしにも黙って行ったくらいですから、誰にも言わなかったと思います」

「自殺するために山へ行ったということは考えられないでしょうか」

「いえ、そんなことは考えられません。美枝子は毎日が愉《たの》しくてたまらないようでした」

「失礼なことばかりお訊ねして恐縮ですが、美枝子さんには婚約者とか、あるいは恋人にあたるような人はいませんでしたか」

「いなかったはずです。遊び好きでしたから、男の友達は何人かいたでしょうし、お店のお客さんの中にも親しくして頂いている人がいたようですが、特に決まった方はなかったと思います。あたしには何も言いませんでした」

「美枝子さんの知り合いで、高松という男を知りませんか。ひげの濃い大きな男です」

「さあ――？」

憲子は白い首を傾けて考えたが、思い当る男は浮かばないようだった。

周二は引上げることにした。もはやここまできたからには、直接高松にぶつかってみるほかはない。余計なことに手をだしている気がしないでもなかったが、愛する山を殺人に利用されたとしたら、絶対に許せぬという怒りのほうが強かった。

周二は羽山憲子に別れを告げると、ふたたびタクシーを拾った。行先は高松の住むアパートのある団子坂上である。外傷を残さぬ何らかの方法で高松が美枝子を殺し、雪の丹沢山中に死体を捨てたにちがいないという周二の推理は、今や確信に達していた。死体を検案した現地の医者は、遭難死体を見馴れているので、つい先入観にとらわれ事務的に処理して、偽装を見抜けなかったのであろう。気象その他の悪条件に囲まれていたことを思えば、医者の誤診も無理はないが、そこが高松のつけ目にちがいなかった。

アパートの名前がわからないので、タクシーを降りてから周二は眼につき次第のアパートを訪ねていった。高松のいるアパートが見つかったのは、その七軒目である。静かな住宅街の中の、小ぢんまりしたアパートの二階だった。

ドアをノックすると、人の動く気配がしてドアが開いた。ひげの剃《そ》りあとの青々とした顔を覗《のぞ》かせたのは、まぎれもなく高松である。周二を見て驚いたようだった。

「近くを通りかかったので、つい懐しくなってお寄りしました」

周二は勝手なことを言って、高松が唖然《あぜん》としている隙に玄関の中に入った。

「どうぞ」

高松はやむをえぬといった様子で、周二を室内に導いた。

ひろびろとしたダイニング・ルーム付の洋間である。奥にもう一部屋あって、そこが寝室になっているらしい。外見の割には、ぜいたくな間取りのアパートだった。

「よくこのアパートがわかりましたね」

ソファに腰を落とした周二を見降ろして、高松は不思議そうに言った。

「尊仏小屋で会ったA大OBの伊川さんに聞きました」

「ああ、伊川さんね」

高松はわかったようなことを呟いてキッチンへ消えたが、すぐにコーヒーを注いで現れた。

「伊川さんとは丹沢で五、六度いっしょになりましたよ」

高松も周二と向かい合って腰を降ろした。一見ソツのない応対だが、高松の眼には落着きがなかった。山で知り合った者同士が町で出会うと、特に親しい感情を抱くものだが、初めて会ってから二日も経たぬのにアパートまで押掛けてくるのは異例だろう。高松は周二の来意を解しかねて不安なのである。そうでなくても、不安の理由は高松の内部に震えているはずだった。

「一昨日は、尊仏小屋を出てから蛭が岳を越えたんですか」

周二は皮肉をこめてきいた。

「いや、丹沢までも行かぬうちに引返しましたよ。あの雪では到底だめだということがわかりました」

高松は周二の視線をそらして答えると、コーヒーを大きな口で一飲みにした。

「すると、新宿でまたお会いしましたが、表尾根から大秦野へでたんですか」

周二もコーヒーを飲んで、彼の不安を苛《さいな》むような質問をつづけた。

「ちがいます。塔が岳へ戻ったが、尊仏小屋を素通りして大倉へ降りました」

「おかしいですね。ぼくも大倉へ降りたが、バスの中でも渋沢駅でもお会いしなかった」

「わたしは渋沢まで歩いたんですよ。途中バスに追越されたから、あんたはそのバスに乗ってたんでしょうな。渋沢駅では、電車が発車するところへ滑りこんだ。同じ連結の電車でも、車輛がちがえば会うこともない」

高松は周二の来訪を予期していたかのように、筋のとおった弁明をした。しかし、そんな弁明で逃げられると思ったら大間違いだろう。周二は次第に昂《たか》ぶってくる心を抑えた。

「話を変えましょう」

周二はきっぱりと言った。すでに語調は訊問である。よく動く丸い小さな高松の眼を見据えて、畳みこむような追求に移っていった。

「あの日、雪の中で遭難があったことをご存じですか。むろん丹沢の出来事です」

「そうですってね、今朝の新聞で知りました」

「翌朝、遺体を発見したのは伊川さんたちのパーティです」

「新聞にそう書いてありましたな」

「遭難者の名は羽山美枝子、二十三歳です」

「それも新聞にでていた」

「羽山美枝子と高松さんとのご関係は？」

周二は思いきって突っこんだ。

「どういう意味ですか」

高松の表情が緊張した。初めて開き直ったのである。眼の色も、もはや隣家の小犬のようにクリクリと愛らしくはない。

「死んだ女とあんたとの仲を伺ったつもりです」

周二はたじろがなかった。

「だから、なぜそんなことをきくのかときいている」

「とぼけるんですか」

「質問の意味がわからなくては、とぼけようもない」

「自分の胸にきいてみればいいでしょう。ぼくは手ブラでやってきたわけではない。調べることは調べてきている」

「わからんな」

「新宿駅のホームで会ったとき、あんたのリュックがペチャンコになっていることに僕は気がついた。尊仏小屋で見たときは、人間が入っているのではないかと思ったくらい大きく脹らんでたんですがね。中身はどうしたんですか」

「なるほど――」

高松は天井を仰ぎ、それからゆっくりと頷いた。唇には微笑が浮かんでいる。

「すると、わたしのリュックには羽山美枝子の死体が入っていたというのか」

「よくよく頭の悪い奴でもなければ、そう考えるのが当り前だろう」

「なるほど――」

高松は微笑を浮かべたまま、ふたたび頷いて周二を見た。赤ん坊を眺める母親のような優しい眼つきだった。そして、

「たしかに、あんたの頭は悪くない」

と言った。

相手を愚弄する台詞《せりふ》である。周二はさすがにカッとなった。

「立上って外出の支度をしたまえ。警察までは僕がお供をする。死んだ美枝子という女性に、ぼくは何のゆかりもない他人だが、きさまのような奴が山を穢《けが》したことは許せない……」

ここまで言いかけたとき、突然周二の舌がもつれた。喋ろうと焦れば焦るほど、舌のもつれは烈しくなった。そうして、眠りが急速に襲ってきた。意識が朦朧《もうろう》とかすみ、瞼《まぶた》が重くなって眼をあけていられないのである。最前飲んだコーヒーに睡眠剤が入っていたのではない

かと気づいたときは、すでにソファから崩れ落ちる寸前であった。

ついに周二が眠りこむまで、静かな微笑をたたえて見守っていた高松の唇が大きく割れた。快心の笑いだった。

周二は高い鼾《いびき》をかきはじめた。

高松は太い指の骨をポキポキと鳴らした。そして、小柄な周二の体を造作もなく抱きかかえると、ダイニング・ルームへむかった。広々としたダイニング・ルームには肉屋で使用しているような大きな電気冷蔵庫が据えてあった。

両腕に周二の体をかかえたまま、高松はペダルを踏んで冷蔵庫の扉を開いた。内部の棚はきれいに取りはずされている。中身は空っぽで果実一個見当らない。

高松は慣れた動作で周二の足腰を折り曲げると、気持よさそうに眠っている周二を格納した。そして温度調節器のダイヤルを最低温度へ。

冷蔵庫の扉が閉じた。

——雪よ岩よ　われらが宿り
…………

いつの間にか、高松の唇から歌声が洩れていた。相も変らぬ雪山讃歌の声は、明るく弾んでハミングになった。

そのハミングを繰返しながら、高松は洋間に戻ると電話の送受器をはずした。まわしたダイヤルは局番なしの177番、天気予報を聞くためだった。

——明日はまた丹沢行きか。

予報を聞き終って送受器を置いた高松は、窓の外にどんよりと曇っている冬空を仰いで呟いた。

葬式紳士

一

内外計器株式会社社長糸村周吉の葬儀は、どんよりとたれこめた雨雲の下で、絶え間のない弔問客の焼香の煙に覆われていた。

盛大な葬儀である。門前から左右の沿道に飾られた花輪の数は、およそ数十基を越えるだろう。その贈り主の名をみれば、故人の仁徳、いや、故人の闊歩《かつぽ》してきた業界における勢力のほどが、誰の眼にもおのずから想像された。

事実、会社の基礎を築いたのが先代であったとはいえ、たかが中小企業のはしくれにすぎなかった会社を、都心に八階建ての社屋をもつまでの大会社にのしあげたのは、もっぱら二代目社長周吉の手腕にちがいなかった。

享年五十二歳、これも寿命といえばそれまでだが、今がいちばん働きざかりというのに、あまりにはかない最期だった。

「見たことのない男だが、あの痩せこけた男は何者かね」

僧侶のながい読経《どきよう》に退屈した専務の種原隆三は、そっと座をはずすと庭先の下駄をつっかけて、玄関先で忙しそうに客の接待をしている秘書課の瀬山に声をかけた。

「どの人ですか」

「あの男だよ。大洋精機の常務と話しているじゃないか」

種原は、すでに焼香を終り沿道に立って出棺を待っている人々のほうへ、長い顎をすくった。

「モーニングを着た人ですか」

「そうだ」

「知りませんね」

瀬山は首を振った。

「知らんことはないだろう。さっき、きみはあの男と話してたじゃないか」

種原の不機嫌はすぐに顔色にあらわれた。

「ほんとに知らないんです。話しかけられたので、話をすることはしましたが……」

「どんな話をしたのだ」

「亡くなられた社長のことなど――」

「もっと具体的に話したまえ」

「あの男は、社長にとても世話になったと言ってました。大学をでられたのも、社長のおかげだったそうです」

「あの男の名前は？」

「聞きません」

「勤め先を言ったか」

「いえ」

「うちの社員じゃないな」

「社の者なら、ぼくが知っています」

「それからどんな話をしたのだ」

「次期社長候補のことなどをききました」

「それで？」

「もちろん、今度の社長は種原専務に違いないと思いますので……」

「そう答えたのか」

「はあ」

「バカな――」

種原は苦々しそうに言った。

次期社長候補について、瀬山の言葉には阿諛《あゆ》がふくまれている。そうと知りながらも、種原は言われたことに悪い気持はしなかった。苦々しげな表情は、うらはらな内心をかくすためだった。

「あの男を、きみは今まで一度も見たことがないかね」

「初めてです。全く見憶《みおぼ》えがありません」

「そうか――」

種原は唇を閉じた。

その男に、種原は見憶えがあったのである。中央銀行副頭取の葬式のとき、早川商事取締役の葬式のとき、そして東都生命営業部長の葬式のときにも、種原はその痩せた男を見かけていた。今日をあわせて四度、種原は彼を見ているのだ。それがいずれも葬式のときに限られている。爬虫類《はちゆう》のような細い冷たい眼と、ぬるぬる濡れているような黒い皮膚の感じが、その男の印象を種原に残したのだ。

葬式というと必ず現れる男。

――何者だろうか？

それは最初に彼を見たときから、種原のこころにかかっていた。

年齢は三十五、六だろう。痩せて背が低く、風采はあがらない。大学をでたというが、知的な匂いは感じられない。そうかといって、ヤクザのようにも見えぬし、堅気のサラリーマンのようにも見えない。喪章を巻いたモーニング姿も、どことなく板につかぬ感じだった。

種原は、大洋精機の常務と親しそうに話しこんでいる男のほうを眺めて、しばらくその場を動けなかった。

二

応接室に通された男は、白いカバーをかけたソファに腰を降ろすと、テーブルの上にあった来客用のタバコをとって火をつけた。

黒っぽい背広に地味なネクタイ、痩せこけた頬は、いかにも貧弱な印象を受付嬢に与えていた。

「名前も言わんのか」

種原隆三は不機嫌そうに眉をしかめた。

「はい。ご用件をお伺いしたのですが、大事な用があるとおっしゃるだけで……」

「今度からそういう男は応接室に通しちゃいかんぞ」

種原はぶつぶつ言いながら重い腰をあげると、重役室を出て、応接室のドアを押した。

「お忙しいところを――」

客は立上って頭をさげた。

「………」

種原は思わず息をのんで立ちすくんだ。直ぐには返す言葉が出なかった。

応接室に待っていた客は、社長の葬式に参列して、大洋精機の常務と親しそうに話し合っていた例の痩せた男だった。

「どうぞお掛けください」

　痩せた男は先に腰を降ろしてから、種原に着席をうながした。どっちが客なのかわからない。態度は慇懃《いんぎん》であった。

「失礼します」

　種原がついそう言って腰をかけたのは、すでに、相手に気をのまれてしまった証拠だろう。客に接する主人の態度ではなかった。

「社長が亡くなられましたね」

　男はしばらく間をおいてから言った。香具師《やし》のように太い嗄《しわが》れ声だった。

「忙しいのでゆっくりお話ししてはいられません。早速ですが、ご用件を伺いましょう」

　種原はようやく自分の立場に気づいたように言った。と同時に、この機会に男の正体を確かめたいという衝動にうごかされた。

「社長の後任はお決まりになりましたか」

　男は細い眼で種原を見つめた。

「いや、まだ決まってないが……」

「種原専務、つまり、あなたが有力だとは思いませんか」

「何を言うのかね、きみは」

　種原はめんくらっていた。質問が唐突だったばかりではない。来訪した男の目的がわからないのだ。

「業界新聞を見ると、次期社長候補は常務の渡辺英作氏が最有力だと書いてあります。渡辺英作氏は故人の義弟にあたる。未亡人とは姉弟という関係ですな。新聞の観測は正当といえるでしょう。しかし、種原専務のほうが有力だと言う者もないではない。内外計器を今日の隆盛にみちびいたのは、社長の片腕として種原専務がいたからだということは、すべての人が認めている。渡辺英作氏はいわば温室育ちのお坊っちゃんで、苦労をしらない。重役とは名義ばかりで、実際の営業面には殆どタッチしていなかった。次期社長として、社運をになうには荷が重すぎる。とすれば、故人のあとを継いで会社をきりまわしていける者は、種原専務以外にない。種原さんが社長になるという噂も、これまた正当でしょう。いかがですか」

男は言葉を切ると、足を組んで背中をもたれた。冷たい眼の色は、じっと種原に注がれている。不気味なばかりで、何を考えているとも知れぬ眼差しだった。

男の言ったことは、たしかに事実に近かった。社長が脳出血で死んでから一週間、後任は決まっていないが、それは常務の渡辺英作に内定しているといっていいだろう。内情は株主総会の承認を待つばかりなのだ。むろん、種原にとっては不本意な人事である。経歴と実力とからいえば、当然種原が社長になって不思議はないところだ。現実の力関係が、それを許さないことを知っているから、種原は諦めているというにすぎない。できるものなら、力をつくしてでも渡辺を追い落とし、自分が社長の椅子に坐りたかった。そのためにこそ、今まで会社につくしてきたのではないか。

この種原の内部にかくされた心情を、痩せた訪問者の言葉は見ぬいているようであった。

種原が不気味を感じたのはそのせいである。

「あんたはどなたですか」種原は相手の視線をはね返すように言った。「わたしはまだお名前も伺っていない」

「そうでしたね、うっかりしてました。しかし、名前などというものに意味はありませんな。わたしのことを三原と呼ぶ人もいるし、水原と呼ぶ人もいる。あるいは、長島と呼ぶ人もいるし、金田と呼ぶ人もいる。いずれにしても、つまらんことです。新しい名前をつけてくださってもいいが、とにかく、お好きなように呼んでもらいます」

「本名は言いたくないというわけですか」

「ご想像にお任せします」

「では、用件を言ってもらいましょう。わたしはあんたに初対面ではない。社長の葬式でも会ったし、東都生命の営業部長の葬式のときにもお目にかかった」

「まだ、わたしのお話ししていることがおわかりにならぬようですね」

「わからん。きみは勝手に話しただけで、用件を言っていない。わかるはずがない」

「それでは、もう少しわかりやすく話しましょう」男は脚を組みかえた。「先月の三日、小林電機の社長が事故で亡くなりました。憶えておられますか。新聞は割合大きく扱いましたが……」

「どんな事故だったかな」

「車を運転したまま、芝浦の岸壁から海にとびこんだ事件です」

「うむ、憶えている。新聞で読んだ」

「事故の原因はブレーキの故障ということで落着しました」

「それがどうかしたのか」

「もう一つ別の話をしましょう。先々月の十八日、アイスクリーム製造で有名な加藤食品の重役が、帰宅の途中、トラックにはねられて死亡しました。轢《ひ》き逃げです。犯人は捕っておりません。さらに同月二十四日、これはある印刷会社の総務課長ですが、会社の食堂で昼食後間もなく倒れました。死因は心臓麻痺《まひ》、死亡診断書にそう書かれました。いちばん新しい話を申上げますと、先週火曜日の晩、離婚訴訟中のさる女性が、交通事故で亡くなっています。通りかかった白ナンバーの自動車に、うしろから跳ねとばされたと新聞には書かれました」

男は言い終ると、下からすくい上げるように種原を見た。

話の内容が暗示していることは明瞭だった。信じがたいまでに、恐るべき話だった。

「今の話は本当か」

種原の語尾がかすかに震えた。きいてはみたが、調べればわかる嘘をつくはずがなかった。

「ご不満なら、もっと別の例をあげましょうか」

瘦せた男の薄い唇が割れて、不揃《ふぞろ》いな歯がのぞいた。笑ったのである。

「うちの社長の場合はどうなのだ。脳出血と聞いてはいるが……」

種原はもはや真剣だった。

「大分疑い深くなりましたな。大変いい傾向です。しかし、そういう質問は、わたしになさっても無駄と思ってください。社長の死んだことは、新聞の死亡広告で知ったとしか答えようがない」

「それでは聞くまい。用件もわかった。お帰りを願います」

「帰れですって？」

　男は驚いたようだった。

「そうだ。わたしは人殺しを頼むような男ではない」

「社長になりたくないんですか」

「人を殺してまで、社長になりたくない」

「とすると、弱りましたな。ほかのお客さんをさがさなくてはならない」

「ほかの客？」

　今度は種原がおどろいた。

「そうです。わたしは人見しりをする性分でしてね、嫌いな人を客にしたくないのです。種原さんが気に入ったから、こうして参ったわけですが、しかし断られたとなると――」

「待ってくれ」

　種原の頭は目まぐるしく働いた。もし自分が断ったら、この殺し屋はほかの者のところへ行くだろう。そしてまかり間違えば、種原を殺してくれという者にぶつかるかもしれない。渡辺英作を別にしても、社長候補は種原に限られていないし、種原に敵意をもっている者も決して少なくはない。

種原は考えているうちに、目前の男の恐ろしさがわかってきた。この男に選ばれたことは、因果であるとともに、幸運ではないのか。へたに恨まれたら、今度は自分の命が危いのだ。そしてもし、彼に万事を託して成功すれば、目を閉じていても社長の椅子が迎えにくるだろう。

種原の心が傾いた。

「条件を聞こう。話にのるものらぬも、それからのことだ」

「結構です」

「いくらだ」

「百万円」

男は明快に答えた。

「高いな」

「よくお考えになってください。決して高くはないはずです」

「かりに今日頼んだとして、いつ頃までに仕事を終るかね」

「期間は一か月いただきます。一か月以内に相手が死ななかったら、以後十日経つごとに十万円ずつ割引きます。つまり、一か月と十日以内なら九十万円、さらに十日を経たら八十万という具合ですな。四か月経つと十万円までさがりますが、そのときは実現不可能ということで解約になり、手付金はお返しします。しかし、今までに解約した例はありません。遅れても三か月以内にはご期待にこたえています。その点は、わたしどもの仕事を信頼していただきましょう」

「わたしども？　きみ一人でやってるのではないのか」

「三人ばかり部下を使っています。初めは一人でやってましたが、こう忙しくなると、一人では手が回りません」

「そいつは困るな。この話は、きみ以外の誰にも知られたくない」

「お気持はわかります。しかし、近頃はとくに忙しくて、もう二、三人メンバーをふやさねばと思っているくらいなのです。もし、どうしても私にというご依頼なら、特別料金として五割増しの百五十万円をいただかねばなりません。その代わり、仕事は全責任をもって私が実行します」

「手付金というのはどのくらい取るのだ」

「それはごく僅かです。五千円、そのほかは頂きません。契約のしるしですな」

「わたしは君の名前も住所も知らないのだが、その五千円を持逃げして、実行しない場合はどうするのかね」

「それは私を信用してもらう以外にありません。もし詐欺のためだとしたら、五千円なんてケチなことを言わぬはずです。わたしどもの仕事は信用が唯一の資本です。せっかく繁昌しているのに、たかが五千円で不信を買うようなことはしませんよ。初めから信用されぬなら、わたしのほうも強いてご依頼をうけなくても結構です」

「渡辺英作を消す方法は？」

「手段は交通事故がいちばんいいでしょう。いちばん単純で、あとくされがない。場合によっては臨機応変の手段をこうじますが、そういうことは任せてもらいます」

「しかし、バレたらどうする？」

「ご心配はいりません。東京都内において、一か月間にどのくらいの交通事故が起きているかご存じですか」

「知らん」

「警視庁で発表した昨年の統計によると、一か月平均ざっと一万三千件ですよ。一日の平均約四百三十件、そして、月平均百人くらいの人が死んでいる。さらにそしてですね、昨年中の轢き逃げ事件がなんと三千五百八十件もある。おわかりですか。かりにヘマをして捕っても、轢き逃げの刑は大したことはない。必ずといっていいくらい執行猶予がつく。逃げないで自首すれば、二、三万円の罰金ですむ。もちろん、うまく逃げるのが最善の策だし、わたしは今まで失敗したことがない」

「うむ」

種原はさすがにうなってしまった。

男の言葉には説得力があったし、魅力的というなら、これほど魅力のある話を聞いたことがなかった。

「二、三日待ってくれんかね。よく考えてみたいのだ」

「いや、それは困ります。あなたの心は決まっているはずです。それなのに、何を考えることがあるのか。いけませんね。考えるとロクなことはない。考えるというのは、人間最悪の病気みたいなものです。当然心に迷いがおこる。健康のためにもよろしくない」

「それでは明日まで待ってくれ」

「わたしは子供の頃から待たされるのが嫌いでした。今でもそれが変らないのです」

「弱ったな」

「弱ることはありませんよ。手付金の五千円を渡せば、あとは居眠りしていていいのです」

「このことは誰にも言わんだろうな」

「もちろんです。あなたとわたしとは利害得失が一致している。あなたの秘密を守ることは、わたし自身を守ることじゃありませんか。心配するほうがおかしな話だ」

「よし」種原は満面を紅潮させて言った。「成功したら百五十万だす。きみ自身の手でやってくれ」

種原は札入れから五千円札をぬいて、テーブルに置いた。

「これで、もう社長になったようなものですな」

男は痩せた指をポキポキ鳴らしてから、五千円札に手を伸ばした。

三

殺し屋を自称する痩せた男が帰ると、種原は大洋精機へ電話をかけて、社長の葬式当日、痩せた男と話していた常務を呼んだ。

「話しかけられたので、何となく話してただけで、何者かは知りません。そう、わたしは適当にあしらってましたが、社長後任の話など、しきりに聞きたがってましたな」

受話器に伝わってくる常務の返事は、種原の予期した範囲を出なかった。

先月三日に自動車のハンドルを握ったまま、芝浦の岸壁から海中にとびこんで死んだ小林電機の社長、先々月十八日、トラックにはねられて死んだ加藤食品の重役、同月二十四日、心臓麻痺で倒れた印刷会社の課長、そして先週火曜日、交通事故で死んだ離婚訴訟中の妻――痩せた男の指摘したこれらの事件は、新聞の綴込みを調べることによって事実が確かめられた。痩せた男の口ぶりから推せば、いずれも彼の仕業だった。しかし、そのどれ一つをとっても、殺人事件として警察の動きだした気配はない。たしかに彼の自慢するとおり、彼は失敗したことがないのだ。

恐るべき事実である。種原は慄然《りつぜん》とした。

ある人物が死ぬことによって、ある人物が利益をうける。それは当然の社会の仕組だろう。あの痩せた男は、この社会の仕組と人間の欲望とを商売のタネにしているのだ。彼の手が動いた事件は、例に挙げたほかにもあるにちがいなかった。

種原が痩せた男を見たのは、社長の葬式が初めてではない。中央銀行副頭取のときにも、早川商事取締役のときにも、東都生命営業部長のときにも姿を見かけている。とすれば、痩せた男は種原を訪ねたように、それらの会社の誰かを、おそらくは死んだ者のポストを狙う誰かを訪ねているはずではないか。彼が最近仕事が忙しいというのは、そのことをさしているのだ。

東都生命営業部長の後任はすぐに決まったが、中央銀行の副頭取と早川商事取締役の後任はまだ決まっていない。いずれも候補者は数人いて、後任ポストをめぐる候補者間の軋轢《あつれき》が噂されている。ここは当然痩せた殺し屋の登場するに恰好の舞台だろう。

種原にとって、その候補者の何人かを訪ねまわり、痩せた殺し屋の出没をさぐることは興味深かった。

しかし、種原の試みは初めから無益と知るべきであった。かりに痩せた男の来訪をうけたにしても、殺人を依頼した当人がそのことを種原に話すわけがなかったのだ。

「知りませんな、そんな男は」

返事は口うらを合わせたように同じだった。

このことを反面から考えると、痩せた男との契約は、完全に秘密が保たれていることになるだろう。さぐりを入れた結果は種原の期待に反したが、その点で種原は大いに安んずることができた。

だが、痩せた男の口調から想像されるように、もし、内外計器社長糸村周吉の死もまた殺し屋によってもたらされたとすれば、種原は安閑としてばかりもいられなかった。そこには、社長の死を殺し屋に依頼した何者かが介在することになるのだ。常務の渡辺英作かもしれないし、他の重役の一人かもしれない。とすると、殺し屋が次ぎの殺人依頼人として種原を選んだ理由はどのように解すればいいのか。社長殺害を頼んだのが渡辺とすれば、今回のことは前回の依頼人に対する裏切り行為である。痩せた男は信ずるにたりない。さらに、社長殺害を頼んだのが、他の重役だったとしたらどうか――。

種原の頭は考えているうちに混乱してきた。混乱には必然的に恐怖が伴っていた。

十日経った。

痩せた男からは何の連絡もない。こっちから連絡しようにも、相手の住所はわからなかった。

日が経つにつれて、痩せた男への不信は深くなっていった。すなわち、痩せた殺し屋の客は、種原一人ではないかもしれぬということである。そして、ほかに依頼人がいるとすれば、種原が殺される側にされているかもしれぬという疑いだった。社長候補として有力であれば有力であるほど、命を狙われる確率は高いにちがいない。かりに渡辺英作が社長になることが確定したとしても、渡辺にとって、種原の存在は目ざわりなはずなのだ。渡辺が種原の死を望んだとしても不思議はない。

種原はおのずから身辺に気をつけるようになった。歩道を歩いていても、往来する自動車に万全の注意をはらった。

二十日経った。

痩せた男からは依然として音沙汰がない。

すでに内定されていたとおり、渡辺英作が社長に就任した。

だが、それで種原の不安が消えたわけではない。恐怖は日ましに高まった。こうなると、もはやノイローゼである。絶えず命を狙われているような気がして、会社にいても自宅に帰っても落着かなかった。社長に就任した渡辺英作が、不必要なまでに種原に愛想よくなったことも、あるいは重役の一人が、用もないのに種原の自宅を訪れたりしたことも、すべてが彼の恐怖に結びつけられた。

しかし、種原の恐怖は妄想にすぎなかったようである。

二十七日目の午後十時ごろ、種原の受け取った電話が、渡辺英作の交通事故による死を知らせた。

「ほんとか」

問い返す種原の声は上ずった。

知らせてきたのは、渡辺英作の車に同乗していた秘書である。

「ほんとです。青梅街道を成子坂下から十二社のほうへ曲がろうとして、砂利トラックにひっかけられたのです。車は大破しました。わたしはかすり傷をうけただけですが、社長は首の骨を折って、病院に運ばれる途中で亡くなりました」

秘書の声は興奮していたが、発音は明瞭に聞き取れた。

四

痩せた男から電話がかかってきたのは、渡辺英作の死んだ翌日、種原が葬式に出かけようとする直前だった。

「ご機嫌はいかがですか」

香具師のように太い嗄れ声は、問い返すまでもなく彼とわかった。

「ありがとう」

種原は家人に聞えぬように声を忍ばせた。

「苦労しましたよ」

「そうだろう。しかし、うまくやってくれたな」

「ご満足がいきましたか」

「うむ」

「約束の金はいつもらえますか。一か月以内の特別料金ですから、百五十万ですよ」

「わかっている。二、三日うちに何とかしよう」

「今日もらえませんか」

「これから葬式に行くところだ」

「葬式のあとで結構です」

「小切手でもいいか」

「それは困りますね。葬式へ行く途中、銀行へ寄ればいいじゃないですか」

「……うむ」

「どうしても今日いただきたいんですがね」

「その代わり、あとくされはないだろうな」

「当り前ですよ。約束の金さえ頂けば、二度とお目にかかりません。それがわたしの商売のコツですからね」

「いいだろう——」

　種原は金を渡す場所を伝えた。

　受話器を置く音がして痩せた男の声が切れると、種原は初めて現実に返った思いがした。渡辺英作が死んだという出来事を、それまでは事実として信ずることができなかったのである。騙《だま》されているような気持だったのだ。

しかし、この動かしがたい渡辺英作の死は、殺し屋の電話によって初めて現実感を与えられた。

　今朝の新聞をみても、警察は昨夜の交通事故を怪しんでいない。砂利トラックはいずこかへ逃げてしまった。渡辺英作の死は、当然の成りゆきとして、次期社長の椅子を種原にもたらすだろう。それを思えば、殺し屋に渡す百五十万円は、決して惜しくない代償であった。殺し屋に不信を抱いて恐怖の日々を送ったことも、今となっては吹きだすばかりにおかしいだけである。

　受話器を降ろした種原隆三は、しばらくその場にたたずんで、こみあげてくる喜びとたたかった。

種原隆三に電話をかけて、百五十万円の受取り場所と時間とを定めた痩せた男は、どうにもこらえきれぬといったような笑顔で、公衆電話のボックスを離れた。

片手に持った新聞には、昨夜の交通事故で死んだ渡辺英作の小さな写真がのぞいていた。

ゆかたがけにサンダルをつっかけた痩せた男の家は近かった。狭い路地の奥の、軒の傾きかかった三軒長屋の中央である。

すべりのわるい玄関の格子戸をあけて家にあがると、男は暗い部屋の隅に脱ぎ捨ててあった黒っぽい背広に着替えはじめた。

「父ちゃん、今日はお休みじゃなかったの」

赤ん坊をオンブして、勉強机に向っていた七歳くらいの女の子が言った。

「急に用事ができた」

「またお葬式？」

「いや、今日はとてもいいことがあるんだ。おとなしく待っていなければ、いけませんよ」

「ランドセルはいつ買ってくれるの」

「そうだったな。よし、今日買ってきてやろう。本物の牛革で、ピカピカしたやつを買ってきてやる」

「ほんと」

「ほんとだとも。赤いリボンのついた帽子も買ってきてやるぞ」

「ほんとなら嬉しいわ。母ちゃんにも着物を買ってきてくれる？」

「母ちゃんに？」

「そうしたら、母ちゃんもきっとお家に帰ってきてくれるわ」

「そうかそうか。いいとも、何だって買ってきてやる。父ちゃんはな、急にお金持になったんだ。でも、そんなことは誰にも言ってはいけないよ」

少女に見送られて、颯爽《さっそう》と家を出た男の足どりは軽かった。

家を出て数十メートルほど行くと、左側に交番がある。

——昨日の都内の交通事故
死亡　十七名
負傷　九十二名

交番の前の掲示板の記載である。

通りかかった痩せた男は、その掲示板を横目に見てニヤリと笑った。

毎日、こんなに死人や怪我人がでてるんだし、半年も前からあっちこっちに口をかけて待ってたんだからな。半年に一度くらいは、偶然の一致があってもいいさ。

温情判事

一

「――被告人を懲役一年六月に処する。

ただし本裁判確定の日より三年間右刑の執行を猶予する」

裁判長宇野貞三の渋い声は、被告人に信頼感を与えると言われている。判決主文を言い渡した宇野貞三は判決理由の説明に入る前に、そっと眼をあげて被告人の表情を窺《うかが》う。執行猶予の言い渡しを聞いた窃盗事件の被告は、喜びと感謝に溢《あふ》れた眼差《まなざ》しを、宇野裁判長に注いでいた。それは改悛《かいしゅん》と更生を誓う眼差しでもあったろう。宇野貞三はその表情を見て、自分の言い渡した判決に満足した。罪状は決して軽くなかったし、あえて情状を酌量するほどの条件もなかった。被告は実刑の言い渡しを予想していたにちがいない。しかし、この改悛を誓っている被告に実刑を言い渡して、刑務所へ送りこむことにどれだけの意義があるだろうか。宇野貞三は、刑罰をもって犯罪に対する正義の応報であるとする学者たちの意見にくみしない。眼には眼を、歯には歯をもって報いることの、どこに今日の文明があるか。国家の行なう刑罰は、あくまでも犯罪者の矯正改善を目的とするものでなければならない。このような見地から、宇野貞三は、改悛の情の明らかな者にはできるだけ執行猶予をつけてやり、その他の場合にも、言い渡し刑は検事の求刑をはるかに下廻《したまわ》った。

——宇野判事の係に廻ったとは、運がいいな。

——なぜだ？

——幼稚園の先生みたいに点が甘いからさ。うまく涙を流してみせれば、たいてい執行猶予がもらえる。実刑になっても、求刑の半分だね。

こんなことを話し合っている犯罪者たちの会話を伝えられたことがあるし、同僚の裁判官たちが、ひそかに温情判事という皮肉を含んだ綽名《あだな》で彼を呼ぶことのあることも知らぬではない。しかし、それらの言説に、宇野貞三は少しもたじろがなかった。

被告人に判決理由の説明を終わった宇野裁判長は、更生への道を懇切に説いて席を立った。

午後四時。

一日の法廷を閉じた宇野貞三は、三階の裁判官室に戻って法服を脱いだ。いつもなら帰宅する時間だが、今日は大学へ行く日である。彼は地方裁判所の裁判官（判事）として隔日登庁する以外に、毎週二日、E大学の講師として、夕方の六時から八時まで刑法の講義に行くことになっていた。

彼は裁判官室の大きな机に向かい、講義予定のノートを開こうとした。

このとき、机上の電話機が鳴った。

「三田署の捜査係ですが……」

電話の声は興奮していた。興奮した口調のうらに、相手の心中をはばかるひびきがあった。

「奥さんが殺されました。すぐご帰宅願えるでしょうか」

「なに──、もう一度言ってくれたまえ。よく聞きとれなかった」

貞三は受話器に伝わった言葉が信じられなかった。

しかし、ふたたび貞三の耳に伝わった言葉に変わりはなかった。

「犯人は分かっておりません」

電話の声は、最後にそう言って切れた。

誰かが電話で悪戯《いたずら》をしたのではないか。

電話が切れた途端に、貞三はいっしんに電話の内容を信じまいとしている自分に気がついた。

事件は、いつでも遠い他人の上に起こっている。自分の周囲に血の匂いが撒《ま》きちらされるなどとは考えたこともない。まして妻が殺されるとは、簡単に信ずるほうが軽率であろう。

彼はもう一度受話器をとり、交換手に検察庁の刑事部を呼出してもらった。

殺人事件の発生は、すべて検察庁へ報告が行っているはずである。

「今日はまだ一件も殺しの報告がありません。しかし事件が起こっても、報告がくるのは大ていい一時間以上経ってからです。起こったばかりの事件については何とも言えませんが、何かそちらのほうへ連絡があったのでしょうか」

筋違いな裁判所からの問い合わせに、検察庁の係官は不審そうに問い返した。

宇野貞三は曖昧に言葉を濁して受話器をおいた。

烈しい不安が貞三を襲った。

だが、妻が殺されたという実感が彼の胸を絞めつけるまでには、なお、タクシーを飛ばして、三田台町《みただいまち》の自宅に横たわった死体を眼前にするまでの時間が必要だった。

誰かの悪質な悪戯ではないのか。

家に帰りつくまで、彼はこのような期待を捨てなかった。

タクシーは自宅の三十メートルほど手前で、巡査に停止を命じられた。物見高い弥次馬が自宅の門前付近に群がっている。宇野貞三は蒼白《そうはく》になった。門を入ると、捜査係長の山根警部補が出迎えた。

「扼殺《やくさつ》されたようです」

貞三を死体現場の居間へ導きながら、係長は重苦しい声で告げた。

検証をすすめる鑑識係や捜査係の刑事たちに囲まれて、貞三の妻節子は仰向《あおむ》けに横たわっていた。白い頸筋《くびすじ》に残る暗紫色の爪痕が、犯行の模様をまざまざと想像させる。

貞三は自失したように、変わりはてた妻を眺めて立ちつくした。怒りも悲しみも、まだ湧き上ってはこない。信じがたい現実を前に、なおも彼は悪夢の中をさまよう気持から脱しきれなかった。

「まだ犯人の見当はついていません。何か心当たりがありましたらお聞かせ下さい」

山根係長は、部屋の隅に貞三を伴ってから尋ねた。

裁判官としての宇野貞三に余り好意を抱いていない。せっかく苦労して検挙し、証拠をそろえて送った犯人を、宇野判事はしばしば軽い刑を言い渡した上、執行猶予までつけて釈放させてしまうからである。そして釈放された犯人がふたたび罪を犯す事実に遭遇すると、係長は刑事という仕事のむなしさを感じてしまうのだ。罪を犯した者に対しては、当然の報いとして、あるいは贖罪《しょくざい》の意味においても厳しい刑罰が課せられなければならない。それは正義の要求するところであり、社会秩序を維持するためにも当然加えられるべき制裁であろう。係長はそう考えている。裁判所が犯罪者を甘やかすから、犯罪者はますます増長し、事件はふえるばかりではないか。

しかし今の係長は、宇野判事に対する不満を質問といっしょに押しだそうとしているのではない。貞三が答えないので、係長は同じ質問を繰り返した。

「いや、心当たりはありません」

宇野貞三は白髪のまばらに見える頭を振った。

「海老原俊夫さんという方をご存じでしょうか」

係長は続けた。

「海老原?」貞三は不審そうに係長を見た。「わたしの助手ですが、彼がどうかしましたか」

「事件の発見者なのです。三時半頃、お宅を訪ねたところ玄関が開き放しになっているのに返事がない。それで庭木戸を押して庭へ廻ってみた。そのとき、居間のガラス戸越しに、倒れている奥さんを発見したそうです。すぐに居間へ上ったが、奥さんの息は絶えていた。そこで一一〇番のダイヤルを廻したと言っております。そのあと裁判所の宇野さんへも電話をかけようとしたが、話し中で通じなかったそうです。海老原さんの訪ねる三十分くらい前に、八百屋のご用聞きが奥さんの元気な姿を見たと言っていますから、事件はその後海老原さんが死体を発見するまでの三十分間に行なわれたものと思われます。八百屋の小僧の話では、奥さんの様子に別段変わったところはなかったし、来客のいる様子も見えなかったといいます。それから約三十分後、海老原さんがきたら、奥さんが死んでいたというわけですね。宇野さんと海老原さんとのご関係について、もう少し詳しくお話し願えませんか」

係長の質問は、海老原の申し立てに疑惑を抱いているように聞こえた。

「海老原くんは四年前にE大法学部を卒業して、今は大学の研究室で共犯理論の論文を書いている真面目な青年です。わたしがE大の講師になったのが二年ほど前ですから、彼とのつきあいもそのくらいになるでしょう。彼は魚籃坂《ぎょらんざか》下の白金志田町《しろかねしだまち》に、一人でアパート住まいをしています。家が近いので、わたしのところへは始終出入りをしていました」

「そうしますと、奥さんとも親しかったわけですね？」

「わたしも妻も、弟のように彼の面倒をみておりました。わたしたちに子供がなかったせいもあるでしょう」

「宇野さんのお留守のときに、彼がお邪魔するようなことはあったのですか」

「留守中のことは知りません。何かほかに意味のありそうなお尋ねですが、もし海老原くんを疑っているのでしたら、お止《や》めになっていただきたいですね。わたしは彼を信頼していま す。彼は間違ったことをする男ではありません」

「いえ、誤解なさっては困ります。もし海老原さんに疑いをかけているようにとれましたら、わたしはその疑いを取り除くためにお尋ねしているとお考えになって下さい。事件の輪郭をはっきりさせるために、ご不快を与えるとわかっていることでも、お尋ねしなければならないのです。ごらんになったように、死体は居間の中央に仰向けに倒れていました。死因が扼殺であることは扼痕《やくこん》によって明らかです。来客の形跡ははっきりしませんが、居間で殺されたということは、犯人を居間に通したことを示しています。応接室があるのに、なぜ居間に通したか。相手が親しい人だったからではないでしょうか。そして来客のために、お茶の接待をする以前に、突然背後から首を絞められたものと思われます。発見当時は、奥さんの体を覆いかくすように三枚の座蒲団《ざぶとん》がかかっており、着物の裾前が乱れておりました。暴行されてはいないようですが、犯人に暴行の意思があったことは、乱れた裾前によって推察できます。死顔を見てその気が消失したのでしょう。室内を荒らされた形跡はないようです。従って、単なる物盗りではないという見方が成立します。いかがですか。犯人の心当たりはありませんか」

「……ありません」

貞三は眼を開いたままじっと俯《うつむ》いていたが、やがて苦しい息を吐き出すように言った。

貞三が結婚したのは約十一年前、彼が三十で節子が二十三のときである。友人の妹だった彼女を知り、はげしい恋愛を経て結婚した。新婚時代がすぎると、貞三は自分の仕事に没頭し、妻は家事に喜びを見出すようになった。これは貞三の愛情が冷却したわけでもなければ、妻の心が夫を離れたわけでもなかった。常に意識される愛だけが真の愛情ではない。二人の愛情はむしろ緊密に結ばれ、平穏な夫婦生活の中に、深い根を張って落着いたとみるべきであろう。子供が生まれぬことを除けば、経済的にも恵まれた二人の生活に、何の不満もなかったはずである。節子は夫思いの貞淑な妻であった。かりそめにも、彼女の不貞を想像することはできないし、彼女の美しさに野心を抱く男が現われたとしても、彼女はそのような男に近づく隙を与える女ではなかった。

「失礼なことを申し上げるようですが、犯行の動機が奥さんにのみあったとは限りません。宇野さんご自身についても、気がかりなことがあったらおっしゃって下さい」

「……ありませんね。わたしは裁判官という職掌柄、多くの犯罪者に有罪の言い渡しをしております。しかし、恨みをうけるような裁判はしていないつもりだし、個人的にも、他人の恨みを買った憶《おぼ》えはありません」

宇野貞三の答には、山根係長を納得させる力があった。温情判事と呼ばれるほどの彼に、犯罪者たちの怒りを買う理由はないだろうし、私生活においても、批難されるような噂は聞かなかった。

するとと殺された原因は、やはり夫の知らぬ妻の世界に求めるほかはない。

「奥さんの社交範囲といいますと、近所付き合いのほかには、どんなところがあったでしょうか」

「中学生の頃から非常に短歌が好きだったようで〝白桃〟という短歌の同人誌に投稿を続けていました。歌集も一冊あります。歌会などがあって、月に一、二度は外出していましたが、その方面の友人は女の方ばかりのようでした。御入用でしたら、短歌雑誌をお目にかけます」

「そうですね。のちほど拝借させていただきます。そのほかに外出されるようなことはなかったのですか」

「なかったと思います。外出嫌いで、たまにわたしが映画へ誘っても、あまり気がすすまない様子でした」

「話は変わりますが、海老原さんは今日の夕方の列車で、故郷の青森へ行くことになっていたそうです。奥さんも同郷なので、それで故郷への用事はないかどうかを伺うために、お宅へ寄ってみたと言っています。このことはご存じだったでしょうか」

「聞いていました。長い間カリエスで寝たきりの兄の具合が悪いらしいので、近いうちに見舞いに行くと言っていました。彼の両親の家は、妻の実家の近くです。今日彼が出がけに寄ってくれたことに不思議はありません。海老原くんは今どこにいるのですか」

「応接室をお借りして、係の者が話を聞いています。お会いになりますか」

「いえ、結構です」

貞三はそう答えてから、海老原を避けようとしている自分に気づいた。意識よりも先にはたらいた言葉に、貞三は意外なこころの動きを見て動揺した。

現場検証は午後八時近くまで続けられ、節子の遺体は、解剖のため慶応病院へ運ばれた。その間、貞三は幾度か刑事の質問をうけ、海老原俊夫とも顔を合わせたが、時間の経過につれて貞三の口は重く、表情には悲しみの色が濃くなっていった。

刑事たちが引揚げる頃になって、事件を知った親類、知人たちが相ついで弔問に訪れたが、来客の応対には専ら海老原があたってまめまめしく働いた。

帰郷を延期した海老原がアパートへ帰ったのは夜の十二時を廻っていた。

貞三はついに海老原と会話らしい会話をかわさなかった。貞三が海老原を避けたのである。海老原を避けようとした貞三の心には捜査係長の口にした彼への疑惑と同じ疑惑が、いつか錘《おもり》のように沈んでいたのだ。

妻の日常にも、貞三に接する海老原の態度にも、怪しむべき様子はみられなかった。いや、そう言ってしまっていいものかどうか。かりに妻と海老原との間に、貞三の知らぬ交渉があったとしても、どこにそれを否定する根拠があるだろう。

貞三は愕然《がくぜん》として自分の生活をかえりみた。

裁判官の勤務は、一日置きに法廷の開かれる開廷日にだけ登庁し、そのほかの日は宅調《たくちょう》と称して自宅で裁判記録を調べることを許されている。貞三の場合、週三日の登庁日のうち二日間は、閉廷後大学へ講義に行くので帰宅は夜の九時すぎである。その他の日は終日自宅の書斎にこもって、裁判記録の閲読、判決書の作成のほか、生涯の仕事として選んだ刑法の研究に専念している。酒、タバコを嗜《たしな》まず、テレビの前で時間を忘れることも稀《まれ》であった。むろん、妻以外の女性に心を移したことはない。充実した彼の生活の中には、他事の入り込む余地がなかったといえよう。

しかし、彼の生活が充実していたように、妻の生活も満たされていたといえるだろうか。自分の仕事に打ちこむあまり、彼は久しく妻の肌に触れていなかったことを思った。食膳に向かう時でさえ、新聞から眼を離さない貞三は、妻と語らう時間をないがしろにしていたのではないか。決して不満を洩《も》らすことのなかった妻であるだけに、夫への不満は内攻していたと考えることもできる。夫に求められぬ生活の不満を、果たして妻が他の男に求めなかったと確信できるだろうか。

海老原俊夫は若い。まだ二十五歳だ。容貌も男らしく整っているし、無趣味な貞三とはちがって、節子と短歌論をたたかわすくらいの文学趣味をもっている。

海老原が節子を愛し、学問の虫のような夫への不満に耐えてきた節子が彼の愛を受けいれたとしても、どこに不自然があるだろうか。貞三に妻を批難する資格はない。

しかしそれならば、なぜ海老原は節子を殺さねばならなかったのか。

海老原の性急な求愛をしりぞけようとした節子は、そのことを貞三に告げられることを恐れた海老原のために殺されたのではないか。激情は一瞬にして人間の性格を変え、思いもかけぬ行為を促すものだ。

貞三は眠られぬ夜を明かした。

二

翌日、海老原俊夫は早朝から宇野家を訪れた。

「ご用がありましたら、ご遠慮なく使って下さい。奥さんにはたいへんお世話になりました」

海老原は貞三を見て言った。

「話がある」

貞三は短く言って先に立ち、海老原を書斎へ導いた。

「節子が死んだ」貞三は椅子に腰を落とし、海老原にも腰かけさせてから言った。「おそらく運命だろう。しかし、わたしはこの運命に承服できない。わたしは節子を愛していた。どんなに深く愛していたか、この悲しみを犯人につきつけてやりたい」

貞三は言葉を切り、何かを読取るような眼で海老原を見た。

貞三の視線を受けとめた海老原の表情に、感情の動きは見られなかった。

重い沈黙が流れた。

海老原俊夫が妻を殺した犯人であるかどうか、彼の表情からそれを読取ることは難しい。だが少なくとも、かつて妻と海老原との間に何事もなかったことだけははっきりさせたかった。自分に投げつけられた不幸を、これ以上惨めにしたくはなかったのだ。

「わたしは節子を愛していた。それを、君は信じてくれるか」

貞三はかすれたような声で言った。

海老原は答えなかった。答える代わりのように、顔の色が紅潮した。

「節子もわたしを愛していた。そう信じていいだろうか」

海老原はやはり答えなかった。

「答えてくれんのか。わたしにとっては大事なことなのだ」

「なぜ僕に聞くのです。奥さんが亡くなられた後になって、なぜそんなことが大事なんですか」

海老原の眼はまっすぐに貞三を見た。怨りを含んだ冷たい眼差しだった。

「わたしは節子を信じたい。それだけだ」

「それならば、信じればいいでしょう。しかし、先生は信じていませんね。信じているなら、他人に聞く必要がない」

「そうかも知れん。わたしは節子が誰に殺されたかということよりも、なぜ殺されたかを知りたいのだ。もし、わたしと節子との愛情にひずみがあったとすれば、警察が言っているように、犯罪の動機を痴情とみねばならぬ。それが辛いのだ」

「痴情以外の事件ならばいいというんですか。先生はエゴイストだ。自分のことしか考えない。先生は奥さんを愛していたとおっしゃる。しかし僕に言わしてもらえば、それは愛でも何でもありません。奥さんの犠牲の上に自分の生活を築き、それでいて奥さんを愛していると信じている。いい気なものです。ぼくは奥さんをお気の毒に思っていました。疑うべきは奥さんの愛ではなく、先生自身の愛でしょう」

海老原は烈《はげ》しく言った。かつて見せたことのない態度だった。

貞三はうろたえた。

「何を言うんだ、君は。他人の君にどうしてそんなことがわかる?」

「ぼくは奥さんを愛していました。だから、奥さんの寂しさが分かっていたのです」

海老原は思い切ったように言った。

貞三は、しばらく口がきけなかった。

「寂しかった――節子が君に向かってそう言ったのか」

「いえ、言いません。誰にも言えないだけに、余計辛《つら》かったろうと思います」

「失敬なことを言うのは止めたまえ」貞三はもはや心の昂《たか》ぶりを隠すことができなかった。

「君は節子を愛していたと言う。それは君の自由だ。咎《とが》めはしない。しかし、そのことを君は節子に告白したのか」

「告白できたくらいなら、ぼくも苦しみはしなかったでしょう」

「それを、なぜ今ごろになってわたしに言うのだ」

「奥さんが可哀想《かわいそう》だからです。自分の妻の心も読取れないで、人の犯した罪を裁く裁判官の傲慢さに、我慢がならなくなったからです。奥さんが誰に殺されたのか、なぜ殺されたのか、ぼくには分かりません。しかし、この事件が物盗りの仕業でないことは明白です。奪われた物は何もなかったと聞きました。奥さんは他人の恨みを買う方ではなかったし、先生にかくれて不貞をはたらく方でもなかった。とすれば、奥さんの殺された原因は、先生の生活のどこかに存在したと考えるほかありません。裁判官としての先生は温情判事といわれるほどの人であり、学者としては新派刑法理論の最も尖端《せんたん》をゆく理論家として学界の注目を集めています。私生活は謹厳そのもので、先生を誹謗《ひぼう》する声を聞きません。しかしそれでもなお、ぼくは奥さんの殺された原因が先生にあったのではないかと考えます」

「なぜだ」

「お考えになって下さい。ぼくは失礼させて頂きます」

海老原は沈痛な面持ちで最後の言葉を言い捨てると、静かに書斎を出て行った。玄関の戸の開閉する音がして、帰ったようであった。

無礼な奴《やつ》——貞三は憤っていた。

海老原の態度は、いやしくも師に対する弟子の態度ではない。海老原は、すでに弟子の立場を捨て、愛する女を殺された一個の男性の怒りと悲しみとを見せて憚《はばか》らなかった。

彼の言葉を信ずるならば、彼と節子との間に表だった関係はない。彼が節子を殺したと考えるのは困難のようである。

しかし、そう信じるだけのはっきりした根拠があるか。証拠のないところに犯罪は存在しないというのが裁判の原則である。宇野判事は、証拠の不明確な犯罪に対しては、積極的に無罪の言い渡しをしている。だが現実においては、常に証拠が犯罪の跡に横たわっているものではない。現に証拠のないところに、妻は無惨な死体となって発見された。死体の発見者は海老原だった。これは単なる偶然かも知れぬ。しかし、発見者が犯人だった例はよくあることだ。それはアリバイ工作をしないですませる最上の方法なのだ。だが、それならば海老原は、なぜ節子を殺さねばならなかったのだろうか。

貞三は昨夜と同じ考えを繰り返した。

そこへ、四人兄弟の中で貞三と最も親しい姉が、朝刊を持って現われた。昨夜、事件の知らせを聞いて駆けつけて以来、人の出入りの慌しい家事を手伝っているのだ。

貞三は黙って新聞を受取り、話しかける姉を、一人にしておいてくれと言って引退がらせた。

『——裁判官の妻殺される

白昼の通り魔か』

新聞は五段抜きの大きな活字で、センセーショナルな記事を掲げていた。どこから入手したのか、数年前に写した妻の写真まで掲載され、宇野貞三氏談として、殺された原因については全く心当たりがない旨の談話が載っていた。新聞記者と話を交わした覚えはないから、多分、刑事から聞いて書いたものであろう。

そして後段には、事件発覚当時、宇野家の付近をうろついていた酔っぱらいふうの男を見たという近所の者の申し立てから、通りがかりの押売りのような者の犯行であろうという捜査本部の意見が加えてあった。

宇野貞三の住む三田台町一帯は静かな住宅街である。押売りがくることもないではない。しかしこの捜査本部の意見は、山根係長が貞三に話したことと全く異っている。おそらく、痴情による犯罪とみられることを恐れる貞三の気持を察した係長の配慮が、こうした記事になったのであろう。

死体の状況を考えれば、単なる押売りの、出来心による犯行とは思えないのだ。

貞三は、新聞を閉じて、海老原の言った言葉を反芻《はんすう》した。

節子に殺される動機がないという彼の考えは、貞三も同じだった。しかし、だからといって貞三にその原因があると考えるのは論理が飛躍しすぎる。

それならば、妻はなぜ殺されたのか。

短歌の友だちは女性ばかりと信じて気にかけなかったが、短歌を作るのは女性ばかりではない。歌会へ出席すれば、当然男の歌人とも近づきになる機会ができたはずだ。それに、情事は必ずしも夜間に限られたものではないだろう。週に三日、貞三が外出している間に、彼女が何処で誰に逢《あ》ったところで、貞三には知りようがないのだ。

妻への疑惑は、貞三の胸を深く抉《えぐ》った。抉られた傷に顔を押し当て、貞三は煩悶《はんもん》した。死んでしまった妻に、疑惑を問い質《ただ》す術はない。この苦しみは、自分がいかに深く妻を愛していたかを、痛切に思い知らせた。

このとき玄関ホールの電話機が鳴ったことにも、貞三は気がつかなかった。

姉が電話を貞三に取次いだ。

「誰から?」

貞三は暗い顔を上げた。

「お尋ねしたんですけど、お名前をおっしゃらないの。是非お話ししたいことがあるんですって。男の方だわ」

弟を気遣う姉の顔色も暗かった。

貞三は無言で書斎を出た。

「もしもし」

貞三は受話器をとった。

「温情判事さんですか」

耳に伝わった声には、不気味なひびきがあった。

「宇野ですが、あなたはどなたですか」

「――――」

電話線の向こうで、相手は耳を澄ましているようだった。

「どなたでしょうか」

貞三は声を高くした。

「……ウフフフ」

低い笑い声が伝わってきた。声は次第に高く、甲高くのけぞるような笑い声になった。

「誰だ、君は——?」

貞三が言いかけたとき、電話はプツンと切れた。

甲高い笑い声だけが、いつまでも貞三の耳に残った。

三

事件が起こってから一週間経った。

病院から戻された節子の葬式も終わり、宇野家はふたたびもとの静寂にかえった。変化があったといえば、妻の節子に代わって、老いた家政婦が貞三の身の廻りの世話をやいているだけである。

貞三は目に見えて憔悴《しょうすい》した。終日書斎にこもって、暗くなっても明りが灯《とも》されぬこともあれば、夜半すぎても、書斎の灯の消えぬことがあった。

書斎にこもった貞三は、しかし何をしているのでもなかった。書物を開いても、活字は彼の眼にうつらなかった。彼はただ怏々《おうおう》として椅子の背にもたれ、時間の流れに身を委《ゆだ》ねているようであった。

新聞が伝える捜査状況は行詰まりを告げていた。事件のあった翌日、貞三の耳に不気味な笑い声を残した電話の男のことも、果たしてそいつが犯人なのか、単なる悪戯にすぎないのか、捜査の手がかりはつかめぬ様子で、短歌会の交友関係からも、容疑者は浮かんでない模様だった。

解剖の結果、犯行方法は両手で背後から首を絞められたものと断定され、暴行された形跡のないことだけは確認されたが、犯行現場における指紋の検出は、不成功に終わった。海老原俊夫とは、葬儀の日に顔を合わせて以来会っていない。そのときも、貞三はほとんど彼と口をきかなかった。

——宇野節子は誰に殺されたのか。

この言葉は、今も人々の話題から消えていない。

しかし貞三は、もはやそのようなことはどうでもいいような気がしてきた。犯人が捕まったところで、妻は生き返らないのだ。

かつて貞三は、妻のいなくなった生活を考えたことがなかった。妻はいつでも自分の周囲にいて、呼べば必ず返事をくれるものと思っていた。それは空気と同じように、不可欠の存在でありながら、その存在を意識させなかった。死なれて初めて、彼は妻の愛情に育まれて生きていたことを知った。妻のいなくなった世界の向こうに、ひかりは見えなかった。

貞三は薄暗い書斎の中から、ふと眼をあげて窓の外を見た。

雲一つない空が昏《く》れようとしている。

彼は何を思ったのか急に立上り、玄関へ出ると素足に駒下駄《こまげた》をつっかけた。

そして魚籃坂の都電通りを、蹌踉《そうろう》とした足どりで降りていった。

彼の足が止まり、暖簾《のれん》を分けて入ったのは、古川橋《ふるかわばし》に近い大衆酒場だった。

宴席の盃《さかずき》も滅多に手にせず、むろん大衆酒場などに入ったことのない彼の行動は、彼を知る者には想像もできないにちがいなかった。

彼は狭い店の奥の、酒の汚点《しみ》のついたカウンターに両肘をついて、酒を注文した。客はコの字型になったカウンターの向かい側に、工員ふうの三人づれがいるだけだったが、このとき、貞三のあとを追ってきたように一人の男が店に入ってきた。

男は貞三のとなりに腰をおろし、嗄れた声で焼酎を注文した。

見憶《みおぼ》えのある男――これが貞三のうけた第一印象だった。整った顔だちだが、痩せ細った顎のあたりに無精ひげが目立って、正視できぬまでに暗い翳《かげり》があった。不眠がつづいているのか、眼が赤く充血している。年は二十七、八であろう。身なりは悪くないが、ノー・ネクタイの開いた襟元に、どこか崩れた匂いが感じられた。

「宇野さんでしたね」

男は酒精度の強い透明な液体を、水を飲むように一息に飲み干してから、突然、充血した眼を貞三に向けた。

貞三は、となりの男を見た。

「憶えがありませんか」

「さあ……?」

貞三はそれ以上言えなかった。確かにどこかで見た顔である。しかし思い出せなかった。

「ついさっき、お宅の近くで会いましたが、気づかれなかったようですね。それで懐しくなって、後をついて来たんです。しかし先生には、もっとずっと以前に、お目にかかっています。思い出して下さい」

男の態度は不躾《ぶしつけ》なほど馴《な》れ馴《な》れしい。貞三を先生と呼ぶところをみれば、教え子の一人かもしれなかった。

しかし、貞三はこの男を相手にする気にはなれなかった。貞三は酒を飲むために来たのだ。そのほかのことに煩わされたくない。酒がすべてを忘れさせてくれるものなら、今の彼は、一時でも妻の幻影から逃がれたかった。彼は相手を遠ざけようとした。

「ちょっと思い出せませんね」

貞三は苦い薬を飲むように、黄色く熱い液体の溢れるコップを傾けた。事実、酒は少しもうまくなかった。

「どうしても思い出せませんか」

男は執拗《しつよう》だった。

「だめですね、わたしは物憶えがわるい」

「残念だな。ぼくはね、いつかこうして先生と酒を飲みたかったんです。いつもこのことばかり考えてました。ですから先生、乾盃《かんぱい》しようじゃないですか。ぼくは先生が好きなんですよ。奥さんを亡くされてお気の毒に思っています。どうです、先生、だから乾盃しようじゃありませんか」

男の喋《しゃべ》ることには論理がない。男はこの店にくる以前から、かなり酔っていたようだった。

「わたしはわたしの酒をわたし一人で飲む。きみは君の酒を君ひとりで飲みたまえ。それでいいだろう。わたしは君を思い出せないんだ。一人にしておいてくれ」

貞三はさらにコップを傾けて、二杯目のコップを注文した。

「冷たいことを言っちゃいけない」男は貞三の肩に手を置いた。「温情判事と言われる先生が、そんな邪慳《じゃけん》なことを言うもんじゃないですよ」

「温情判事?」

貞三は聞き返した。

「ちがいますか。新聞にそう書いてあったし、ぼくもそう思ってます。やさしくて情深い判事さん。泥棒にも強盗にも、人殺しにも愛される裁判官。先生が死んだら、小学校の教科書にのりますね。子供たちは歌にしてうたうかも知れない。——やさしいやさしい判事さん……」

男は酒くさい息を吹きかけ、カウンターについた肘に顎をのせて節をつけた。呂律《ろれつ》の廻らぬ舌で、それは歌ともつかぬ歌であった。

やさしいやさしい判事さん——か。貞三はふと口に出して呟《つぶや》いた。悲しみが、急に湧いてきて胸がつまった。

——やさしいやさしい判事さん……。

相手の男は同じ繰り返しを、調子の外れた声で唸《うな》るようにつづけた。男は歌いながら泣いているようだった。

「おい、どうしたんだ、きみ」

貞三は、カウンターに俯伏《うつぶ》せになった男の肩をゆすった。この男が何処の何者であるか、貞三は知らない。だが、いつの間にか彼は、この若い男に親近感を抱き始めていた。なぜか、それは分からないし、どうでもいいことだろう。あるいは、この男も妻に先立たれたのかも知れない。貞三はやさしく男の肩を起こした。

「さ、飲もう。乾盃しようと言ったのは君じゃないか。一人で飲むと言ったのは撤回する。今夜は二人で飲めるだけ飲もう」

貞三は喋りながら、自分が相当酔っていることを意識した。盃を重ねるにつれて、悲しみはこんこんと湧いて、貞三の胸を浸した。

男は顔を上げ、薄い唇を歪《ゆが》めるようにして笑った。

「よし、温情判事の悲しみのために乾盃だ」

男は左手に握ったコップをたかだかと挙げて、それを貞三のコップに近づけてカチンと鳴らした。凄惨な飲みっぷりである。飲み終わるまで息をつかなかった。

「奥さんに死なれて悲しいですか」

男は荒い息をして言った。

「うむ、悲しい」

貞三は答えた。答えることによって、悲しみが遠くなるような気がした。

「どんなふうに悲しいか言って下さい」

「どんなふうもこんなふうもない。とめどなく悲しい」

「辛いですか」

「辛いな。はてしもなく辛い」

「いい奥さんだったのでしょう」

「いい女房だった。この上なくいい女房だった」

「愛していたんですね」

「愛していたとも。魂がぬけるほど愛していたよ。自分でもこれほど愛しているとは気がつかなかった。もう生きていく甲斐《かい》がない」

「死にたくなりませんか」

「死にたくなった。今でも死にたいと思っている」

「ほんとうですか」

「ほんとうだ。君にこの気持はわかるまい」

「わかりますよ。だから死にたくならないかと聞いたんです」

「君も奥さんに死なれたのかい」

「そうですよ。気持のやさしい、いい奴でしたよ。そいつが死んじまいやがった」

死んだ妻を思い出したのか、男は急においおいと声をあげて泣き出した。男は泣き上戸のようである。しかし、その泣き声は貞三の胸にせまった。男の泣き声は、自分の泣き声のようにも聞こえた。貞三は救いようのない気持に襲われた。

「わたしは、お先に失礼する」

貞三は男の肩を慰めるように叩《たた》いて立上った。

男は顔もあげずに、なおも泣きつづけていた。

貞三は泣き声をあとに店を出た。

商店街には、燈がともり、町はすっかり夜になっていた。

——酔ったな。

貞三は冷たい外気に触れ、足もとの乱れに酔いの深さを知った。地面が大きく揺れている感じだった。吐く息が苦しかった。

——海老原俊夫はどうしているだろうか。

貞三は燃えるように熱い頭で、ふと彼を思った。

海老原は節子を愛していた。その愛を告げることもできずに、彼は節子を愛していたという。貞三は急に彼に会いたくなった。この苦しみを本当に理解してくれる者は、同じ女を愛した彼以外にいないのではないか、彼の告白が真実ならば、彼も貞三と同じ苦しみを味わっているはずである。かりに彼が節子を殺した犯人だったとしても、今の貞三は彼に会ってみたかった。数日前、海老原からうけた侮蔑も忘れたように、貞三の足はおのずから彼のアパートへ向かった。

しかし、海老原俊夫は不在だった。

灯《とも》りの点っていない部屋は、ノックをしたが答えがなかった。

貞三は深い孤独感にとらわれた。

自分の弱さを笑いたかった。

滅多に飲んだことのない酒に酔い痴れ、見知らぬ若い男と他愛のない会話を交わしたことが、貞三を感傷的にしたのだろうか。

——やさしいやさしい判事さん。

見知らぬ男のうたった歌を、貞三は小さく呟いた。暗い坂を上りながら、彼は幾たびも同じ文句を歌うように呟いた。呟きながら、誰にも見せたことのない涙を流していた。

四

翌日、夕方近くなって、貞三は山根係長の来訪をうけた。

「犯人を逮捕しましたので、お知らせにあがりました」

係長は貞三を見るなり言った。犯人の検挙を誇るにしては、声に生気がなかった。貞三のやつれた顔は、さすがに緊張を示した。係長を応接室にみちびき、無言で次の言葉を待った。

「去年の十月、目黒区碑文谷《ひもんや》で若妻殺しがありました。被害者は会社員の妻で二十四歳、結婚して一年と経っていませんでした。加害者は電気器具の外交員、たまたま被害者宅を訪れた外交員が、被害者に接して欲情にかられ、要求を拒絶されたうえ騒がれそうになったので扼殺した事件です。ご記憶でしょうか。担当裁判官は宇野判事、つまり先生が審理された事件です」

「憶えている。犯人の名は鹿田清太郎と言った」

「被害者の名は？」

「――――」

「思い出せませんか」

「ちょっと記憶が遠くなった。それが今度の事件に関係あるんですか」

「あります。被害者の名は内堀光江、気立てのやさしい女で、夫婦仲のいいことは近所でも評判だった。夫にも妻にも、他人から恨みをうけるような憶えはないし、被害者の男関係を洗ったが、痴情を思わせるような事実もない。しかし物盗りの仕業にしては室内が荒らされていないし、痴漢の犯行にしては、被害者の体に暴行された痕跡がない。着物の裾前の乱れていたのが、疑問として残った。事件は迷宮入りかと思われたころ、突然犯人が自首して出た。犯人鹿田清太郎は犯行を自供したが、動機については、被害者の挑発をうけたと主張した。挑発しておきながら、急に冷たい態度をされたのでカッとなり、騒がれたので首を絞めてしまったという。鹿田清太郎が被害者宅を訪れたことは、すでに四度目であることも、犯人の主張を有利にしたようだった。それに、鹿田清太郎の日常は非常に真面目で、会社の上役や同僚の評判もよかった。動機をめぐって、弁護人側と検察官側とは烈しく対立したが、結局、宇野裁判官は、弁護人側の主張を採用した。被告人が十九歳の未成年者であること、自首したこと、動機に憫諒《びんりよう》すべき点のあること、改悛の情が顕著で更生を誓っていること、これらの情状が酌量されて、寛大な判決が言い渡された。懲役三年、五年間執行猶予。鹿田清太郎は感謝の涙を流して法廷に頭を垂れた。この判決があったのは、つい一と月前のことでした」

「鹿田清太郎はその後自動車工場に就職して、真面目に働いているはずだ。あの事件がなぜ……?」

「まだお分かりにならぬようですね。犯人が改悛して更生すれば、それで裁判の目的は一応果たされたかも知れません。しかし、被害者には夫がいました。自分の命のように妻を愛している夫がいたのです。妻を殺された夫は、しばらく半病人のようになって寝ていました。そしてようやく起き上ったときは、別人のように変わってしまいました。勤めに出ないので、間もなく会社はクビです。彼は毎日朝から酒を飲みだしました。未練がましい、意気地のない男ですが、彼はそうせずにはいられなかったほど妻を愛していたのです。鹿田清太郎に執行猶予の判決があったとき、彼は宇野判事の奥さんを殺すことを考えついたと言ってます。妻を殺された夫の気持が、どんなものかを知らせてやりたいと思ったそうです。もし、被害者側の気持を理解していたなら、あのように寛大な判決にはならなかったろうというのが、彼の怒りの原因でした。それだけのことで罪のない奥さんを殺すとは、いささか異常ですが、その怒りは理解できぬでもありません。彼は、犯人を死刑にしてもあきたらぬと考えていたのです。その夫の名は内堀信良、昨夜、古川橋近くの酒場で、先生といっしょに酒を飲んだと言っています」

「あの男が――」

貞三は絶句した。

昨夜、酒場で調子のはずれた歌をうたいながら泣いていた若い男、あの不幸に打ちひしがれた男が、内堀光江の夫だったのか。

　係長に言われて、貞三は初めて、鹿田清太郎の公判廷で見かけた内堀信良の記憶を呼び戻した。貞三はめまいがしそうになった。節子を殺した犯人と、自分は肩を抱き合って酒を飲んでいたのだ。そのとき、二人は親密な感情をさえ、互いに抱き合ったのではなかったか。

「今度の事件は、内堀光江が殺された事件によく似ていました。被害者側に殺される動機がなく、犯人への手がかりは全然つかめなかった。捜査はほとんど行詰まりにきていた。そのとき宇野さんの助手をしておられる海老原さんが捜査本部を訪れて、事件解決のヒントを与えてくれたのです。宇野判事さんの担当された殺人事件の被害者側を洗えば何かつかめるかも知れぬ――海老原さんはそう言っただけでした。捜査本部内には、海老原さんを犯人として疑っている者が多かったのですが、わたしは海老原さんの考えにとびついてみました。そして、宇野さんの担当された殺人事件の被害者側を洗っていくうちに、内堀信良につき当ったのです。事件当日、お宅の付近で怪しい人物を見たという近所の人に、内堀の面通しをさせたところ、間違いないという返事を得ました。それで、今朝方帰宅したところを逮捕したわけです。彼は何の抵抗も弁解もせず、犯行を自供しました。保険の外交員を装ってお宅を訪れ、玄関先で扼殺した後、死体を居間に運んだそうです。事件の翌日、電話をかけたのも彼だったそうです。昨夜、宇野さんに会って酒を飲んだとき、彼は初めて罪悪感にとらわれたと言っています。申しわけないと謝っていました」

係長の声は最後まで重苦しかった。

五

「――被告人内堀信良を懲役三年に処する。ただし本裁判確定の日より五年間右刑の執行を猶予する」

判決を言い渡す裁判官の声は低かったが、それは弁護人席の宇野貞三の耳にもはっきりと聞きとれた。

強い西日を浴びた法廷は、ガランとして日曜日の教室のようである。傍聴人はいなかった。一段高くなった中央の裁判官席に向かって左側の席には、中年の検事が一人、静かに両眼を閉じて、裁判官の声に聞き入っているようである。

内堀信良が逮捕されてから、約半年経っていた。

宇野貞三は間もなく裁判官の職を辞して、内堀信良の弁護人となった。

初めは、弁護に当たりたいという宇野貞三の申し入れを固辞して受けなかった内堀も、やがて貞三の願いに従った。内堀を弁護することにより、貞三は過去の自分を償おうとしているようだった。それは絶望した貞三が、もう一度生きるための出発点のようでもあった。

しかし法廷に立った内堀は、ひたすらに死刑を望んで、もはやふたたび生きることを望まなかった。

貞三が裁判官の職を辞した理由は、妻の死によって動揺した自分に、深い疑いを抱いたからである。刑罰は犯罪者の矯正改善を目的としなければならぬ——この彼の信念に変化はない。しかし刑罰の含む意味は、単にそれだけであってよいか。妻の死が提出した一つの疑問は、さらに幾つかの問題の所在をその周囲に発見させた。書斎においてではなく、なまなましい人間関係の中で、これからの貞三は、これらの問題と真剣に取組まねばならないだろう。

貞三は自ら内堀信良の弁護を買って出ると同時に、被害者の夫として、被告人の刑を軽くしてくれるように嘆願書を出していた。

判決の主文言い渡しにつづいて、裁判官の低い声は、判決理由を語っていく。

寛大な判決は、犯行当時被告人が心神耗弱の状態にあり、正常心を欠いていたことを主な理由に挙げていた。

その説明を聞いているのか、聞いていないのか、裁判官の前に起立して、青白い顔を伏せた被告人の眼は、うつろに見開かれたまま瞬《まばた》きもしない。

執行猶予と聞かされたときにも、そのうつけた表情に安堵《あんど》の色は浮かばなかった。裁判官の声を聞いていないとすれば何を考えているのか。うつろな眼は深い悲しみの影を落して、ただ狂人の放心状態に似るようであった。

編者解説

日下三蔵

一九五七（昭和三十二）年に仁木悦子の『猫は知っていた』が、翌年に松本清張『点と線』と『眼の壁』が、相次いでベストセラーとなり、国産ミステリは史上最大の転換点を迎えることになる。

外見的には、それまでの呼称「探偵小説」が、この時期を境に現在の呼称「推理小説」へと変わっていく訳だが、作品の質にも変化が出てくる。非日常的な事件が起こるフィクションから、日常の中で起こる事件を描いたフィクションへの移行である。探偵小説の時代には、ディクスン・カーをお手本にしていた横溝正史のように、本格ものであっても怪奇的な装飾を施した作品が多かった。

もちろん、鮎川哲也や土屋隆夫のように、探偵小説の時代から推理小説的な作品を書いていた作家は、そのまま活動を続けているし、高木彬光は探偵役を天才型の神津恭介から百谷弁護士や霧島検事にシフトして時代の変化に適応している。山田風太郎は時代小説に活躍の場を移した。横溝正史はこの変化に対応できずに一旦筆を折るが、十数年後に旧作が角川文庫に収録されて、国民的なブームを巻き起こすことになる。

昭和三十年代以降に登場した作家は、乱歩賞からは仁木悦子を筆頭に、多岐川恭、笹沢左保、陳舜臣、戸川昌子、斎藤栄、西村京太郎、海渡英祐、森村誠一、夏樹静子、「宝石」から佐野洋、樹下太郎、高城高、河野典生、戸板康二、大藪春彦、星新一、「エラリイ・クイーンズ・ミステリ・マガジン」から結城昌治、書下し単行本で水上勉、生島治郎、都筑道夫、三好徹、小泉喜美子という面々である（多岐川恭や都筑道夫は再デビューだが）。

これらの作家の共通点として、程度の差こそあれ、海外ミステリの洗礼を受けて作品を書いていることが挙げられる。五三年に早川書房がハヤカワ・ポケット・ミステリを創刊し、海外のミステリを大量かつコンスタントに翻訳紹介してきたことが、国産ミステリにも影響を及ぼしたのだ。

本書の著者・結城昌治は、日本の推理小説はまったく読まず、海外ものだけを読んで作品を書き始めたというから、新時代を象徴する作家といっていいだろう。

結城昌治は一九二七（昭和二）年、東京生まれ。本名・田村幸雄。四八年、早稲田専門学校法律科在学中に東京地検に事務官として採用されたが、肺結核となり療養所への入所を余儀なくされる。そこで知遇を得た福永武彦の影響で海外ミステリを読み始める。福永は加田伶太郎のペンネームで実作も手がける推理小説通であった。

退所後は同庁に勤務していたが、五九年に早川書房の翻訳ミステリ専門誌「エラリイ・クイーンズ・ミステリ・マガジン」の第一回ＥＱＭＭ短篇探偵小説年次日本コンテストに投じた短篇「寒中水泳」が入選、同誌の七月号に掲載されて作家デビューを果たす。この時の準佳作は、田中小実昌「火のついたパイプ」と杉山季美子（後の小泉喜美子）「我が盲目の君」であった。筆名は「EQMM」編集長だった都筑道夫の命名によるもので、当初は「ゆうき・まさはる」と読ませていたが、「しょうじ」と読まれることが多かったため、後に読み方を変更した。

五九年十二月に第一長篇『ひげのある男たち』を早川書房より刊行。翌年一月に東京地検を退職して作家専業となり、旺盛な執筆活動を開始する。六四年、『夜の終る時』で第十七回日本推理作家協会賞、七〇年、『軍旗はためく下に』で第六十三回直木賞、八五年、『終着駅』で第十九回吉川英治文学賞を、それぞれ受賞。特筆すべきは作品の質の高さだけではなく、手がけたジャンルの驚異的な多彩さである。

本格ミステリ『ひげのある男たち』『長い長い眠り』『仲のいい死体』
サスペンス『隠花植物』『花ことばは沈黙』
スパイ小説『ゴメスの名はゴメス』
ユーモア推理『死者に送る花束はない』『死体置場は空の下』
警察小説『夜の終る時』『穽（→裏切りの明日）』
ハードボイルド『幻影の絆（→幻の殺意）』『赤い霧』
少年少女もの『美しい囮』『ものぐさ太郎の恋と冒険』

クライム・コメディ『白昼堂々』
私立探偵もの『暗い落日』『公園には誰もいない』『炎の終り』
戦争小説『軍旗はためく下に』『虫たちの墓』『終着駅』
時代小説『斬に処す』『森の石松が殺された夜』
SFサスペンス『見知らぬ自分』
評伝『志ん生一代』
ショートショート『結城昌治ショート・ショート全集(→泥棒)』
時代サスペンス『始末屋卯三郎暗闇草紙』『仕立屋銀次隠し台帳』
句集『歳月』『余色』
エッセイ集『昨日の花』『明日の風』『死もまた愉し』

おおよそのタイプで分類してみたが、サスペンスとスパイ小説、ユーモアとハードボイルド、警察ものと本格ミステリのように、複数の要素を備えた作品も多い。短篇集もハイレベルなものばかりで、第一作品集『天上縊死』(61年4月/早川書房)から亡くなった年に刊行された『泥棒たちの昼休み』(96年9月/新潮社)まで、約五十冊がある。内容がバラエティに富んでいるから人によって好みの差はあると思うが、どれか一冊だけ選べと言われたら、おそらくほとんどの人が七二年六月に刊行された角川文庫版『あるフィルムの背景』を挙げるのではないだろうか。著者の自選短篇集だけに、サスペンス系の初期傑作がズラリと揃った超絶クオリティの一冊となっているのだ。

本書の前半には、この角川文庫版『あるフィルムの背景』を、そのまま収めた。作品の初出は、以下のとおり。

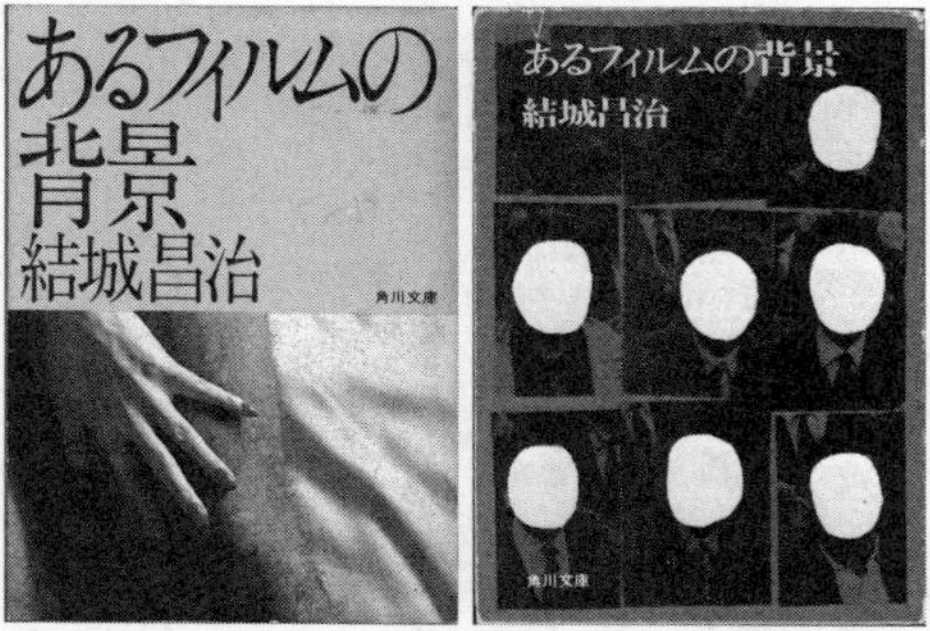

角川文庫『あるフィルムの背景』。右が初版の表紙、左は後にカバーが変更になったもの

惨事　「日本」63年12月号
蝮の家　「別冊小説新潮」61年4月号
孤独なカラス　「小説現代」64年2月号
老後　「オール読物」66年1月号
私に触らないで　「小説現代」64年9月号
みにくいアヒル　「小説現代」65年3月号
女の檻　「別冊小説現代」66年10月号
あるフィルムの背景　「小説中央公論」63年2月号

このうち、「惨事」「蝮の家」「孤独なカラス」「老後」「私に触らないで」の五篇は、七四年五月に朝日新聞社から刊行された『結城昌治作品集8　短篇集　寒中水泳／孤独なカラス』にも収められている。基本的に同じ傾向の長篇を二冊ずつ合本にした愛蔵版シリ

ーズの最終巻に当たり、こちらも著者自選の二十一篇が収められている。初期作品から刊行当時の新作までを対象に、さまざまな傾向の作品が選ばれており、その中に含まれていることからも著者の自信と愛着のほどが感じられる。

あとがきに当たる巻末の「ノート」で、このブロックの作品について触れた箇所をご紹介しておこう。


結婚というのは、移ろいやすい愛情を固定した秩序に繰込む制度で、逆に言えば、制度化しなければ秩序が保たないことをあらわしている。人類は有史以来さまざまな制度をつくったり壊したりしてきたが、一夫一婦の結婚制度がほとんどすべての文明国で採用されている現状は、社会秩序を支配する側にとってよほど都合がいいからにちがいない。愛と秩序とは無縁なはずなのに、それを等価値に偽装したところに支配者側の狡智がうかがわれる。おかげで結婚式場は繁昌しているが、離婚にまつわるいざこざも殖える一方で家庭裁判所も多忙らしく、夫が妻を殺したり妻が夫を殺したり、推理小説においても夫婦間の軋轢は金銭欲とならんで犯行の動機の双璧をなしている。「蝮の家」は夫と妻の両方から交互に書いた。夫婦平等に発言の場を与えたつもりだが、この方法はトリックのためにも必要だった。

「惨事」の主題は形を変えてその後もいくつか書いているが、まだ書き切ったと思っていない。

「孤独なカラス」にでてくる公園は、品川区の戸越公園である。私の少年時代の思い出につながっているが、現在は無惨に荒れ果てて往年の面影はない。あの小さな美しい公園さえ守れなかったとは、国立公園の自然がつぎつぎに破壊されてゆくのも当り前のような気がする。本篇では一人の少年が真似るカラスの啼声を読者に伝えたかった。

「私に触らないで」は花言葉から想を得た。主人公が女のことで手前勝手な空想をする部分は、西欧の作家の手法をかりたというより、もっと身近に、落語の「湯屋番」や「強情灸」などに学んでいる。

「老後」と「紺の彼方」は、女の一生を短篇の枠内におさめたところがみそかもしれない。

「老後」は四十枚、「紺の彼方」は三十五枚である。

「紺の彼方」は短篇集『童話の時代』（70年9月／中央公論社　→　75年10月／角川文庫）に収められている。

「孤独なカラス」は多くのアンソロジーに採られているが、日本推理作家協会がその年のベスト短篇を選ぶ『推理小説年鑑』の六五年版（東都書房）を別にすれば、筒井康隆の編んだ恐怖小説集『異形の白昼』（69年11月／立風書房　→　現在は2013年9月にちくま文庫）は、そのもっとも早い一冊である。筒井康隆は巻末の「編輯後記」でこの作品について、こう述べている。

小松左京氏が、ぼくに話したことがある。「泣かせようとする時、子供を出すな。怖がらせようとする時、女を出すな」

子供で泣かせるのは反則だし、今や女では誰も怖がらないというわけである。むしろ子供の方が、ずっと怖い。そういえばこのアンソロジイに含まれた短篇で、子供の登場する話は十三篇中六篇（胎児を含めると七篇）を占めている。現代では、子供というのはむしろ不気味な存在に近いのだろうか。

「孤独なカラス」の怖さは、もちろんそれだけではない。現在、原因不明で治療不可能とされている精神分裂病の怖さが加わっている。常人の神経では、これだけ怖い話は考えつかない筈だ。だが結城氏は明るい常識人であるし、一方で、カラリとしたユーモア・ミステリを書いている。いったい、どうなっているのだろうと、ぼくは考えこんでしまうのである。

このちくま文庫版では、トリッキーなサスペンスとブラック・ユーモアの系列に属する作品五篇を増補した。各篇の初出は、以下のとおり。

絶対反対「紳士読本」62年1月号
うまい話「エラリイ・クイーンズ・ミステリ・マガジン」60年8月号
雪山讃歌「小説中央公論」62年1月号

葬式紳士「宝石」61年9月号
温情判事「日本」60年11月号

角川文庫『温情判事』と『葬式紳士』

このうち「うまい話」と「葬式紳士」は、前述の朝日新聞社版『結城昌治作品集8　短篇集　寒中水泳／孤独なカラス』にも収録。巻末の「ノート」には、こうある。

「うまい話」も習作の域を脱していないが、読返してもさほど抵抗を感じなかったし、一応それなりにまとまっているようで初期の特色は示していると思う。

「葬式紳士」は確率の犯罪を扱った。目的達成の確率は高いほうがいいに決っているが、目的を達しなかった場合でも自分に疑惑のかからないことが第一の条件である。

なお、六三年五月に講談社から短篇集『あるフィルムの背景』が出ているが、角川文庫版との重複は表題作のみ。つまり、角川文庫版は講談社版の文庫化ではなく、タイトルが同じだけでまったく別の作品集なのだ。

講談社版の帯に寄せられた吉田健一の推薦文は、結城作品全体への賛辞となっているので、最後にこれを紹介して、この解説の結びに代えさせていただこう。

推理小説を書く腕の冴えが人生一般の問題を扱つた普通の小説に向はせるといふのが、今日の日本の文学界に見られる一つの特徴である。今日の一流の推理小説作家が一流であるかどうかは、さういふ普通の一流の小説が書けるか書けないかで決るとも言へて、ここに収められた幾つかの短篇を読めば、結城氏は明かに一流である。

本書はちくま文庫のためのオリジナル編集です。

各作品の底本は以下の通りです。

『あるフィルムの背景』角川文庫、一九七二年六月　第一部収録作品
『葬式紳士』角川文庫、一九七三年九月「絶対反対」「うまい話」「雪山讃歌」「葬式紳士」

『温情判事』角川文庫、一九八一年二月「温情判事」

なお本書のなかには今日の人権意識に照らして不適切な語句や表現がありますが、時代背景と作品の価値にかんがみ、また、著者が故人であるためそのままとしました。

うなぎ　浅田次郎選　日本ペンクラブ編

庶民にとって高価でも何故か親しみのあるうなぎ。そのうなぎをめぐる人間模様。岡本綺堂、井伏鱒二など、小説九篇に短歌を収録。（平松洋子）

カレーライスの唄　阿川弘之

会社が倒産した！　どうしよう。美味しいカレーライスの店を始めよう。若い男女の恋と失業と起業の奮闘記。昭和娯楽小説の傑作。（平松洋子）

ぽんこつ　阿川弘之

文豪が残した昭和のエンタメ小説！　時は昭和30年代、知り合った自動車解体業「ぽんこつ屋」の若者と女子大生。その恋の行方は？（阿川佐和子）

末の末っ子　阿川弘之

五十代にして「末の末っ子」誕生を控えた作家・野村耕平は、執筆に雑事に作家仲間の交際にと大わらわ。昭和ファミリー小説の決定版！（阿川淳之）

少しだけ、おともだち　朝倉かすみ

ご近所さん、同級生、バイト仲間や同僚――仲良しとは違う微妙な距離感を描いた短篇集。書き下ろし二篇を含む十作品。（まさきとしか）

うれしい悲鳴をあげてくれ　いしわたり淳治

作詞家、音楽プロデューサーとして活躍する著者の小説&エッセイ集。彼が「言葉」を紡ぐと誰もが楽しめる「物語」が生まれる。（鈴木おさむ）

こちらあみ子　今村夏子

あみ子の純粋な行動が周囲の人々を否応なく変えていく。第26回太宰治賞、第24回三島由紀夫賞受賞作。書き下ろし「チズさん」収録。（町田康／穂村弘）

さようなら、オレンジ　岩城けい

オーストラリアに流れ着いた難民サリマ。言葉も不自由な彼女が、新しい生活を切り拓いてゆく。第29回太宰治賞受賞・第150回芥川賞候補作。（小野正嗣）

尾崎翠集成（上）　尾崎翠　中野翠編

鮮烈な作品を残し、若き日に音信を絶った謎の作家・尾崎翠。この巻には代表作「第七官界彷徨」をはじめ初期短篇、詩、書簡、座談を収める。

尾崎翠集成（下）　尾崎翠　中野翠編

時間とともに新たな輝きを加えてゆく尾崎翠の文学世界。下巻には『アップルパイの午後』などの戯曲、映画評、初期の少女小説を収録する。

沈黙博物館　小川洋子

「形見じゃ」老婆は言った。死の完結を阻止するために形見が盗まれる。死者が残した断片をめぐるやさしくスリリングな物語。（堀江敏幸）

読んで、「半七」！　岡本綺堂　北村薫／宮部みゆき編

半七捕物帳には目がない二人の選んだ傑作23篇を二分冊で。「半七」のおいしいところをぎゅぎゅっと凝縮！　お文の魂／石燈籠／勘平の死／ほか。

せどり男爵数奇譚　梶山季之

せどり＝掘り出し物の古書を安く買って高く転売することを業とすること。古書の世界に魅入られた人々を描く傑作ミステリー。（永江朗）

戦闘破壊学園ダンゲロス　架神恭介

睾丸破壊、性別転換、猥褻目的限定遠距離干渉、瞬間死刑……多彩な力を持つ魔人たちが繰り広げるご都合主義一切ナシの極限能力バトル。（藤田直哉）

氷　アンナ・カヴァン　山田和子訳

氷が全世界を覆いつくそうとしていた。私は少女の行方を必死に探し求める。恐ろしくも美しい終末のヴィジョンで読者を魅了した伝説的名作。

謎の物語　紀田順一郎編

それから、どうなったのか――結末は霧のなか、謎は謎として残り解釈は読者に委ねられる。不思議な「謎の物語」15篇。女か虎か／謎のカード／園丁　他

名短篇、ここにあり　北村薫　宮部みゆき編

読み巧者の二人の議論沸騰し、選びぬかれたお薦め小説12篇。となりの宇宙人／冷たい仕事／隠し芸の男／少女架刑／あしたの夕刊／網／誤訳ほか。

名短篇、さらにあり　北村薫　宮部みゆき編

小説って、やっぱり面白い。人間の愚かさ、不気味さ、人情が詰まった奇妙な12篇。華燭／骨／雲の小径／押入の中の鏡花先生／不動図／鬼火／家霊ほか。

とっておき名短篇　北村薫　宮部みゆき編

「しかし、よく書いたよね、こんなものを……」北村薫を唸らせた、とっておきの名短篇。愛の暴走族／運命の恋人／絢爛の椅子／悪魔／異形ほか。

名短篇ほりだしもの　北村薫　宮部みゆき編

「過呼吸になりそうなほど怖かった！」宮部みゆきを震わせた、ほりだしものの名短篇。だめに向かって／三人のウルトラマダム／少年／穴の底ほか。

謎の部屋 北村薫編

不可思議な異世界へ誘う作品から本格ミステリまで、「豚の島の女王」「猫じゃ猫じゃ」「小鳥の歌声」など17篇。宮部みゆき氏との対談付。

こわい部屋 北村薫編

思わず叫び出したくなる恐怖から、鳥肌のたつ恐怖まで。「七階」「ナツメグの味」「夏と花火と私の死体」など18篇。宮部みゆき氏との対談付。

読まずにいられぬ名短篇 北村薫 宮部みゆき編

松本清張のミステリを倉本聰が時代劇に⁉ あの作家の知られざる逸品からオチの読めない怪作まで厳選の18作。北村・宮部の解説対談付き。

教えたくなる名短篇 北村薫 宮部みゆき編

宮部みゆきを驚嘆させた、時代に埋もれた名作家・長谷川修の世界とは？ 人生の悲喜こもごもが詰まった珠玉の13作。北村・宮部の解説対談付き。

巨匠たちの想像力（戦時体制）
あしたは戦争 企画協力・日本SF作家クラブ

小松左京「召集令状」、星新一、手塚治虫「悪魔の開幕」、昭和のSF作家たちが描いた未来社会。そこには私たちへの警告があった！ （斎藤美奈子）

巨匠たちの想像力（管理社会）
暴走する正義 企画協力・日本SF作家クラブ

星新一「処刑」、小松左京「戦争はなかった」、水木しげる「こどもの国」、安部公房「闖入者」、筒井康隆「公共伏魔殿」ほか9作品を収録。 （真山仁）

巨匠たちの想像力（文明崩壊）
たそがれゆく未来 企画協力・日本SF作家クラブ

小松左京「カマガサキ二〇一三年」、水木しげる「宇宙虫」、安部公房「鉛の卵」、倉橋由美子「合成美女」、筒井康隆「下の世界」ほか14作品。 （盛田隆二）

最終戦争／空族館 今日泊亜蘭 日下三蔵編

日本SFの胎動期から参加し「長老」と呼ばれた伝説的作家の、未発表作「空族館」や単行本未収録作14篇を収録する文庫オリジナルの作品集。 （峯島正行）

光の塔 今日泊亜蘭

地球上の電気が消失する「絶電現象」は人類を襲う未曾有の危機の前兆だった。日本SF初の長篇にして圧倒的な面白さを誇る傑作が復刊。 （日下三蔵）

青空娘 源氏鶏太

主人公の少女、有子が不遇な境遇から幾多の困難にぶつかりながらも健気にそれを乗り越え希望を手にする日本版シンデレラ・ストーリー。 （山内マリコ）

最高殊勲夫人　源氏鶏太

野々宮杏子と三原三郎は家族から勝手な結婚話を迫られるも協力してそれを回避する。しかし徐々に惹かれ合うお互いの本当の気持ちは……。（千野帽子）

落穂拾い・犬の生活　小山清

明治の匂いの残る浅草に育ち、純粋無比の作品を遺して短い生涯を終えた小山清。いまなお新しい、清らかな祈りのような作品集。（三上延）

小説　永井荷風　小島政二郎

荷風を熱愛し、「十のうち九までは礼讃の誠を連ねた中に、ホンの一つ」批判を加えたことで終生の恨みをかってしまった作家の傑作評伝。（加藤典洋）

郵便局と蛇　A・E・コッパード　西崎憲編訳

日常の裏側にひそむ神秘と怪奇を淡々とした筆致で描く、孤高の英国作家の詩情あふれる作品集。新訳一篇を追加し、巻末に訳者による評伝を収録。

クラクラ日記　坂口三千代

戦後文壇を華やかに彩った無頼派の雄・坂口安吾との、嵐のような生活を妻の座から愛と悲しみをもって描く回想記。巻末エッセイ＝松本清張

コーヒーと恋愛　獅子文六

恋愛は甘くてほろ苦い。とある男女が巻き起こす恋模様をコミカルに描く昭和の傑作が、現代の「東京」によみがえる。（曽我部恵一）

てんやわんや　獅子文六

戦後のどさくさに慌てふためくお人好し犬丸順吉は社長の特命で四国へ身を隠すが、そこは想像もつかない楽園だった。しかしそこは……。（平松洋子）

娘と私　獅子文六

文豪、獅子文六が作家としても人間としても激動の時間を過ごした昭和初期から戦後、愛娘の成長とともに自身の半生を描いた亡き妻に捧げる自伝小説。

七時間半　獅子文六

東京―大阪間が七時間半かかっていた昭和30年代、特急「ちどり」を舞台に乗務員とお客たちのドタバタ劇を描く隠れた名作が遂に甦る。（千野帽子）

悦ちゃん　獅子文六

ちょっぴりおませな女の子、悦ちゃんがのんびり屋の父親の再婚話をめぐって東京中を奔走するユーモアと愛情に満ちた物語。初期の代表作。（窪美澄）

自由学校　獅子文六

しっかり者の妻とぐうたら亭主に起こった夫婦喧嘩をきっかけに、戦後の新しい価値観をコミカルかつ鋭い感性と痛烈な風刺で描いた代表作。（戌井昭人）

青春怪談　獅子文六

婚約を約束するもお互いの夢や希望を追いかける慎一と千春は、周囲の横槍や思惑、親同士の関係からドタバタ劇に巻き込まれていく。（山崎まどか）

胡椒息子　獅子文六

裕福な家に育つ腕白少年・昌二郎は自身の出生から母、兄姉に苛められる。しかし真っ直ぐな心と行動力は家族と周囲の人間を幸せに導く。（家冨未央）

バナナ　獅子文六

大学生の龍馬と友人のサキ子は互いの夢を叶えるためにひょんなことからバナナの輸入でお金儲けをする。しかし事態は思わぬ方向へ……。（鵜飼哲夫）

箱根山　獅子文六

戦後の箱根開発によって翻弄される老舗旅館、玉屋と若松屋。そこに身を置き惹かれ合う男女を描く傑作。箱根の未来と若者の恋の行方は？（大森洋平）

小路幸也少年少女小説集　小路幸也

「東京バンドワゴン」で人気の著者による子供たちを主人公にした作品集。多感な少年期の姿を描き出す。単行本未収録作を多数収録。文庫オリジナル。

話虫干　小路幸也

夏目漱石「こころ」の内容が書き変えられた！ それは話虫の仕業。新人図書館員が話の世界に入り込み、「こころ」をもとの世界に戻そうとするが……。

経済小説名作選　城山三郎選　日本ペンクラブ編

【収録作家】葉山嘉樹、横光利一、源氏鶏太、城山三郎、開高健、深田祐介、木野工、井上武彦、黒井千次、山田智彦。時代精神を描く10作品。（佐高信）

幕末維新のこと　司馬遼太郎　関川夏央編

「幕末」について司馬さんが考えて、書いて、語ったことの真髄を一冊に。小説以外の文章・対談・講演から、激動の時代をとらえた19篇を収録。

明治国家のこと　司馬遼太郎　関川夏央編

司馬さんにとって「明治国家」とは何だったのか。西郷と大久保の対立から日露戦争まで、明治の日本人への愛情と鋭い批評眼が交差する18篇を収録。

虹色と幸運　柴崎友香

珠子、かおり、夏美。三〇代になった三人が、人に会い、おしゃべりし、いろいろ思う一年間。移りゆく季節の中で、日常の細部が輝く傑作。（江南亜美子）

図書館の神様　瀬尾まいこ

赴任した高校で思いがけず文芸部顧問になってしまった清（きよ）。そこでの出会いが、その後の人生を変えてゆく。鮮やかな青春小説。（山本幸久）

僕の明日を照らして　瀬尾まいこ

中2の隼太に新しい父が出来た。優しい父はしかしDVする父でもあった。この家族を失いたくない！隼太の闘いと成長の日々を描く。（岩宮恵子）

美食倶楽部　谷崎潤一郎大正作品集　種村季弘編

表題作をはじめ耽美と猟奇、幻想と狂気……官能的な文体によるミステリアスなストーリーの数々。大正期谷崎文学の初の文庫化。種村季弘編で贈る。

リテラリーゴシック・イン・ジャパン　高原英理編

世界の残酷さと人間の暗黒面を不穏に、鮮烈に表現する「文学的ゴシック」。古典的傑作から現在第一線で活躍する作家まで、多彩な顔触れで案内する。

ファイン／キュート　素敵かわいい作品選　高原英理編

文学で表現される「かわいさ」は、いつだって、どこかファイン。古今の文学から、あなたを必ず「きゅん」とさせる作品を厳選したアンソロジー。

ブラウン神父の無心　G・K・チェスタトン　南條竹則／坂本あおい訳

ホームズと並び称される名探偵「ブラウン神父」シリーズを鮮烈な新訳で。「木の葉を隠すなら森のなか」などの警句と逆説に満ちた探偵譚。（高沢治）

ブラウン神父の知恵　G・K・チェスタトン　南條竹則／坂本あおい訳

独特の人間洞察力と鋭い閃きでブラウン神父が逆説に満ちたこの世界の在り方を解き明かす。全12篇を収録。新訳シリーズ第二弾。（甕由己夫）

60年代日本SFベスト集成　筒井康隆編

「日本SF初期傑作集」とでも副題をつけるべき作品集である（編者）。二十世紀日本文学のひとつの里程標となる歴史的アンソロジー。（大森望）

異形の白昼　筒井康隆編

様々な種類の「恐怖」を小説ならではの技巧で追求した戦慄すべき名篇たちを収める。わが国のアンソロジー文学史に画期をなす一冊。（東雅夫）

70年代日本SFベスト集成1　筒井康隆編

日本SFの黄金期の傑作を、同時代にセレクトした記念碑的アンソロジー。SFに留まらず「文学の新しい可能性」を切り開いた作品群。（荒巻義雄）

70年代日本SFベスト集成2　筒井康隆編

星新一、小松左京の巨匠から、編者の「おれに関する噂」、松本零士のセクシー美女登場作まで、長篇なみの濃さをもった傑作群が並ぶ。（山田正紀）

70年代日本SFベスト集成3　筒井康隆編

「日本SFの滲透と拡散が始まった年」である1973年の傑作群。デビュー間もない諸星大二郎の「不安の立像」など名品が並ぶ。（佐々木敦）

70年代日本SFベスト集成4　筒井康隆編

「1970年代の日本SF史としての意味も持たせたいというのが編者の念願である」——同人誌投稿作から巨匠までを揃えるシリーズ第4弾。（堀晃）

70年代日本SFベスト集成5　筒井康隆編

最前線の作家であり希代のアンソロジスト筒井康隆が日本SFの凄さを凝縮して示したシリーズ最終巻。全巻読めばあの時代が追体験できる。（豊田有恒）

生ける屍　ピーター・ディキンスン　神鳥統夫訳

独裁者の島に派遣された薬理学者フォックス。秘密警察が跳梁し、魔術が信仰される島で陰謀に巻き込まれ……。幻の小説、復刊。（岡和田晃／佐野史郎）

短篇小説日和　西崎憲編訳

短篇小説は楽しい！　大作家から忘れられたマイナー作家の小品まで、英国らしさ漂う一風変わった傑作を集めました。巻末に短篇小説論考を収録。

怪奇小説日和　西崎憲編訳

怪奇小説の神髄は短篇にある。ジェイコブズ「失われた船」、エイクマン「列車」など古典的怪談から異色短篇まで18篇を収めたアンソロジー。

小説　浅草案内　半村良

バブル直前の昭和の浅草。そこに引っ越してきた独り暮らしの作家。地元の人々との交流、風物、人情の機微を虚実織り交ぜて描く。（いとうせいこう）

世界幻想文学大全　幻想文学入門　東雅夫編著

幻想文学のすべてがわかるガイドブック。澁澤龍彦、中井英夫、カイヨワ等の幻想文学案内のエッセイも収録し、資料も充実。初心者も通も楽しめる。

柳花叢書 山海評判記／オシラ神の話
泉鏡花／柳田國男 東雅夫編
泉鏡花の気宇壮大にして謎めいた長篇傑作とそのアイディアの元となった柳田國男のオシラ神研究論考を網羅して一冊に。小村雪岱の挿絵が花を添える。

日本幻想文学大全 幻妖の水脈
東雅夫編
『源氏物語』から小泉八雲、泉鏡花、江戸川乱歩、都筑道夫……。妖しさ蠢く日本幻想文学、ボリューム満点のオールタイムベスト。

日本幻想文学大全 幻視の系譜
東雅夫編
世阿弥の謡曲から、小川未明、夢野久作、宮沢賢治、中島敦、吉村昭……。幻視の閃きに満ちた日本幻想文学の逸品を集めたベスト・オブ・ベスト。

日本幻想文学大全 日本幻想文学事典
東雅夫
日本の怪奇幻想文学を代表する作家と主要な作品を、第一人者の解説と共に網羅する空前のレファレンス・ブック。初心者からマニアまで必携！

柳花叢書 河童のお弟子
泉鏡花／柳田國男／芥川龍之介 東雅夫編
大正・昭和の怪談シーンを牽引し、「おばけずき」師弟でもあった鏡花・柳田・芥川。それぞれの〈河童〉作品を集めた前代未聞のアンソロジー。

お菓子の髑髏
レイ・ブラッドベリ 仁賀克雄訳
若き日のブラッドベリが探偵小説誌に発表した作品のなかから選ばれた15篇。ブラッドベリらしい、ひねりのきいたミステリ短篇集。

文豪怪談傑作選 吉屋信子集
吉屋信子 東雅夫編
少女小説の大家は怪奇幻想短篇小説の名手でもあった。闇に翻弄される人の心理を鮮やかに美しく描きだす異色の怪談集。文庫未収録を多数収録。

文豪怪談傑作選 柳田國男集
柳田國男 東雅夫編
日本にはかつてたくさんの妖怪が生きていた。各地に伝わる怪しの者たちの痕跡を丹念にたどった柳田民俗学のエッセンスを1冊に。遠野物語ほか。

文豪怪談傑作選 三島由紀夫集
三島由紀夫 東雅夫編
川端康成を師と仰ぎ澁澤龍彦や中井英夫の「兄貴分」であった三島の、怪奇幻想作品集成。「英霊の聲」ほか怪談入門に必読の批評エッセイも収録。

文豪怪談傑作選 室生犀星集
室生犀星 東雅夫編
失った幼子への想い、妻への鬱屈した思い、幻惑される都市の暗闇……すべてが幻想恐怖譚に結実する。身震いするほどの名作を集めた珠玉の一冊。

アンチクリストの誕生　レオ・ペルッツ　垂野創一郎 訳

20世紀前半に幻想的歴史小説を発表し広く人気を博した作家ペルッツの中短篇集。史実を踏まえて花開く奔放なフィクションの力に脱帽。（皆川博子）

超短編アンソロジー　本間祐 編

超短編とは、小説、詩等のジャンルを超え、数行という短さによって生命力を与えられた作品のこと。キャロル、足穂、村上春樹等約90人の作品。

エドガー・アラン・ポー短篇集　エドガー・アラン・ポー　西崎憲 編訳

ポーが描く恐怖と想像力の圧倒的なパワーは、時を超え深い影響を与え続ける。よりすぐりの短篇7篇を新訳で贈る。巻末に作家小伝と作品解説。

真鍋博のプラネタリウム　真鍋博　星新一

名コンビ真鍋博と星新一。二人の最初の作品『おーいでてこーい』他、星作品に描かれた挿絵と小説冒頭をまとめた幻の作品集。（真鍋真）

あなたは誰？　ヘレン・マクロイ　渕上痩平 訳

匿名の電話の警告を無視してフリーダは婚約者の実家へ向かうが、その夜のパーティで殺人事件が起こる。本格ミステリの巨匠マクロイの初期傑作。

二人のウィリング　ヘレン・マクロイ　渕上痩平 訳

本人の目前に現れたウィリング博士を名乗る男は誰か。「啼く鳥は絶えてなし」というダイイングメッセージの謎をめぐる冒険が始まる。（深緑野分）

川三部作　泥の河／螢川／道頓堀川　宮本輝

太宰賞「泥の河」、芥川賞「螢川」、そして「道頓堀川」と、川を背景に独自の抒情をこめて創出した、宮本文学の原点をなす三部作。

三島由紀夫レター教室　三島由紀夫

五人の登場人物が巻き起こす様々な出来事を手紙で綴る。恋の告白・借金の申し込み・見舞状等、一風変ったユニークな文例集。（群ようこ）

肉体の学校　三島由紀夫

裕福な生活を謳歌している三人の離婚成金。〝年増園〟の例会はもっぱら男の品定め。そんな一人がニヒルで美形のゲイ・ボーイに惚れこみ……。（群ようこ）

反貞女大学　三島由紀夫

魅力的な反貞女となるためのとっておきの16講義（表題作）と、三島が男の本質を明かす「第一の性」収録。（田中美代子）

新恋愛講座　三島由紀夫

恋愛とは？　西洋との比較から具体的な技巧まで懇切丁寧に説いた表題作、「おわりの美学」「若きサムライのために」を収める。　（田中美代子）

命売ります　三島由紀夫

自殺に失敗し、「命売ります。お好きな目的にお使い下さい」という突飛な広告を出した男のもとに、現われたのは？　（種村季弘）

文化防衛論　三島由紀夫

「最後に護るべき日本」とは何か。戦後文化が爛熟した一九六九年に刊行され、各界の論議を呼んだ三島由紀夫の論理と行動の書。　（福田和也）

恋の都　三島由紀夫

敗戦の失意で切腹したはずの恋人が思いもよらない姿で眼の前に。復興著しい、華やかな世界を舞台に繰り広げられる恋愛模様。　（千野帽子）

ビーの話　群ようこ

わがまま、マイペースの客人に振り回され、〝いい大人が猫一匹に〟と嘆きつつ深みにはまる三人の女たち。猫好き必読！　鼎談＝もたい・安藤・群。

魔利のひとりごと　森茉莉・文　佐野洋子・画

茉莉の作品に触発されエッチングに取り組んだ佐野洋子、豪華な紙上コラボ全開。全集未収録作品の文庫化、カラー図版多数。　（小島千加子）

旅人　国定龍次（上）　山田風太郎

ひょんなことから父親が国定忠治だと知った龍次は、渡世人修行に出る。新門辰五郎、黒駒の勝蔵らに仁義を切るが……。形見の長脇差がキラリとひかる。

旅人　国定龍次（下）　山田風太郎

「ええじゃないか」の歌と共に、相楽総三、西郷隆盛、岩倉具視らの倒幕の戦いは進み、翻弄される龍次。侠客から見た幕末維新の群像。　（縄田一男）

江分利満氏の優雅な生活　山口瞳

卓抜な人物描写と世態風俗の鋭い観察によって昭和一桁世代の悲喜劇を鮮やかに描き、高度経済成長期前後の一時代をくっきりと刻む。　（小玉武）

ラピスラズリ　山尾悠子

言葉の海が紡ぎだす、〈冬眠者〉と人形と、春の目覚めの物語。不世出の幻想小説家が20年の沈黙を破り発表した連作長篇。補筆改訂版。　（千野帽子）

増補 夢の遠近法　山尾悠子

「誰かが私に言ったのだ／世界は言葉でできていると」。誰も夢見たことのない世界が、ここではじめて言葉になった。新たに二篇を加えた増補決定版。

パパは今日、運動会　山本幸久

カキツバタ文具の社内運動会。ぶつぶつ言っていた面々も仕事仲間の新たな一面を垣間見て……。もっとがんばれる。そう思える会社小説。（津村記久子）

鬼譚　夢枕獏 編著

夢枕獏がジャンルにとらわれず、古今の「鬼」にまつわる作品を蒐集した傑作アンソロジー。坂口安吾、手塚治虫、山岸凉子、筒井康隆、馬場あき子、他。

熊撃ち　吉村昭

人を襲う熊、熊をじっと狙う熊撃ち。大自然のなかで、実際に起きた七つの事件を題材に、孤独で忍耐強い熊撃ちの生きざまを描く。

魚影の群れ　吉村昭

津軽海峡を舞台に、老練なマグロ漁師の孤絶の姿を描く表題作他、自然と対峙する人間たちが登場する傑作短篇四作を収録。（栗原正哉）

新編 酒に呑まれた頭　吉田健一

旅と食べもの、そして酒をめぐる気品とユーモアの名文のかずかず。好評『英国に就て』につづく含蓄のあるエッセイ第二弾。（清水徹）

つむじ風食堂の夜　吉田篤弘

それは、笑いのこぼれる夜。――食堂は、十字路の角にぽつんとひとつ灯をともしていた。クラフト・エヴィング商會の物語作家による長篇小説。

という、はなし　吉田篤弘 文　フジモトマサル 絵

読書をめぐる24の小さな絵物語集。夜行列車で、灯台で、風呂で、車で、ベッドで、本を開く。開いた人と開いた本のひとつひとつに物語がある。

ロルドの恐怖劇場　アンドレ・ド・ロルド　平岡敦 編訳

二十世紀初頭のパリで絶大な人気を博した恐怖演劇グラン・ギニョル座。その座付作家ロルドが血と悪夢で紡ぎあげた二十二篇の悲鳴で終わる物語。

悪党どものお楽しみ　パーシヴァル・ワイルド　巴妙子 訳

足を洗った賭博師がその経験を生かし探偵として大活躍、いかさま師たちの巧妙なトリックを次々と暴く。エラリー・クイーン絶賛の痛快連作。（森英俊）

ちくま文庫

あるフィルムの背景《はいけい》 ミステリ短篇傑作選《たんぺんけっさくせん》

二〇一七年十一月十日 第一刷発行

著者 結城昌治（ゆうき・しょうじ）
編者 日下三蔵（くさか・さんぞう）
発行者 山野浩一
発行所 株式会社 筑摩書房
東京都台東区蔵前二―五―三 〒一一一―八七五五
振替〇〇一六〇―八―四一二三
装幀者 安野光雅
印刷所 三松堂印刷株式会社
製本所 三松堂印刷株式会社

乱丁・落丁本の場合は、左記宛にご送付下さい。
送料小社負担でお取り替えいたします。
ご注文・お問い合わせも左記へお願いします。
筑摩書房サービスセンター
埼玉県さいたま市北区櫛引町二―六〇四 〒三三一―八五〇七
電話番号 〇四八―六五一―〇〇五三

ISBN978-4-480-43476-0 C0193